词 地理

柳宗宣 著

长江文艺出版社

柳宗宣，诗人，散文作家。

1961年出生于湖北省国营后湖农场。27岁开始新诗写作。1999年移居北京，曾任中国青年出版社编辑多年。2009年回湖北，供职于江汉大学人文学院。2019年自筑山舍，现居汉口和大崎山两地。

出版过诗集《柳宗宣诗选》《河流简史》《笛音和语音》，诗学专著《叙事诗学》，随笔集《语词居住的山冈》，散文集《漂泊的旅行箱》。

目 录

往事邮局

我刚回到南方省城。忙着装修房子，往施工现场进料，想着把花园阳台改造成书房。正与木工师傅交涉，楼下一个人在叫唤我的名字。探出窗口，邮递员。穿绿色工作服的男人让我去签名取挂号信。刚从北方回来，还没有安顿好。图书、家具、日常用品还在北方的房子正待托运，邮递员就尾随而至。哦，亲爱的邮政，我走到哪里，总是和邮局发生联系。我的动荡不宁的邮政。

小说《你在圣弗兰西斯科做什么》中的男主人公刚搬迁到新地方，邮局的人就上门跟他打招呼了。我喜欢卡佛这个小说，以邮递员的视线描写一对男女漂泊动荡的生活；小说中男人等信的情景，他们的到来与离开，邮递员旁观了他的生活——那个送信人的叫喊一下子把过去唤醒。

十六岁的青年走在通往县城的柏油路上，尾随他姐姐经过县城去看一个远房亲戚。他怀揣一个重要的事（找到县邮局，在那里停留，把他的稿件寄发出去）。一封给某杂志的投稿。之前，用小信封装好，鼓囊囊的一封稿件，还在信封右上角剪了一个小口，在上面写上"此为稿件"。从报纸上得知，投稿不必缴纳邮资。乡野没有邮政所，只有零星的邮递员；他把稿件投入邮局门口的绿色邮筒。多年过去，投稿没有得到任何回音。这是他早年与邮局发生的初恋。

农场中学的校园，在大片碧绿的水稻田中央，苍翠的松树或楝树掩蔽几幢房子。房子中间的篮球场。坐北向南的平房教室。校园从远处的马路望过去如同孤岛，泥土路通向十五公里外的农场场部，柏油路紧靠着它直达县城。他是孤岛里的孩子王。邮递员成了他与外部联系的通道。那是没有电视、网络的时代，老旧的手摇电话放置在校长办公室。电话铃声很少响起，除非特殊时间，来电从总场机关拨打到分场接线人员再连线到校园。唯一与外部的联络，就是送报刊和信件的邮递员——每周四上午第三节下课铃声响后，一辆绿色邮政自行车出现在教工宿舍的梧桐树下。两个邮包平衡地托放在自行车后架的两旁，敞露散发油墨气息的报纸和信件。

　　阳光下的邮车让人心情明亮。邮递员王向清为你捎来远方女朋友的信件。他的到来，让校园的空气骤然发生变化。青春的孤寂变得可以忍耐，感觉到在此生活的美好。邮递员是生活中多么重要的元素，他是你的等待，另一个意义上的空气。他带来异地少女纸上的声音与问候。青春的愿望通过那一封封信和他的邮车得以传递。可爱的邮政参与你的初恋。每到那个时辰，周四上午十时，就开始张望邮车。在你心中是多么重要，而他浑然不觉。如果下雨，乡村土路泥泞，他就不会出现。你的心便会出现冷风凄雨。他一到来，阳光和绿色的安谧盈满校园。

　　和邮递员王向清保持了几十年的友谊，你对邮政的感情寄托在他身上。不知不觉你们成了老朋友。他当邮差那些年，春节期间还给我们家拜年，拎着他们家乡用红纸包装的油饼。几年后，我们前后调到县城。他在县邮局负责分管邮件分发投递，我在另一所围墙内的校园教书。

你常从校园步行几里到县邮局他的办公室。邮车在下午四时到达邮局后院，你熟悉那大大小小小的绿色邮车。他曾破例让你搭乘邮车和大大小小的包裹到达另一个城市。你常在邮局期刊门市部晃荡，购得发表作品的杂志。在邮局营业厅寄发稿件，熟悉那一个个在柜台内的男女工作人员，以后读到诗友黄灿然的诗《邮局》："第一次到邮局领包裹/碰见这位怀孕的女职员/她是邮局里唯一的亮点/一身素雅，很多含义。"邮局让他巧妙地写出来了。

"一辆绿色邮车抵达这里，每日停顿半小时，在此卸下许多沉默的声音，又把一个个灵魂运走，在一个个城市漫游，甚至可以经过唐代的驿站，把你的诗稿交到王维手中；在这里，画家马蒂斯就在一张电报纸上，无意间勾画出母亲的肖像。他让邮局突然成了画室。

"是否有最后的启示降临？冥冥之中，福祉控制了一个人，要他把持续到来的足音辨听。而下午的邮件时常空缺。空虚与寂静伤害了等候的人，又督令他，回到桌边，刻苦写作，忘掉时间的结局；向远方他未曾去过的地方，不间断地投寄信函。"

这是你写下的关于邮局的片断。亲爱的邮局参与你生活的呼吸和转型。从围墙内的校园，你迎风走向它的期刊门市部，想见变成铅字的样刊。心跳着走向邮局，一个人急欲到达的地方。你有一首诗就叫《上邮局》，前往邮局，给远方某个人发一封信。那年你正准备离开这个小城。在往邮局的路上，想到死去多年的

3

父亲。他在身体里跟你说话。支持你的离开，奔赴命运的远方。

邮递员王向清帮你安装的邮箱还空在小城教工宿舍楼的门口，布满灰尘。主人早已离开，它还空在那里，没有了收件人和寄信的人。一只废弃未用的邮箱，就像你早年脱下的一件衣服。当你从北方回到生活多年的地方，看到它，心里一惊，它还停驻在进入教工宿舍楼道的一角，默默地待在那里，似乎在张望你的逃离与归来——这是你个人生活的遗址。

那年，在北方想念这里三居室内的图书，你与它们骨肉分离。从漂居的北方回来，在Q城处理遗留的杂事，看望亲人与朋友。心里空得发慌，焦灼不安，急欲回到北京去：在此的邮路中断了。你的邮政随着你的漂泊转移京城。回到从前生活过的地方，人成了一个空壳，就像那个空邮箱。你与世界断了联系。邮箱成了你身体的一部分。身体的另一部分遗留在了北京那个叫地安门的地方，它们还在那里与外界发生联系。

离开Q城，个人的邮政动荡起来，没有稳定过，不断变动住所和邮政地址，就像更换电话号码。渴望拥有一个稳定的邮政信箱，有了它，你的漂泊好像有了根，可以在任何一个地方呼吸伸展，去开拓一片天空。你渴望住在离邮局稍近的地方，随时可以到达那里。在异地，邮局是一个宽容你让你倍觉温馨的所在。在大都市，一些物事疏离着你；唯有邮局能接纳你，让你出入其间。

某日，你在地坛公园的一间房子醒来。望着窗帘，高低床，桌椅，屋子所有的陈设，这一切都不是你的。一个暂居者，只有躺在这里的身体属于你。这时候，你想到邮局，亲爱的邮局，是一个最具平民色彩的地方，一个流浪者最好的去处。那年，你步行到地安门邮局，穿过马路两边北方的槐树，过平安大道十字路口；手持稿费通知单，把它和你的身份证递给穿着绿色制服的名叫周春梅的女邮递员手中。她与你几乎成了熟人，一见面，以笑脸问候：你来了。然后快速准确地将稿费送到你手中。从邮局取出稿费出门，低矮的电车网线从头顶穿过。观望京城亲切平和的街市，它与邮局柜台内周春梅和蔼的笑脸叠印在一起。

你曾骑着自行车从北大公寓穿过万泉河路，到魏公村邮局去，异地陌生又亲切。一点儿也不生疏，转弯抹角找到不起眼的邮政分所，转入普通的分发室内，从众多信箱中间用钥匙打开149信箱，取出自己的一封封邮件。一个人在大街上读信，听到远方朋友的呼吸，好像就在身边和你说话。看着一个朋友的彩色信笺，嗅闻印有图案的彩纸上面残余的体香。

站在邮局旁边的槐树下，望了望北京的天空，它变得抽象起来。天空真蓝。大街生动无比，漂泊生活是美好可爱的……有时候，你怕到那个邮所去，怕去打开那个信箱，你怕从那里取回失望。你忍耐着，保持对那个绿色空间的想望。三里屯邮局。一个法国姑娘传递一封航空快件。那个信封内停泊的是些什么声音？等待接纳它的是一双什么样的手？当你在那里准备给日本朋友发一封航空信。仅仅因为诗，你们有了联系。他长着的是一张什么样的面容，你一无所知。在大街上读到他歪斜汉字的约稿信，觉得拥有开阔的时空。因了可爱的邮局，自己呼吸的空间在扩大，北京忽然变小了，地球就是一个村落。

1999 年 4 月，你租进北京地安门内大街 40 号。一点儿不在意筒子楼的窄小。满意门卫有一个收发室，很多邮件都写在黑板上，人们凭身份证去领取。负责收发的是门卫李安媒，比起姓徐的临时工，他的态度冷淡。老徐值班时，邮件单独为你保管好，汇款单挂号信让你签名领取。那时，门房是你特别留意的地方，每天早上九点去看看有无邮件，有时候从那里获得很多安慰。对邮政的感情从湖北一直延续到北京。在湖北那个校园，围墙内通过邮政可以和外部世界发生联系；到了北京，更关心稿费，想着如何在北京通过撰稿留下来。这样把注意力集中在了那个地方，集中在了门卫李安媒和老徐的身上。

门卫，就是邮政的一部分。在 Q 城校园围墙内，与门卫的关系密切。信件都是他们直接转给你。他们大都是从乡下请来的，或长或短地干一段时间后离开。他们按你的意思把信件截留，放在某个地方。一个姓孙的门卫将你的邮件放在他的床铺枕头底下，把带有他体温的信件交到你手中。有了门卫，信件很少丢失。过去的女同事有些慢怠于邮件的分发，邮件散落在她办公室，这让你对她心生不敬。至今记得门卫孙师傅的形象，那双送邮件到你面前的发皱的手背。你出去旅行，他把邮件放到一个纸箱内；从递给你邮件的表情，你感到他对你的尊敬；而那些同事很少有人知道你写作，每日有那么多的信函，与外地保有隐秘的交流。他们只把你当成默默无闻的、不会钻营的、生活得窝囊的同事。

在北京一家文学杂志社当编辑，邮件被编务每日整齐地放到黑色大办公桌上。你和同事悄无声息地拆开一个个信封。看稿，审读，写稿件送审单，回复作者来信，这成了日常工作。你用不着偷偷摸摸地读诗看文学类的书稿。在编辑部，有时候感觉拆开的是多年前你在 Q 城寄发给编辑部的稿件（经过多年的颠簸，现在到达你手中，小心翼翼地拆开）。

你爱着你手头的工作，觉得自己是幸福的人：从无名的写作者变成一个编辑，从县城到了京城。每周穿过胡同那棵榆树，张望编辑部外墙绿色"爬山虎"，想到办公桌堆放了新的邮件。你急着想看见它们，倾听纸上的声音。你对编辑保持某种虔诚，因为你是一个写作者。当你看到一封手写的稿件，想到多年前伏案向远方书写投稿的情景，那是一个卑微生命的书写。你无法忍受编务将那些稿件当废品处理掉。你想着如何保存它们，总想回复每一封信，通过邮政与远在各省的无名的写信的人保持联系。

桌上的信件越来越少。电子邮件那么快捷。时代变化，快得惊人。供职的文学杂志社不断更换办公室。在市场上生存艰难，面临着各种挤压。你也无力关心桌面的稿件，常出差到全国各地，渐渐放下了对信件的关心。而邮局的朋友王向清在节日发来慰问，他总是记挂你，有意让你想到他的存在、和他之间的往事。他还在湖北地方邮局从事古老的职业。这个老朋友让你亲近并理解着邮局。他的可靠可信不曾改变。你们分隔很久了，隔了那么远的时空，他还在那里，给你投递邮政的问候。

一日，想到自己写作的事再不能搁置了，得料理那放置很久的要事。在宅院按惯例安装了一个邮箱。邮递员可将邮件直接送达京郊的房子。邮局受时代的影响，不得已忙着创收，联络他们所要的大宗邮件，与企业发生往来，个人的不多的邮件往来在他们看来可以忽视。加上快递业务的出现，有时用不着传统的缓慢的邮政。你在异乡的那个邮箱像个摆设挂在那里。个人的写作还没有完全展开，慌乱离开北方，搬迁到南方的省城。邮箱停在院落的外墙，如一个象征符号遗留在北方。

不管生活多么动荡不宁，而邮局还在那里。无论如何它不会遗弃你，它跟踪你来到南方，尾随着你的迁徙，一个绿色的身影就出现了。有人叫着你的名字，让你回首张望。王向清也辗转打来电话。他把电话打到北京的编辑部，寄发邮件给你，而你已离开那间办公室。他从 Q 城办公室电话你。那是到处散落邮包的空间，他和同事分发，登记，转运——放到一格格的柜内，送往全县各地去。这个邮局朋友是一个稳定的存在，他在那里。在你看来，他就是邮政的化身。他一生当着邮差，你一直从事写作。

在汉口花园，邮政分所如很多银行也入驻进来。一出门即邮局的绿色门面，感觉到在此生活的安稳，你和邮局在一起。你们从来就在一起。到新单位报到的第一天，文学院的同事发给你一把小钥匙，用来打开个人邮箱。接到那把钥匙，莫名的亲切感油然而生。你的信件被工作人员塞进标有你姓名的邮箱内。你惦记着可能到来的邮件，高兴能回到与邮政的联系中，保持这个习惯的统一性，不管时代如何变迁，你爱这缓慢的邮政。

某日。你写就一封信，突然发现，通讯录只有对方手机、电话、QQ、微信、邮箱、账号，唯独没有通信地址。那封信成了一封无法寄出的信。忽然意识到在这样一个时代，也许，我们每个人都成了一个只有代码、没有地址与故乡的人。

"言而无信"的时代，邮局退却到边缘，成为人们怀旧之所在。你很快成为被时代淘汰的老派的顽固的怀旧者：疏离快捷的手机信息、电子信箱和微信传话，你就是喜欢灯光下手持钢笔在纸上摩擦出来的细语。你望了望晨光中的天色，大雁忽然从空中飞了过去。你的信件正在到达某个城市，被一双手接受；一封正在途中转徙的信函正在向你走来，如同那个绿色的邮差。

你看见自己不同的时期走在通向邮局的路上的身影。你的离开与归来。那年在北方，拎着一袋信件走在前往邮局的路上，你怕丢失它们。它们将通过可靠的邮局提前到达南方省城。邮局参与了你的迁徙。

你爱你的邮政；你爱盯着邮差骑着绿色自行车远去的身影发呆；你爱听邮政人员在日常生活中的吆喝，或把你的门铃按响。你渴望与你的邮政在一起，无论身在何处，不愿离开它。等候一件件到来的邮件，不停地书写，向着虚无之地投寄信函。那一刻，好像把身体塞进那个绿色邮筒，又从另外一个城市的邮筒出来，让人把你辨认。你坐在城市的天空下，望着那被抽象了的天空，那一封封即将到来的问候，那被运来运去的情感，夹在一个超重的信封内。哦，你做着一个古老的梦，感受邮政的颠簸。

戊戌年冬夜，你下山停候在公路岔道口。山民从镇上顺路为你捎回外省寄来的快递。山地寒气袭人，你藏身车内等候。村镇的路灯光稀疏，村委会附近的门店关闭。大崎山野安静，脉搏跳动。发觉入住大崎山房已两年，你的邮政发生了悄然转变。部分快递和邮件转入山房所在地。邮件也变得稀少，有的残留在省城的单位或公寓的邮箱。你在退回自身，甚至不需要外在的信息或人事往来，乐意在山间安置身体。你构筑堡垒似的山房，开始你的修身实践，反观自身如同关闭院门；拉下百叶窗，目光转向内在自我。是到了关心自己的季节，在结束有生之年的时辰。你要关心灵魂，试图与死亡区隔开来。抽象永恒的存在吸引你的目光。身心隐秘地收集天地人世的信息。邮政也从实物衍生虚化。一生的经历在超时空地抵达。你的身体如同移动的隐形邮箱。你是邮件的寄送者，同时也是接受者、阅读者和修订者。

2010 年，汉口；2019 年改于大崎山房

理发店

　　他的店面镶嵌在众多向街的门面之间。它还在那里，没有消失，在偏僻的街坊。垃圾转运站在门面的右侧。街道的东面，是某单位高大的办公楼，这一排门面处在它的阴影里。理发店正午才有阳光照进来。他在内里的玻璃镜与转椅之间，穿着牛仔裤，使用乡村理发师傅用过的剃须刀。

　　你奔向这里，店面还是老模样，你在他的招呼中坐在陈旧的转椅上。你们的面影映现在镜子里清晰可辨。你们边理发边说话。他，万师傅，还在这里，以他的剃刀、他的手艺和廉价不变的收费为本地居民服务。理发店就是理发店，不是会所不是连锁美容院，没有美女站在门前挂着绶带迎候。

　　理发店就是理发店，日常生活的毛细血管，人们离不开的门店。每隔一些时间，你奔向它，它还在那里，镶嵌在众多错落的门面中间。围巾罩住你的胸襟，师傅低头为你洗发，处理掉每月长出的头发。时隔多月，回城寻访理发店，它还在。万师傅独自在店里打盹。

　　总是坐着公交车去那家理发店。心想那个店还在。为什么不在小区附近的店理发呢，总以为会员店小理发师的手艺不适宜，理不出你所要的效果。你到那个空间去，程序繁多，不同的人接待你和你说话，从洗发到理发要经过几个人转手，最后到一个理发师。他的心思不是用在为你剪发，而是借此打探你的住所、个人收入、家族成员，最后要你加入他们的会员。一个去理发的人被弄成去赴商务会，完全丢失理发店的本分。理发店成了一个会所，交易在这里发生。一个古老的服务业变了味道。头发也理得让你不顺心（不理会顾客对发型稳定性的要求）；三下五除二将你的发型改变。从那里出门，发誓不去那里了。这也由不了你的发誓，隔了不久，那家店就关门转让了。

这让你想念那家老店。鸿运理发店。店主是孝感人。店面就在单位附近的朝向一条街的门店中间，在小区超市和捏脚馆中间，处在一幢办公大楼西面的阴影里，很容易被忽视。你如前一般拐进去，那里白天夜里荧光电灯亮着。他总在店里。天气变冷了，顾客少，他在店里看报纸。熟悉的转椅空着。哦，你来了。不热情也不冷淡，好像前些天刚理过发似的。他的妻子出来和你打招呼，谢谢你关照他们的生意。男人继续他的谈话，除非房主不租了，他是不会撤离这里的，毕竟在这里干了三十多年。他做的街坊生意，附近小区居民大都是这里的顾客。收费也合理。第一次到这里理发价钱十元，现在还是这个价，他维持着物价的稳定。

喜欢到此理发，不仅仅是实惠；他对你的发型了解，尊重你的意思，保持发型的不变。先用牙剪将头部四周的浓密头发绞薄，与头顶的稀疏不至于形成对比。后脑勺下端保留多些，不削剪陡峭。耳朵也不露出来。从头部的左边分岔，刘海自然梳向右边。两鬓角保留得不多也不少——这是年轻时看过日本电视剧《血疑》后从电影主人公身上学习的发型。直筒裤，长鬓角，后脑勺下的头发坠长，是那个年代的审美残余。此发型保持了几十年审美的惯性。你想让这个发型还保持几年。后脑勺下端发线变长，耳朵也不露出来，有着类似于摇滚乐歌手对发型的另类讲究。如果退休了，会剃成光头——同事说他退休后有所觉悟，发型也改了，生活从"头"开始：剃成光头。光阴流变，你的发型或形象会渐渐改变。

每次从鸿运理发店旋转的椅子起身出来，好像没有理过发。剃头三天丑，你没有这个感觉，他协助你维护了发型的稳定感。头发从来不烫不染不焗，即便有了白发掺杂其中，也让它去。一个同事去理发不让女的替他理：男人的头，女人的腰。他的保守有些过分。你去理发店不洗头，不想与他人共用毛巾。洗好后去剪，然后回到家里自个儿清洗。每次到那个矩形的摆着两张转椅朝向两扇镜子的店中，如同故人相见，亲切；主人也不多语，朝你笑笑，从玻璃镜看见他用心处理你的发型。对着玻璃镜子，两个人说着话，间或聊他的生活，他的儿子和房子或日常见闻。不像在有的理发店：小伙子在理发，顾客拿着手机在看。你和万师傅长一句短一句地聊着天，理发店成了茶室闲语的空间。在鸿运理发店，时空是交错的。

某日入店，看见他的下身穿着多年前你穿过的那种蓝色直条纹路的牛仔裤，你盯着他的裤子看，和你多年前穿的一条一模一样。那是一条跟随你多年你最喜欢的裤子，遗失多年的裤子似乎被他保有，他代替你的身体使用它。你们共用着这条裤子。在理发店，忆起了多年前，它归属于你的两条腿，在西部火车车厢里晃荡，在黄土高原峁梁上被风吹动，你爱那条伴随你困苦生活多年的裤子。时隔多年后重见它，让你沉默着回忆理过头发的一个个地方。一生移动不定的身影在晃荡。理发店瞬间变成回忆的场所。你享用在这里的每个时刻。头发理完后，万师傅总是用剃须刀在你脸颊两侧轻轻削刮，刀片在稀疏的须髯和皮肤间轻轻荡过。你很享受，他捏着剃须刀，如同我们握着毛笔写字一样，轻巧地在脸上剃刮，发出沙沙的声音。这是乡村老理发师傅教给他的，现在很多新型理发店都没有这剃须刀。当他将上唇须修剪保留，将下颌须剃尽，解开围巾，头部下端四围涂上痱子粉，如同回到儿时的理发店。

儿时到生产大队部的理发店去，就是冲着那痱子粉的香气而去的。几十年后，当你低头回忆，那脖颈残余的点点白粉的香气至今还能嗅闻。家乡无名河边的小房子内一张能转动的椅子。带补丁的蓝色围裙中你的脸，对视裸墙上的镜子。九岁的脸蛋在其中。理发的周师傅脸上的皱纹也出现在里头。他的右手指间夹着剃刀，左手弯曲扶稳你的颈部，在头的四周剪切削刮。椅子转动发出吱吱的声响，有时它朝向洗脸架横杆上因使用很久呈现油腻的毛巾；偶尔可以从转动的椅子看见窄门缝隙间的河水，同更远处的田野，绿树下的一排人家。母亲带领你来到村口的小店，或一个人步行来见他，周师傅。重新坐在他能转动的椅子上。踏板上的泥浆。泥土地面凸凹不平，凹处布满细密的黑发。从镜子看见他将剃刀在一块发黑的帆布绶带上上下刮几下，就像母亲将菜刀在磨刀石上刮一刮，就在你头上动作开来，最后保留头顶一撮头发，如电影《小兵张嘎》中的宝盖式的平顶头。这是你最初的发型，乡村的理发师给予你的，一直保持到读完高中，直到你现在的发型替代它。

周师傅为你剃头的时候，鼻孔流出青涕，挂在上唇须。周师傅当然不在了，与那河边的小房子椅子转动的吱呀声一起消逝。当你离开那里，他解开缠绕颈脖罩衣的带子，取出盒装的布袋在头颈部四周涂抹白色痱子粉。现在想来，那个少年到理发店就是冲着痱子粉的香气而去的；你坐着公交车到那鸿运理发店，也是冲着那怀旧的痱子粉的香氛而前往的。

这些年你保持着那个择选的发型，经历一个个不同的理发店，在不同的时空，顽固地维护发型不被改变。离开家乡平原，到了异地北方，你寻找一个个理发店。你的理发变得游动不定，随着你游走。那年初到北京，租住北京双泉堡，买了辆二手自行车。车身是黄色的，前面安装了铁框放点什物用品。往清河的路上，车胎没气了。北京边缘，到处是有河无水的荒寂。一个老人在路边，守着临时的摊子。给你们这种人困难中的帮助（补结你生活的漏洞）。那天，在散落叶子的一棵白杨树下，一位妇女在路边为人理发。板寸头。两元。你把自行车支在路边，正襟危坐在她支起的折叠的椅子上——你似乎与社会没有了联系，如同那位下岗妇女，游离在社会边缘；如同那自行车随时会被扔弃，被人转手，消失，无人知晓；如同你的头发散落野地，随风消散。

某日，从三联书店出来，你看见电车交叉纵横的网线。北京美术馆翘起琉璃瓦屋檐；树林空地，几位穿着白大褂的妇女正在为人理发；白果树橙黄的扇形叶片停歇地面，又迎风飞舞。京城街头游动的理发店，这里有无限的趣味。三个身着白大褂的妇女在树下修剪板寸头，她们在抒写老北京的缓慢与悠闲。"他们是中国人，他们有点慢。"你想到茨维塔耶娃传记中的句子，当你坐在那下岗女工的面前低着头和她们聊天时。外国人十元，中国人五元。这是她们的收费标准。后来，她们的身影消失了，北京越来越规范，遗留下来的日常生活场景消解掉了。再后来，你迁入京东的皇木村。理发场所变得稳定，你常到小区大门一侧镶嵌在一溜的门店中唯一的理发店。东北小伙子开的。收费五元。他在你的要求下修剪，保持原有的发型，也不清洗。

你曾到地铁附近公寓旁的新状态理发店理发。店面夹在德福兰超市与房屋中介的中间。从玻璃落地窗看见里面所有的陈设，墙面挂满新式的各种各样的发型图片，固定的椅子替代老旧的转椅。被围起的围巾抖落满地头发，一丛丛地散落在白色瓷砖上。你吃了一惊。瞬间转移时空与地址，身心从那里游移超脱。

你看见了她——偷偷地从阶梯教室跑到寝室，为一个意念所支持，在校园内的小超市买到一个玻璃瓶和小剪刀。她上楼了，她的心在跳动。寝室里如她所料空无一人。她来到上铺小镜子前，她瞅着自己的脸，在头上用剪刀取自己的头发。从左边取了一撮，又从右侧取了一些，将它们塞进透明的小玻璃瓶里。乌黑的发丝蜷曲在瓶内。她没有什么东西表达对他的爱，想来想去，她只有这头发，从身体里长出来的头发。她将它们剪下，小心地塞进瓶内用橡皮盖封好后，关门下楼。她听到了心的微微跳动。那一刻经过的什么人、楼道的什么标语都自动消隐了。为一个冲动所控制，一门心思地完成着她的计划。她直奔熟悉的邮政所，来到了低矮的柜台前，填写他的名字和地址。从荷包搜到一张小纸片，写下附言。她把包裹递给邮政员的时候，心都空了；那个瞬间，随着她的头发，心也被带走了；站在校园一棵橡树下，她成了个空心人。在海拔高于北方的云贵高原一角，她停了停，过了一个时辰才回过神来，朝阶梯教室方向走去——

在理发店，又一次看见她，地面上的头发和隐藏在玻璃瓶中的头发。那是爱的信物。从你们身体里长出来的黑色的头发，不可仿造，活生生的，带着你们身体的气息和血液。你从不怀疑，那蜷曲在透亮的瓶子里的头发与爱。在那个理发店，重又看见它，停在那家理发店，沉默不语。

　　回到南方的省城，鸿运理发店在等候你。你从那里进门出门，保持日常的节奏，回忆也在此往返。隔一段时间想着到那里去，看见万师傅和女人在店里。这写满记忆的理发店，它还在这里，街道悬铃木树还排列在马路两旁。几个妇女在树下摆起缝纫机为路人更换拉链、修补衣物。与之比邻的那个鞋店还在，和理发店一样在这条街坊经营了几十年，和这里列队的树木形成树荫长廊维护街市的阴凉，以其不变衬出街市树权间拉扯红色标语的变异。树叶每到冬季落在地上，雨中印在地面如同一页页画片。你从此路过，过去的单位门墙上的标识还在，但房子已易主。这鞋店、理发店还在这里让人回顾，它们就是城市的一道风景，是这个城市身体的血管和筋脉。没有稳定的小店，这个城市会让我们辨认不清方位，理发店维系着这里的时光的缓慢和个人的记忆，以它的缓慢对抗着世事的加速变化。从理发店出门路过附近的鞋店，和那个手持锥子的男人打招呼，他还记得你，叫唤你的名字。想到了马拉美《修鞋匠》里的诗句：皮鞋修好了，你的脚如愿了。是这样的，你仿照说出这样的句子：我的发理好了，我的心情如愿了。走在这初冬的老街，带着崭新的面容出现，身心游移超脱；改变时间和省份和国家，你看见了你对这都市的爱，对鞋店理发店的爱，对这里街道的绿树长廊和绿荫的爱，对个人回忆的爱。你爱着这里的老街门店风物和落叶，更换心境走向不同的路径。你坐着公交车去寻找理发店，或者说去将过去造访。老理发店还在还没有消隐，走进去，那里的灯光还亮着，那个熟悉的如同老朋友的理发师如常为你围起早年的罩衣。你们出现在墙面记载时空与印象的镜子中。

而这在退远。庚子年四月，雾遍布山林。在山岭之外，你和汉口湖什坊路的鸿运理发店受隔于疫情，相违多月。在武汉封城之前，你回到度假山房。当你在山房前草坪一张木凳上落座，将山岭之外的城市望了望；女儿在你身后，帮你围上蓝色罩衣，她为父亲修剪特殊时期变白的长发——

飘荡不定的逃离人生，历经着不同时空的理发店，长时无语。山房挺立在你们的身后。院门关闭。你让她将这愁思似的长发剪除，不留一丝。是到了改变自己发型的时候。院子饲养的大公鸡在打鸣，院中菜畦的绿色在加深。清明前的阳光沐浴院子的花木，爆出花骨。脚下的草地在返青，长发混入其中。这里没有佩戴口罩的面影。你想念那家理发店，但愿它行鸿运，不罹厄运，还能存活在悲欣交集的人世；祝愿它还在，万师傅坐在荧光灯下等候，在你的颈脖围起那沾有油垢光亮的蓝色罩衣——

2020 年 4 月，大崎山舍

空荡荡七月的校园或假期

　　湖边的大学校园潮湿闷热。穿着短裤和裙子的男女学生戴着口罩手拖拉杆箱，轰隆隆从身边走过，朝向通往地铁方向的三号门。他们放假或毕业，离开这里。我也要离开这里，带着独生子女证、户口本、身份证和两寸照，办理退休手续。校园有些空了，三角湖的荷花在它的时序不紧不慢地绽放。接待我的是老张，十多年前，也是他接受我面呈的密封的档案袋。他好像没有变老，还是从前的模样。岗位也没有变，办理教师升迁退休诸事宜。他塞给我一瓶矿泉水，接着复印所要的资料。离开他时，我想，在这校园一晃待了十多年，可能是最后到这行政楼的电梯上，最后一次见他。校园没有多少行人，空空荡荡七月的校园，学生迎来他们的假期。广场铺设的水泥砖块的缝隙长出青草。校园空荡荡的，我将迎接生命中的长假，从湖边最后的校园，永远离开。

　　农场中学七月的校园没有人影。几栋教室和教工宿舍拼接而成的校园。土操场四周的杂草向操场中心蔓延。一扇扇门锁闭。兄长的手扶拖拉机开进无人的校园。杂草侵到砖铺的教室走廊。生锈的废弃的用来作铃铛的犁铧还挂在办公室前。我曾在它下面敲响上下课的铃声。钥匙插入锁孔打开宿舍木门，运走我使用过的铁床、蚊帐、图书（《第二次握手》《李白与杜甫》），那张有三个抽屉的办公桌也运走。甚至，不丢弃在此使用过的纸质就餐卡。它们是我青春时期的纪念物，在此消磨光阴的凭证。我就要到县城某校园去工作。离开时，望了望凹字形的中学校园，为四周碧绿稻田所环绕，从远处看，如同一个孤岛，我想到爱伦·金斯堡和他的垮掉派同志生活过的孤岛。几片罕见的落叶当着夏日热风飘飞。

大学校园的走廊没有草丝。我打开办公室的铁门，清理最后的几本杂书、新诗研究所的信封和编辑的诗歌研究资料。芭蕉在窗前隐现。坐在窗前，凝视它的缄默。这最后的办公室，独立的办公室，芭蕉临窗，分绿到独立的空间。你曾待在这过滤后的静宁和清凉里。你把在北京当编辑的习惯转移到大学校园：编辑的诗书被安插在书柜一角，芭蕉叶柄影印于书脊。在那张转椅上你空坐了一会儿，灯也不打开，望着窗前芭蕉：这是你一生使用过的最后的办公室。一生你使用过多少间办公室？在最后的校园，钟声和斜阳平敷过来，经过绿叶芭蕉到达岁月时空的圆满，或哀伤。

图书馆门前的草坪修剪得齐整。凭着校园卡在机器前归还借阅的几本书。出门，又看见校园广场间一小撮杂草。二十年前，离开平原县城围墙内的矩形校园，同事蹲在甬道拔除杂草。假期将结束，返校学生的身影填满空虚校园。我绕行围墙阴影中的煤渣路，移动的身影一半在阳光里，另一半在阴影中。从柏树梢头，随眼望了望二楼的办公室，没有人从那里出门，我的备课本、学生的作业和杂书扔在那里没有去清理。那是你急欲离开的地方。从那间嘈杂喧嚷身心分离的办公室出门，时常像踩跳板一样跳到教工宿舍楼的书桌前。你想成为一个诗人而不仅仅是一个人。终于离开了那门紧闭的办公室，独自离开校园时头也没有回。你听到驶往北方的绿皮火车的汽笛在叫鸣。

北方胡同里的出版社假期。编辑部办公室的荧光灯一年四季打开。邮件被编务每日整齐地放到办公桌上。你和同事悄无声息地拆开一个个信封。看稿，审读，写稿件送审单，回复作者来信。你用不着偷偷摸摸看文学类的图书，像多年前在南方校园那间大办公室。你仿佛拆开多年前在那间办公室寄发给编辑部的稿件，经过多年的颠簸，稿件现在到达手中，小心翼翼地拆开。你爱着你的手头工作，觉得自己是幸福的人：从无名的写作者变成文学刊物编辑，从县城到了京城。每周穿过胡同那棵榆树，张望编辑部外墙绿色爬山虎，办公桌堆放了新的邮件。后来，后来你还是离开了。爬山虎爬满西面的那栋墙面。你在楼上楼下跑动，也是夏日，手持办理离职手续的表格，要在那一个个框框内盖章。你要回返南方的大学校园，迎接属于自己的假期。那天，你穿着人字形拖鞋，牛仔短裤印有蓝花，从黑色办公桌取出电话本和几本杂书就离开了。几个女同事停在门前向你挥手，你也向她们挥了几下。

你曾在办公室与人争执发脾气。想把在这里受到的委屈倾泻出来。可能是在此压抑太久，看某人的面孔太久。胡适说，世间最可厌恶的事莫如一张生气的脸，世间最下流的事莫如把生气的脸摆给旁人看，这比打骂还难受。那张脸阴沉着冷冷地从办公室迎面走来。冷冷的脸面，斜视的眼睛。无论置身哪座城市，你逃不出那张脸的冰凉。南方校园的办公室，校长那张不可一世的脸。他在教师会上大声对同事吼叫：你们给我滚，谁不服从就给

21

我走人。你从过去的单位滚出来到了北方。在北方的办公室遇到一张冰冷的脸。你生出对身份的焦虑。想着不会从属于这充满偏见和傲慢的办公室。一个游离者随时会离开，离开这办公室。那年夏日，从地铁口出口张望京城，空荡荡的，没有了早年到达这里因无知而生的新鲜感，再没有吸引你牵念的人和事。时代悄无声息地完成它的转换。你完成了对自我的认识，在哪里生活倒无所谓了。你真正所要的是有尊严的词语生活，以及那必需的黄金般的闲暇。想着在北京这些年，一个闯入者，熟悉它的街道、公共汽车路线、气候和环境，完全可以还在这里混日子，在某单位待着，一个体制内的编外人员，看他人的脸色，不断用力地工作。为身份焦虑，不断地想挣钱缓解压力，获得所谓的安全感。这样的日子过完了，你断然离开那里。

你将有芭蕉临窗的办公室的铁门锁闭。回头望了望门楣上新诗研究所的招牌。拎着几本书和茶杯转移到车上。离开这一生使用过的最后的办公室。是这样的，你离开了，芭蕉还在办公室窗前。这一生你在离开一间间办公室，潦草的浮尘散落的身心分离的，离开一间间控制你的办公室。在人世，什么是你的？就连你的肉身，最后都要与之告别。一切都是短暂的拥有。你只有你对自己生命的使用权。你要不断地离开、离开。车驶出校园的岗亭。语音传递：内部车辆。请慢行。如果再回返，你会被拦截不得入内。你也不会重返。你自筑的山舍与校园隔着山岭重重。车内放着学院为退休老师送的花。平生第一次接到花篮，照相机前和同事站在一起。你驾驶的车奔驰在通向山舍的高速路上。彩纸包扎的一束束丁香、玫瑰、百合散逸的混合的香气充盈于车内。

将车停在山坡。将那束花移置二楼的书房。进入山舍，木香爬满院门，闻到金银花、移栽的兰花播散浓郁的香。诗中描述过的各种花在园子开着：芭茅抽穗是看不厌的，栀子花开过了，月季一茬茬重复着更替，它们开在没有时间的庭院，似乎在欢迎主人归来。浮生经历的一间间不同地址的办公室相隔消逝于山岭之外。你要为自己节省更多的时间和精力，进入你热爱的语词。为了谋生，从事过许多职业，但没有一个职业是有趣的，快些回到你的山舍吧。

　　站在庭院的甬道，我迎来自己真正的假期，生命里的长假。早年在平原校园，曾辗转托人说情，申请创作假。一年的假期觉得长长的足够用来做自己的事情。你迫不及待地想着回到书桌前，忙着手头的一摊子事：阅读和写作，这是你一生的志业。所有的外部游走都是为了这个内在愿望，为之经受过多少折腾甚至屈辱。你迎来了你的漫长的假期，可以身心同一地归宿于最后的山舍书房。生命中渴望的假期真正到来。忽然，你生出伤感，漫长的假期却掐指可数，留待你使用的假期并不漫长。离职会上的赠花在书房迅速枯萎。人生看似很长，其实很短，短如午休时的轻梦。从漫长死亡的墓穴往外看，人生只是一瞬。其实，你迎来了生命短促的假期，然后，是长久的没有时间的睡眠。

2021 年 8 月，看云山舍

自传的写法

之一

　　长江水浑黄地流涌，挟持塑料袋或杂木工业垃圾往下游。轻淡的水气带泡沫的水浪，拍打江滩，向你们涌来。这是2016年暮春，你和妻子、女儿和她的儿子，闲坐在汉口江滩边，这长江中游地段，看江水流淌。大大小小的邮轮船，从江中缓缓移动。一家人从北方回到汉口生活多年，外孙在我们身边长大。他和我们席地坐在江滩的石阶，一样望着长江水流，坐在他外婆身旁。时光流走如同江水，外孙出生我们在变老，女儿也无法回到她的少女时代。那年在北方，没想到一家人会流转到武汉。暮春时节一个平常的周末出门散心看长江，你不知以后会流落到哪里。生活本身流转不定，人的一生如同一滴水被流程规定。你看见了时间，它如轮渡看似一动不动停在江中。其实，它在无声地流走。当你们起身，发现它们改变了位置。你们起身离开江滩，流水轻淡的气味被嗅闻。你在心里说，那是时间的味道：清淡寡味似有若无，却分明渗入身体和意识。

　　也是暮晚。你在公交站牌下隔着柏油路和铁栅栏凝视居住的小区，绿树背后的浅黄白顶的高楼。你寄身的公寓就在一幢叠床架屋的盒子里，这是你南北迁徙停落的所在。西下的阳光从左侧马路中间映照过来，你分辨房子的朝向，住了多年忽然明白了它的方位。当时你在公交站牌下拎着酒改坐公交去会一个朋友，在观望的缝隙，搜寻林立楼群中属于你的阳台，它被另一幢楼遮挡。你知道那幢楼的后边空地间的绿树，樟树在长高遮挡朝南房子的窗户。各种偶然的作用，你择选此处为落脚处，也不知何时会离开这里。忽然发现这里是临时的居住地。西下的阳光从马路左侧平铺过来。你不知道你的家在哪里。

之二

某日，在新的小区椅子闲坐。残月依靠高楼一角，你感觉身体的疲软，自己就是一个病人，从北方迁居到此，身心隐隐带着伤痛。在甬道行走时，碰见桂花的香气，以它的香气抚慰你，让你把不同生活的时空连通。你把书房变动到武汉，从北京的皇木厂搬迁到汉口。十年前，从平原县城离开，在汉口火车站辗转奔向北京，背着那台五八六的电脑和一些手稿图书。在首都打拼多年，购置过房子，摆放那些日益增多的图书，以为可以安顿下来，没想到经历不由自主的南迁，物流托运八十多捆藏书归来。

在汉口花园的书房观望四壁的图书，觉得自己可能完成最后的迁徙。你的旧鞋子回到新居的柜子，它们从北方同时行走回来。阿多诺，这个流亡者到了晚年获得美国公民的资格，他并没有真正感到舒适自在，反省他长期流亡生活的进退两难的处境，总是沉溺于逃难者的自哀自怜：每一个移民知识分子毫无例外的满身伤残，他希望保持自尊，而不被告知这一事实。北方的沙尘暴追踪你流落到华中地区，落入你起居的院落。你逃无可逃。你想着离职，想着逃离，你又开始酗酒，从协和医院里急诊室的昏迷中被朋友领回。对酒精的信赖重又出现，一个病人还未得疗养，又被新的自我制造的伤痛所刺激，精神的敏感加剧其疼痛感。一个病人从北方逃离投靠这里，但他的病身需要时间的疗治。

之三

在汉口花园的阳台上观望街景。

现在你逃到这个省城，从大学校园外墙走过，进入新单位的大门。突然想到这是你要与之发生关系的地方，你的依靠之所在。这证明你内心虚弱，有着和植物一样的依附特性。在新居的阳台观望，像多年前在平原县城，俯视楼群缝隙间的电线、马路、行人和邮差——类似的情景重叠在一起，恍惚觉得从来就没有离开过。

校园石楠树顶，一只黑鸟跳到一排汽车停靠的甬道边，在挂着小雨滴的草坪上，它用纤细的红色足蹼蹦跳着前行。那个穿碎花蓝衣的女园丁在花树下的木凳上，手捏一把杂草，似乎张望远处的云天或往事。你情愿成为园丁或那只无名黑鸟，不，你情愿什么都不选择。

你扫了一眼办公室，发现被垃圾包围。它们就是一堆废纸，未出厂时就是垃圾。你身不由己落入这个时代，藏身于阴影，情愿什么都不选择。你绕着小道行走，把草丛间的清洁工多看几眼。慵懒的闲人，唯美的软性的反抗者，提醒自己不去要，并以此为耻；不去拥有，晃荡着和缺失相连，成为沉默的人，吞食绝望。与己为敌的潜伏者，怀抱绝技和秘密，扮演多重角色。你处在一种中间状态，地域之限早已从意识里退去。一方面怀乡而感伤，另一方面扮演秘密的流浪者，尝试居无定所的生活。东奔西走无法安定下来，回到安适自在的状态；无法完全抵达，无法与新的居所或新的情境合而为一。他过着未定的虚悬的生活，他成了处于特权、权力、如归感之外的边缘人物。一个旅客自创自己的生活路线，自我放逐不被驯化，大胆无畏，不断自我超越，改变前进的路线。

之四

像一个受体罚的小学生，你拎着一袋教辅类报纸，站在校长办公室门前的走廊，等待他从办公室出门。一对男女在擦拭走廊的玻璃幕墙，使用着不同的器具，从它的正面到反面。他们腰中系着一根细绳悬在玻璃外面用力擦，使玻璃表面明洁。权力可能使自己拥有更多的自由，钱也可以使一个人有支配自己的时间，但这都是受控的。你的身心突然泛出恶心。学生教室堆满教材之外的教辅资料，他们的课桌摆放着高过头部的考试试卷。一双双隐形的手伸向这里。一阵恶心控制了你。书本经济。为什么要参与下流的运作。你像犯了错的中学生站在校长办公室门前。是谁命令你呆呆地站在这里。你忽然听到内心的命令：你得马上离开，从这里。

你说服自己热爱这座城市。在这里好好生活。今夜，当车经过长江两岸的灯火，江水中隐藏夜空与灯影。找到在此生活的又一个理由，与身体残留的酒意无关，与长江二桥微妙的现代夜色无关。代驾送你回到家中，那个荆门的酒友回到自己的住所，王延华打的夜行肯定一路酒气熏染武昌的街道。此刻你穿过夜空下的长江，星星密布夜空从桥梁斜拉杆的银光可以分辨，它们倒映在墨绿色江水之中，星光在水中播散。你似乎找到了热爱武汉的理由。一瞬间，你对自己说，在此过好每一天。这与车内播放的管弦乐无关，与酒宴上的美酒无关。你在半山酒庄和新旧友朋谈说在京城的往事，述说心中所愿：山中筑居。车经过长江二桥的灯光与星空，你看见子夜时分江城隐藏的美。

之五

久石让的《入殓师》中大提琴主题曲在书房里徘徊低诉。这成了写作《一个梦》的背景音乐。你将其中的哀思融入诗行的氛围，你的泪水流出来了。情感失控，使一首诗在悲怆情感中超拔不出，写作带有某种哭诉的愿望——

昨夜她来到梦里。混乱酒席上，突然出现在面前。你起身，她叫你哥哥。椭圆形的脸，变年轻了，刘海整齐覆盖额头。那可不是最后见面的模样——灰色羽绒服罩着她笼统的身子。北京天通苑黄昏，她要你去见她。你转了好几路地铁。夜色中，她把你引入一个旅馆，神色紧张：她说她被跟踪，遭威逼。你们商议：隐在江汉平原如何？我们可以常去看望。她未置可否。她让你替她保存一部手稿。表情显得惊慌，担心有人闯入。她叙述身边的人如何绝情，也加害她。是否她患了臆想症，自己恐吓自己？你在心里揣测。天亮前，她说她要走了，轻轻抱了抱你。

一切都会过去的。你无奈勉强地安慰她，她却要你隔几分钟，也得离开这里。她到了哪里？北方冬晨的荒凉，马路边裸露的地表，没有绿的痕迹。她到了何处？张望空茫茫北京城，何处能找寻到她？写电邮却发不出去，几个电话号码全都停机，四处托人打听她的下落，想着到老家去找寻最后的线索。难道她真的遇到灾变，一个人无声无息了？昨夜她来到梦中，是想托梦于你，要你去救她。

这些年，我们相待如亲人。桂子山庄新居。木地板。新书房。移动玻璃门。面包或糕点。我们和朋友低头祷告，一起唱赞美诗——"手挽着手，相互温暖，整个下午，没有一点破裂。"好像变了一个人，到了另一个国度，那看不见的发生在内心深处，悄悄转移。她把这讯息传递给漂泊中寻求出路的我。那年，从她身边离开，去往前途未卜的北方，在山庄的上坡路，邂逅雨水——承蒙由上而下的赐予——是这样，我们离开家乡去了远方。吃了很多苦，走了很多路，都是绝路。那些年在北方，受人看轻，隐忍度日。被他人催逼，慌张离弃皇木厂的房子（她曾到过那里，笑着说，柳宗宣有了故居）。唉，房子早已易主。我们为得失所困缚，欢喜或哀叹，以为占有即触抚的实在，那也是一个梦，如同你和她昨夜的相逢。

之六

武汉在几百里外受着暑热的烤炙。你坐在一株古老的菩提树下与明一法师用餐。

从法眼寺后院吹过来的经过菩提树叶的风拂到身上是凉爽的。你独自走访麻城外芝佛院无念法师与李贽的旧迹。打坐与敬香，欲求安顿身心。打坐不到一刻钟腿疼受不住逃出了禅室。佛寺的门槛高着呢，只能停在门外窥探玄妙的佛法。在你看来它非知识非经书，是身体参与的修行。你离开城市，寻法眼寺而来。山路陡峭，布满草丝，路面塌陷，一些碎石头停在路上，山行没有回头路。无念法师着袈裟持杖走在布满草丝与山石的路上，袁中郎也走在这条路上（他寻访无念，多次来到黄檗山中）。李贽晚年避祸至此，他一生皆在逃离，避于官位、故里和家庭，以文字为枪。他无所归，以朋友为归，也走在这条道上。

法眼寺不远处的息影塔，你行卧、读经或打坐于此。和僧人于息影塔前念咒绕行，为此处森然肃穆气氛笼罩。无念法师圆寂后的真身即在塔中。菩提树枝叶繁茂，山泉流淌声可闻，夜间萤火闪灭于此。烛台前读《大佛顶首楞严经》，白日于大寺前树下打坐，然后校读无念禅师的《醒昏录》。你要逃离的不仅仅是暑热。这些年不停地撤离游走，寺庙似是个去处。心中有一把快刀，在禅院它或许会钝下来。从禅房纱窗看见，男女拎草纸炷香，张望着走上石阶，前往寺院蒲团跪拜。烧香许愿的男女，为速逝的虚荣催逼，纷纷扰扰，茫然无主到达这里，停驻，窥探，不解。你曾是其中一员，现在和他们隔着一层窗纱。多年前人影旧事在禅坐的客堂被翻找出来，浮现又消逝。你看着它们来去，从你的空心。

之七

你接听她的电话是在友人山房的露台。

交谈缝隙，平原家乡的鸟鸣可闻，棋盘式的田野浮现。家乡的每个地方赋予了你想象，你曾找寻归田园的地址。这位早年的学生协助你将还乡计划落实。你和她曾停在返湾湖边指点，规划归乡的湖边屋址。她打来电话，还乡遇到了不测。湖边的房子要撤建，那里即将变成旅游公园。哦，一个让人失望的消息。电话中，她说另寻别的路径，寻找别的地来安置我的归乡之梦。

在和她对话的空隙，平视到异地梧桐树叶间的鸟巢。几只灰棕雏鸟在巢穴张着它们的尖嘴，在三楼的露台正好观看它们。故乡的鸟的巢穴在童年绿树之间的土木房子上再次显现，在唧唧叫唤声中，你和父母听闻它们。老房子的后院柳树上有很多不同形状的鸟巢。金丝雀精致的巢在低处，在树枝蔓草间，由发黄的粗细同一的草丝织成碗形的巢。你曾爬到柳树的顶部从树枝交叉搭成的褐色喜鹊巢中偷窥。女学生打来的电话，再次让你看见童年之家的屋顶和隐蔽在家屋后面绿树间的鸟巢。

回乡多么困难。你预感着回不去了，过去的家园早已隐退。是这样的，人事流转，移花接木。挖掘机伸长它的臂膀横行乡里。你的还乡计划前途未卜。从故乡拨打来的电话，又让你重观藏于树间的鸟巢。山地鸟群拥有它们，为新生绿叶环绕，唧叫的鸟儿仿佛述说它们有亘古不变的居所。你无法拥有它们的幸运。

之八

2019 年岁末，你从城中公寓醒来，你想着回到山房，心里有些急迫，这次的归山有点如同投奔。院门等候你去打开，公鸡在那叫鸣呼唤家园。你有些不安，回了一趟老家，到父母的坟地烧了一炷香，就像早年除夕前和父亲一起在祖坟点燃纸灯。回返县城车站的途中，国道立起了绿色护栏，两旁的树木都被伐掉了。白色垃圾也蔓延到这里，河水变黑像变质的淘米水。母校操场和教室看不见了。化肥农药和地下管道，改变土壤的组织元素和田野的神秘与律法。在故乡流塘口，你是个陌生人，回到童年的故乡多么困难。汽车进入生活多年的县城，几乎不认识了。它在漫无边际地扩大，证明它的雄起。这是你的逃离之地，你无法再回返的家乡。哀故乡，哀我们的命数。一个没有了故乡、不识时务逆向而行的家伙，自行其咎，于纸上自我哀悼。

你坐着火车返回汉口，从旅馆式的公寓醒来，天还未亮，城里要办的事差不多处理完毕。过节的点心也没有来得及去买，也没有必要入超市，你和妻子驾驶私车出城了。汽车如同投奔，匆匆走在高速道上。背对高低错落密集的楼群，笼罩在灰蒙的色调之中，朝向大崎山地奔驰。

你落座于青砖黑瓦的山房前的草地上，想见贝勒维拉蒙塔涅那个小山村，处在法国卢瓦尔省北部一座千米高的山岳上。那里有一个小山湾，尚博。艺术家德波的房子就在那里。写过《景观社会》的德波，揭露现代商业的暴力。当新的市场媒体新的诱惑控制他，侵占他的日常、意识与良知时，他就开始了逃跑，与他所批判的景观社会远离，奔赴个人的领地。离开巴黎，隐身尚博山地躲避。

你的山舍和他的房子有点类似：带有烟囱的黑瓦平房由本地青砖砌成，显出时间的痕迹。在这里，从山房都能望见远处起伏山脊的天然的曲线。是这样的，当别人忍受归顺之苦，你却体味放逐之乐。你用这城堡式的房子来隐身，当成某种抵御的屏障。离开后几日，武汉封城了。山岭之外的城市传来的消息，在山间巨石草丛发生回响。你没有庆幸在封城前离开。你置身的山房成了风暴集结之地。山雨欲来风满楼。山风猛烈地向有柱廊的小泥楼房发起攻击。屋顶的瓦楞缝隙发出呜咽声浪，而高墙屋宇挺立不动。记得你在逃离的高速路上，只听到了一个声音：归去，心情有如投奔。在巨大的损失来临之刻，你的反应是归山，回到一个确切的地方，回到大崎山间，这用了你一生的逃离修建成的看云居。

2012 年—2020 年，汉口—大崎山舍

雨线与诗行

　　山雨包围了山房。室内听雨。这是春雨，今年春天的第三场雨，一阵阵地下落。山雨欲来风满楼。是这样的，风在前，雨随之至。雨声有些急迫，密集地打在屋顶。你望着屋顶的一根根横梁，山木铺就的屋顶木板，木板上的瓦，雨声从那里传来；也从屋外四周山岭袭来。这雨声显出丰富的层次感：细听，它敲打紧闭的中空玻璃窗，声音响亮干脆，如同有人叩门；落在草木上的扑扑声，落在台阶上的滴答声。山房听雨不像城里公寓听到的雨声单调微弱，为市声所消隐。山雨包围了你，山间唯有雨声。一滴雨落到另外的雨滴上。雨总是过去发生的事。它是你在不同的时段写下的诗行。

　　过去的学生打来电话。他的语音掺和到这雨声中。学生问你还记不记得他的名字。他远在新疆喀什，从同学那里要到你的电话。山雨落得不紧不慢。他打电话的地方没有下雨。一个中年男人的声音。你将他的形象从层层记忆给挖掘出来，影影绰绰记起他的长相。你又回到江汉平原的校园，他冒着阵雨跑到教室门口。走廊里积满了水。那年，你在那里写诗——

　　　　三把雨伞出现在大玻璃的办公室

　　　　一把红花伞撑开在地面
　　　　一把紫花伞撑开在地面

一把黑伞收拢，依靠在桌边
干燥的地面出现一团积水

如果你静听，可以听到
远处流水的声音

我看见——你的身体
冒着丝丝热气，从茶色玻璃窗后面

　　雨下在早年的梦里。梦中的几只燕子停歇在阳台上。毛发被雨淋湿，身子轻微地颤动。雨水让它们单薄的身体变形。看到它们，不出声，甚至身体也不敢动一下。你收到一个友人的来信，他悲伤的情绪，传染了你。几只雨中的燕子出现在梦中。流浪的燕子，暂歇于此，被一场暴雨追赶。

　　你爱看燕子在雨中飞或停在电话线上清理羽毛，在一场平原的阵雨后。你在阳台看见它们，雨在编织往事，你将它们移置到诗行之间。燕子和雨线，雨水浸染的花香。早年江汉平原的雨让身边的空气变得清新，诗行就像从空中落入你生活里的雨线。你爱在它们编织的雨林中奔跑，呼吸被清洗了的空气。那雨水的气息，从小闻到的雨的潮润。

多年前的一场雨还落在乌篷船头
伯父的一张脸被雨水洗亮
几个莲蓬从船头飞落一个少年手中
雨打在乌篷船上，啪啪地响

山雨包围了房子。你又看见那个少年向你走来，来到你置身的灯光中。从平原故乡，越过山岭，和这雨声一起到来。那早年夏日的一场暴雨突然到来。笔架山书店，邂逅购书的少女。暴雨把门前的自行车洗得发亮。避雨。突如其来的雨落在你们的交谈之中。你想让雨水延续你们之间的交谈，它只下了几分钟。那天，你看见梧桐树叶，碧绿发光；县城的水泥墙洁净无尘，空气中弥漫丝丝凉爽——

雨伴随你们行远，在武大两旁长有樱树的道上。和友人走在下坡路，樱花在细雨中飘飞，和着雨线洒落在你们的肩上。雨水与樱花静默无声地飘洒，路旁的广播传出有些忧伤的曲调，好像是 D 大调奏鸣曲，旋律随着樱花、春雨一同洒落。你和友人共用一把雨伞，他送你返程，走在飘零樱花和白亮雨线的交织中。

雨。那落在梦中的雨敲打瓦片。死去多年的父亲站在雨中。你不安地叫唤女儿。她没有回家，雨水越落越疾，女儿瑟缩在雨中，脸很白。你把头探出窗口，看见了父亲那张脸。一张愤怒的脸。你看见父亲，在冷雨中走远。

"在哪一个昨天，在哪一个迦太基的庭院，也下过这样的雨？"你放下诗书，看见曾落在长安古城的雨，现在落到山舍的回廊上。雨总是过去发生的事情。你又接过伯父从多重雨线中，投过来的莲蓬。那场夏日阵雨带来的那个少女，又来到你们的交谈之中。这雨淋淋的黄昏，带来了那个声音，你的父亲的声音。他回来了。他没有死。

雨落在北京的街道。你在窗前看雨。久违的雨镇住城市的烟尘和扬沙，开裂的地面使劲地吮吸雨水。人们在雨中跑着，仰着脸。这梦想多月的雨，雨在下。什么都可以缺少。大中电器。护肤蛇油膏。《新京报》。但不能没雨。在雨中，你快活地走动叫喊，你以为雨把你们遗弃了。雨在下，它回来了，让你回返南方。千万条雨丝，把北方与南方、干燥与温润、此刻和过往断续相连。当你从美术馆的大厅走到室外的过道，从达利画展出门，雨线从琉璃瓦片上斜斜划落下来，在你的面前变成弧线。你在心里说，那是来自另一个世界的声音，一个个精灵往来于天地。

雨声里，你重温博尔赫斯的诗，想着早年在雨中读它的情景，重读《南方》，在雨声中，在少雨的北方。

从你的一座庭院，曾经眺望

古老的星星

从一张阴影里的长凳，曾经眺望

这些零散的光点

我的无知从没有学会为它们命名

也排不成星座

曾经觉察到秘密水池里

流水的循环

素馨花和忍冬的香气

安睡的鸟儿的宁静

门道的弯拱。潮湿

——这些事物，也许，就是诗

夜里，梦中随着雨的脚踪，回到江南。大小湖泊，绿波浩荡，起伏的山峦浮动雾气。在水和植物中间，穿过开满油菜花的田埂，回到多年前的自己，和水灵灵的她在一起。从北方干裂的原野，跟着夜雨，一路奔跑，朝向江汉平原的雨线——

教室。他授课的声音掺和了
雨声，带来草地和桑槐的气息

走廊斜入的雨线
划断正午下课的电铃声

雨雾中柳树林边的田野
一片片云气积攒着游移

她讲述她：出门去淋雨
田埂上，雨湿薄衣贴身

勾勒她，十六岁的身体
小乳房。露出白牙走向我们

到积水走廊。我们嗅到她过去
雨中疯跑闻到的稻禾的阵阵香气

姐姐奔向父亲的房子在跑暴的下午
脸上的雨珠混着斗笠下栀子的芬香

忽然回头，农场学校的走廊
望见田野雨雾中豌豆花的淡紫色

和新华书店门前散落的雨点赛跑
雨在浩口小镇的街道上，追赶他

　　在对雨的描述中完成雨记忆的抒写和你的还乡。你回到雨中的南方，记忆中的雨线转移到诗的编织。你的生命和诗是伴随你游走在不同时空的雨线。

　　站在山房的院子中。雨云在空中攒积。前些天下过的雨，现在停下来。青草在雨后疯长。俗语说，五月草如跑马。是这样的，尤其是雨后，你听到山泉的轰鸣，这是山雨的奏鸣曲。又看见山雨集体的阵脚向院墙这边奔来，哦，移动的山雨纵横交错，你跑入回廊观雨：白亮的粗长的雨线连结天空与石头、山地、树木、沟渠和塘水。密集的箭镞式的雨脚打在屋顶黑瓦片上，落在栅栏是生硬的声响，落在植物的叶片是细语，落在红色土地上是哑语，落在池塘是有形状的圆圈。

　　雨天能让人安静。雨屏息人的欲念，雨线为身心编织了一片线的屏障，阻隔了你外出离开此地的念头。你就陷在自我营建的世界，和自己相处。此刻，坐在书房听雨，雨阵阵打在屋顶的瓦片，从东边到西边；雨线在窗口斜斜落下——多年前，你处在那雨的包围中，平原绿色稻田，白色明亮的雨线在田野编织成雾状的屏障式的雾团，和田野的绿相互交融转化。被田野和雨声包围的校园包蕴在豌豆花的淡紫色雨雾中。你在单身教工宿舍一点点干爽的地方，在自己营建的孤寂空间。空阔山房屋顶下听雨，看见被平原的雨所包围的书桌、床帐和清心寡欲的小青年，习惯孤独在雨线包围的世界，这是他生命中寂静的光阴，他在梦幻里读写、沉溺。

山间听雨，雨声中浮现诗中的人与事。雨迷蒙了窗户，窗外的山岭消隐。在亘古的雨声中读诗，放下书卷。停云霭霭，时雨蒙蒙。想见陶潜山居雨中怀友或雨天独饮。"天岂去此哉，任真无所先""自我抱兹独，僶俛四十年"。在流离之后，回归他的山居。你时常从诗行碰触他的身影，他在他的诗句里活着。

你走出房子，白亮雨线牵连在天空与山地之间，于池塘画出一个个音符。庭院的斜坡，天空流入山舍的通道。那落在迦太基庭院的雨，也下在此时山房的院墅、门廊、葡萄架和池水之间，变绿的山岭草木与巨石之间。雨敲打裸露梯田的键盘，雨线交织在诗行之间。你记起博尔赫斯写雨的诗："谁听雨落下谁就会回想/那个时候，幸福的命运向他呈现了/一朵叫玫瑰的花/和它奇妙的鲜红的色彩"。默念他的另一首《归隐庄园》。那遥远而确切的雨声，从恒久的雨中传来低语。雨就是时间。时空在交织。不，那不属于时间的事物，才能在时间里永不消失。雨线在此地也在别处，在时间里也在时间之外。语词的丝线在山坡池塘，溅起一片片水的光晕，将你的思绪圈入并荡漾开去——

2020 年 4 月，大崎山看云居

语词地理

车过汉阳，不远处的九真山低下去，缓缓消隐，江汉平原展现出来。依维柯快巴在沪蓉高速公路向西快速行驶。这是归家的路。

开阔平整的原野延伸至远方，与天空的边际线交叠，视野所及没有障碍物。隐现的白墙黑瓦的民宅。齐整的杉树林加强平原的齐整和开阔。麦垛。褐色的棉秆残留田垄。绿色的小麦在生长（而北方的原野灰茫、苍茫而苍凉）。

偶尔，河渠、鱼塘出现在平坦的田野中间，泛着水波的光亮。这平原的镜子，鉴照空中云朵和田塍上行走的乡民以及乡民身后的耕牛或黑狗。田埂两边的原野夹持他们，如盖的天空将平原上的人物显衬得渺小。

春日经过这里，大巴车仿佛穿行在一幅巨大的金黄色油画之中。平原是用金黄的油菜花铺就的地毯，漫延在武汉和宜昌之间。有时你想弃车而逃，投入金黄色的地毯，长眠不醒。

车过下查埠大桥。河流连结长江与汉水从平原腹地穿过。沿途有通顺河、东荆河、总干渠、观音河，就像一首诗的空行，讲求节奏的跳跃变化，出现在完整的江汉平原，衬托其灵动和韵味。当然还有那齐整的路边的杉树林，一方方堰塘，加入营造平原错落变化节奏的运作之中。

与沪蓉高速公路平行的 318 国道，上面的车辆与乘坐的快巴逆向而行，向东驶往武汉。国道路径弯曲，穿过平原小镇：三伏潭、毛嘴、浩子口、后湖、观音垱、丫角、罗场、关沮乡。有时经过农家场院。国道两旁的梧桐树或柳树，其枝叶编织搭就成天然的绿色隧道，车辆在其中穿行。多年前停靠车窗旁的你，透过稀疏的绿色枝叶，观赏平原的麦地、卖茶水和甘蔗的乡民，在行驶的长途汽车上。青烟弯曲蔓延麦田上空；一堆堆麦秸在热烈燃烧，往来车辆在中间穿梭。

返乡归来的高速公路上，目光漂行在平原，沉湎于往事。隔了多年的时光，看见多年前的自己逆向而前，怀抱一个梦想，到异地折腾流徙，历经多种隐形交叉的道路。心中欢畅而苍凉，当你从北方搭乘火车转乘客车从武汉街道脱身出来，在返乡的路上。临窗观看云朵下低矮的丘陵，梯田中的绿色稻田，低头吃草的水牛，为绿竹所环绕的民宅，渴望归隐于平原。在人生的中途，前行没有什么风景吸引你了，激动人心的风物在通往故乡的路上。接近故乡就是亲近存在的本源。你念叨海德格尔的名言：惟有那许久以来在他乡流浪、备尝漫游艰辛的人方可还乡。

318 国道从县城至后湖农场中段的周矶，这是回到出生地的必经之地。你常常把车撂在路边的水杉林间，步行至坡地，深呼吸。要把在北方呼吸的空气挤兑出去。水乡原野散溢植被泥土河水交混的湿润，这是自小浸入体内的平原的气息。此地的田野没有遮挡，远接天边地平线。庄稼收割完毕，田地腾出空间。空荡荡的原野坦露，拖拉机犁耕过的卷曲泥土透现牛粪似的光泽，或如乐谱的音符跳荡。田野为不同的色块所拼贴：仪仗队式的紫红色玉米，或碧绿稻禾，或低矮匍匐于田地的黄豆。田野色彩的变异呼应这里节气的变迁。

那片田野延展到边缘的地方是江汉油田的向阳社区。多年前，从另一端，广华监狱旁的公交站牌，把汽车停在路边，拍摄过这里的田野。在你看来，这是江汉平原最平坦最有看头最让人称好的地方。你对自己说，找到了欣赏江汉平原的最佳观察点：未被分割，十分独立，完整显示平原无与伦比的秀美。这是你在华北平原思念家乡最先跳出的场景和地理；这是你在异乡魂牵梦绕的田野；这是在观看《出埃及记》中男女主角停卧高坡观看其家乡原野时，你思乡之所在；这是你还乡搭乘车辆让司机放慢车速从车窗外红高粱缝隙，瞭望被千里马拖拉机改造过的平展田野；这是你和姐姐步行到此前往汉江边她婆家经过的田野。粗壮梧桐树枝梢交织形成绿色的穹隆，你们走在绿色通道，路面和心里布满绿意和斑点光影。这是你从县城回返出生地流塘口的必经之地。沿国道往西三十余里可见家乡著名河流：田关河。一架拱桥跨河面。可以望见后湖农场的水杉林，国道经过时画出一道弧线，河堤的坡面倾斜。继续西行，通往浩子口小镇。中治渠通往田关河闸口处，一个直角转弯，柳树夹持的笔直道路伸向出生地——那是埋有你脐带的地方。

　　江汉平原的人家沿河而建。河流边缀满荆楚人家。菜园连结河水和房屋。你在北京地安门的筒子楼书写出生地：家乡的河流、田野、坟地、亲人的面容。你往往从北京沙粒似的雪、电车刹车的声音、久旱后的大雨、痱子粉、地铁上少女、荆楚餐馆的一道菜谱、读书时碰到的一个词，返回几千公里之外的平原水乡，那个叫流塘口的村子，那条有水牛足迹的田埂通向树丛间的流塘小学。赤脚去上学，搬着小板凳在操场银幕的反面看电影。兄长的嗓音曾从田埂通过无线电波传递到北京地铁建国门换乘站：在脚步声和纵横铁器栅栏交织的地下空间，接听他从田野拨打过来的电话，掺和这里布谷的叫鸣。这平整稻田、纵横沟渠田塍有着治愈怀乡病的功效。每当收听 19 世纪德沃夏克的 E 小调第九交响曲，古老的乡愁从庄严的和弦中透显出来。这是属于你的乡愁的核心地带，是你不断离开又回返的家乡。这是你曾用词语抚摸过的地方。

多年后，高铁穿过鄂西崇山峻岭的一个个隧道，火车俯冲向长江宜昌段，过枝江市区朝江汉平原驶入。棋盘式的田野、纵横河渠、一方方池塘、沿河而立的民宅、树林向你涌现。钻山洞的火车和你，倾向平原。这是你熟悉的坦荡平川，无所隐藏。你的性情气质，为平原所塑造。从无遮挡的平原到达贴面入云的山岭，陌生的陡峻或幽深，平衡你的一览无余。在两种地貌之间穿行，你发现内心的版图已构成。

火车路过出生地，朝省城方向。和你曾经不断的还乡逆向而行。火车像风一样穿过家乡的道路、河水和人家、树林和鸟巢。在火车的窗口，你惊异于自己的平静，没有了往昔路过家乡时的心跳激动。不知什么时候能回返这里，亲人分散到了各地，随着他们的子女。走的走死的死，你对家乡没有了多少牵念。

过去的家园渐渐隐退。你一次次回返这里，疯狂地想着在家乡的任何地方筑居，在亲人中间度过你的余生。你在落实胸怀多年的还乡计划，但它们一个个落空。那里没有属于你的一寸土地，一旦你离开。故乡无法接纳你缓慢的还乡，你曾在湖滨建造的房舍被挖掘机的长臂轻易抹去，它如梦影般出现就消失了。什么是家乡？就是你无法回返的地方。你发现你的乡愁被埋藏在那里，你的爱恋也纷纷死去，这些年的凭吊书写，转移至倾情书写的辞章。

　　火车经过省城往大崎山方向驶去。你在奔向你的山房。曾经的家乡消失，山岭接纳了你这些年的逃离。对母语的眷念让你怀着乡愁，在异地山间建筑家园。你背负转徙的藏书朝向夜的山岭。黑魆魆的树木，草丛间的剪影：中间有你隐藏的家庭。大崎山，余生生起炊烟的地方。这一生的游走，最后归向山岭的险峻。一马平川的尽头是尚待攀行的高山。你在山头俯瞰你的历经：南方和北方，平原与山地，这乡愁绘制的地理。语词穿掇交汇往还于你所走的道途。你这个另类的逃难者，于诗行间书写你的乡愁：

　　　　你把故乡从县城收缩到村子，
　　　　没有老宅的出生地；童年活动的
　　　　区域。小学校的旧址。你把故乡
　　　　从县城缩小到河流田野和村道；
　　　　……

　　　　奥德修斯回返伊塔卡岛却认不出家乡，
　　　　扛着船桨重又离开。你们的乡愁
　　　　抑或对词语的眷恋。家园植入山地；

　　　　命名与召唤——故乡就涌现。
　　　　词语的书写，获得了肉身或处所；
　　　　又为你的行走，配上了节奏！

　　　　　　2008年初稿于北京，2019年改于大崎山舍

离家出走

    灰色雨云浮现在 Q 城密集楼群的上空。断续的雨声在窗外为嗡鸣的市声吸纳。你住在 Q 城的旅馆，把头探出窗外的瞬间，发现自己完全从这里离开。现在成了它的一个客人，与小城没有了关系。过去的房子早已易主，变成了他人的。档案早已从人事局档案柜提走。居民身份证被派出所工作人员报废，在上面打了几个孔（再不能使用它）。你用了近半生完成的逃离，真正达成。现在，你是住在 Q 城的宾馆里。

    多年前，你想着住在房子附近的旅馆，打量生活其中的小城。以这种怪异的方式旁观自己。一个人的心在流浪，想着从此出走。在旅馆，看见多年前那个男人坐在小城马路边的绿化树旁。他要去 Q 城的北郊，他是不情愿去的；单位分给他房子，他也不想回去。围墙内的空气有些死气沉沉。他矛盾地停坐在小城两地的中间，不知自己能往何处去。弃用的自行车歪斜在路边。他在与自己争吵，想着离开，离开这里但又不知去往何处。

    各色车辆行驶在过去的街头。Q 城邮局期刊销售中心，摆放着通俗类的期刊，花花绿绿的。卖杂志的姑娘在面前的一台电脑里玩着游戏。购书的人极少，生意清淡得不行。文学期刊看不到几本了。这早已不是写作的年代。民众在热爱什么呢？你得学习客观地打量文学在人类生活中的位置，不强化它也不低看。你和这座小城没有了关系，只剩下消隐的往事或零碎的记忆。

多年前你常在此显露身影，如果谁要找寻你，在这里肯定能把你逮着。你再也无法步行到此，购得印有自己名字的期刊。那个递给你杂志的中年女人也不会在此现身。你忆念过去的女学生，希望能在街头一角碰上她，但那只是一个幻念。一切都显明地告诉你，你已离开这里。一切随你离开而远逝。

在梦中，你曾回到过这座小城。你离开它到了北方。天地开阔，走在北京东卫星城的街道上。华北平原苍茫空阔。从Q城逃脱出来了，你嘀咕着，就像一条鱼回到了水里，不然会搁在岸边干涸而死。你不想回去，逃难一样逃出来了。在梦中，郁闷难过，你被绑架回到Q城——你不可逃脱，一个声音说，死也要死在Q城——从北方租房醒来，发现那不过是一个梦。你的害怕和逃离出来的庆幸转移到梦里。你的逃离在梦中得到了保护。

在过去单位的院子，你的身体在那里晃荡，魂魄却早已逃逸离开。那逼仄的空间，不流通的空气让人压抑窒息，你孤绝无望地待在那里。当某张嘴巴这样发话：你们给我滚，谁不服从就给我滚。你想你会离开的，但不是滚，就像剧本《车站》中多数人沉默等待的时候，你选择了离开。一个人有权利走开，站在外面。你无语地离开，行使了个人的权利。——"多年来，无法接受我在的地方，觉得我应该在别的地方。"——你写诗，就是一种不服从，本身就是拒绝被支配和奴役。那是一种自救的方式。你渴望的自由感因写作而被实现。

宋庄。北京东边的小镇，镇下属的各个村庄住满了各地流落到此画画的。他们想在此建立中国的蒙帕纳斯或格林尼治村，试图用充满新意的眼光来看世界，寻找令他们信服的个人价值。一个个行动怪异的长发或光头的脑子里呈现出幻象——改造农民的房子为画室，远离过去的城市、单位和家人，在此探索个人的某种自由感，或兑现着他们隐约的"北京梦"。

在那里你获得了某种莫名的感应，租住进农民刘殿元的院子。坐在他的平板车上到集贸市场采购建材物件，动手建设院内的厕所和洗漱间。你想着在此长久地住下去。一切都是新鲜的，你离开了南方围墙内的单位、校长的嘴脸。你想抓住在此的生动空气，把内心的愿望兑现于园内的植物、白鸽的陪伴和平房内的简易书桌。写作之余，欣赏满目植物的阴影与果实垂挂的形态，在合欢树下石凳上饮茶和与访客闲聊。

一场秋霜降临院内，植物为之变色，显出衰败的迹象。一些画画的离开了。你体验到了北方的冷，生存的走投无路，得去找寻活下去的粮食。可能的自由感或个人的闲暇要靠资本来支持。一个早晨，你在院子寻找做伴多月的白鸽，不知它藏到了何处。最后，从一个翻覆的脸盆，发现它萎缩挨冻的身子。几日后，你和那只灵性的鸽子离开简陋不堪的院落。

那些年，你离开了多少间屋子？租住过的房子：地安门内大街六号的筒子楼，京北双泉堡倒闭的食品厂职工宿舍，地坛公园内松树下的四合院，购置的地铁边的两居室，京东六环边的两层小院落。你不断地在离开——当你离了那座小城，从此就找不到家园感。

一个夜里，醒来，你看见妻子和女儿在睡眠中。小区安静得如同隐没在平静的水域，和家人像生活在一个孤岛上，远离了家乡、亲人和朋友。在异乡，不是在家乡，身边没有亲人，没有社群关系，你是这个城市的外省人。人都在自己的圈子里，你是外人，无法融入这个城市肌体，总有一种被隔离的感觉。你买了房子在这个城市，但你的家园不在这里，你带着方言在异地奔走。你不能以自己的姓名安装电话，你一直使用裴安惠安装的电话，以他的名字交纳着每月电话费。

你是外地人，一个闯入者。回到故乡又如何呢，亲人们一个个在消失，在自己的故乡是个陌生的人，你也不属于这里。过去的单位早已撤离，你撤离了就从来没有想过要回去。一个漂泊者，在自己的国度自我放逐，不属于任何体制，永远是孤魂野鬼。发现自己突然受困的软弱，想通过不断地挣钱获得一丁点儿安全感，建立自己的交际圈。渴望友情，承担自己的孤单与落寞，建立自己的故乡感，在北方异地。但你总是感觉身处孤岛，不见人烟。当你深夜醒来，一个人静坐室内，无法安眠。

漂行的人，就像皇木厂院落中的柿树，风一吹它就晃动。人不得安宁，你只有身不由己地逃离。最后，离开了三里屯受聘单位的绿房子。你的离开正如你的闯入，是你自己的抉择。有谁注意你呢，你的糊涂在于你没有想到你会离开。那些年，办公室时常更换地址不断地搬迁，从十二条到浩鸿园，移置于三里屯，你想着在这里能干到退休。你用情用力，忽然的变故，情势逼迫，不得不离开——你发现了自己的愚痴。你要放下自己的执着，一点点地放下，学习离开你到达的每一个地方。这些年，你认识了那么多人，经历了那么多的人与事，当离开南方 Q 城，你就成了一个陌生的人。

你看到曾经的同事先你离开，回到他宁夏的老家。一个人收拾办公桌内杂志纸张，独自离开那个蓝色的房子。他高大的背影有些弯曲，驼背。一个人的来与去，忍受自己的孤独和在异地漂泊的窘困，以及怀揣梦想所招致的屈辱与不甘。

唉，你曾是个轻度的精神病患者。间隔性的疯狂在漂泊生活中某个阶段表现出来。酗酒后责骂你的上司，即便在白昼的会议室也控制不了自己，身子发抖心跳加剧指责同事，倾泻在此所受的所谓的委屈与不公正。我们都是疯狂的，不疯也是疯狂的一种表现。当我们不再是自己情感和行动的主人，疯狂就产生了。一个人离开 Q 城，到了北方，当离开那个集体，在迁徙的世上打拼，学习自立，还是进入围墙，可你的另一只脚还在外面，像一条流浪的狗，你可以走进去，但还是狗的身份。院内的主人颐指气使，你围绕他们打转讨他们欢心。主人脸上逸出一团黑雾，你就默默无言，忍气吞声。他一变脸，你的世界一团漆黑，蜷缩在伤痛的身体。你一冲动，跃出铁栅栏，空着肚子，在大街上奔跑。禁不住害怕，无路可走，下意识渴望主人对你施虐，这样能回到主人的脚边。

某日，从银行出门，你往银行卡里注入了一笔小款。走在路上身体忽然变得轻捷。心里不停地说，有了钱就不怕下岗，可以不去理会他人的脸色。有时把存折取出来看了看，又放到一个保险的地方。这对钱的看重和依赖是漂泊生活带来的伤害。这是一种病态。你收到了 Q 城过去单位寄来的红头文件，那是发给你的离职通报。脱离了过去的同事、校长那张不可一世的脸。你努力理解对你变脸的人，你也是他们的一部分。从任何人都能见到自己的肖像，你也长着一张体制的脸。你在逃离，或者说远离另一个可怕的被奴役的自己——从银行出门，走在落叶纷飞的路上，你看见了身体的一个病魔。

那是初冬的正午，在地铁出口你等着一个人。独自晒着太阳。想着北京生活这些年，它的一个闯入者，熟悉着它的街道、公共汽车路线、气候和环境。你完全可以还在这里混着日子，在某个单位里待着。一个体制里的编外人员，看他人的脸色，寄人篱下，不断用力地工作，怕下岗。不断地通过挣钱来缓解自己的压力，获得一点所谓的安全感。这样的日子过完了，你断然离开了这里。

总觉得是体制外的人受人看轻，你的意识不自觉地想往体制内靠。反抗它说明你在意它，最后身不由己地成为一个投降者——离开一个单位，又落入了另一个单位。顽固的时代意识像一股异味渗透进你的行为方式中来。早年的文友，他在你看来就是一个文化病人。他的成见里有着他所历经的时代注射给他的毒素。他没有做一个必要的工作，进行必要的消毒处理。已病到无可救治而浑然不觉，甚至他还觉得自己健康得很呢。他可是你要离开的人。你孤闭多年，外部的人事仍作用着你的意识与行动，渗透性地侵入你梦境一般的意识。我们的生活纠缠在与他人千丝万缕的关系中，在时光的流逝中缓慢地转变得偏执，甚至疯狂。疯狂的表现镌刻在和他人的各种关系中。呓语的时候，我们也还是处在与他人的各种关系之中。如何把主体从包围他的社会话语的价值观中拉出来，质疑集体的价值观，建立属于个人的生活，这可是你必要的功课。

在南方省城的阳台上观望街景。现在你逃到这里，从某大学校园外墙走过，进入新的单位的大门，突然想到这是你要与之发生关系的地方，你的所谓的依靠之所在。证明你内心虚弱，有着和植物一样的依附特性。你在新居的阳台上观望，就像多年前在 Q 城一样，张望着楼群缝隙间的马路、电线和邮差。类似的情景重叠在一起，你好像从来就没有离开过 Q 城。其实，你离开了，就不要再回到围墙中去。你要成为一个坚定的游离者，离开。不断地离开。

出生的卑微和中年北方的漂泊使你降低对自己作为一个诗人的要求，不由自主地向生存投降。对家庭责任的看重而忽视生命的方向与使命感，以世俗的规范选择自己的生活形式。对虚幻故乡和不人性的单位的过分依赖显示逃避心理，也自然弱化了作为诗人必要的独立性。如何重塑健全的个人，追求个人真实的价值？像布罗茨基，强调个人甚至私人性，把表达私人性的艺术放在高于伦理道德和政治的位置，让美学成为伦理之母。培养自己作为一个诗人的高贵，甚至高傲，拒绝被支配和奴役。那个在时代街市蓬头垢面行走的另一个，是要同他分离或背道而行的。

早年教书的农场中学，田野和成排的水杉树包围的有两个操场的校园，那是你最早离开的地方。一个黄昏，你离开这个孤岛一样的地方，离开你要好的同事。你有些同情他，他要在你遗弃的地方继续工作和生活。惭愧于自己把他给抛弃了，没有把他带走。那是多么无法忍受的封闭。你发现了自己的自私，他似乎代替你在那里继续你逃离的生活。你到达 Q 城，以为在那里有着所谓的新生活，没隔几年，你离开围墙内的集体。你离开一个个单位或地域，从一个城到另一个城，完成自己一生的远离。那个同事在贫乏封闭的农场校园，一直干到头发秃顶，熬到即将退休。他心有不甘，到了晚年曾征询于你：可否到新疆去支教？他想得到你的支持，但你给出了与他欲求相反的建议。

《只做陌生人》。为什么把这部荷兰电影看了多遍。一个女子出走，离开城市，遇到一个和她同样享受孤寂的中年男人。旷野荒地。电影中的画面和味道投合你的口味。他们为什么要离开城市，离群索居？这些年你不停地离开，对人事敬而远之，态度越来越偏执。真的没有必要与什么人打交道，情愿与自然或人工自然相处，过隐逸的、简朴的、边缘的生活。离开城市的街道，离开，到崇山野岭到僻静之地去，过默默无闻的生活，了此残生，也算是一策。

北京通天苑地铁站出口。一个紧张的夜晚。她约你同她相见。今天不来看她就再见不到她了。她用手机发送短信息。不是戏言，她确实遇到了麻烦：被迫离开寓居的北京。建议她到国外去，可她隐隐不舍，不愿离开家园和母语。用她的话说，离开母语，一个汉语诗人就完蛋了。你劝她隐在江汉平原的乡间，这样，你们可以时常去探望，她未置可否。天亮前，她带着自己的难题离开，从你的视线消失。

至今，没有她的任何消息。这些年，四处打探她，是否遇到灾病。难道一个人就这样无声无息了，想着她曾跟你说过的话——不能离开这个国家。一个汉语诗人，无论如何不能离开自己的母语。

2015年，汉口牛皮岭

身边的田野

你好，亲爱的土地，多年之后重见，
我要拥抱你。当我望见我的家乡。

——米南德（古希腊）

平畴交远风，良苗亦怀新。

——陶潜（晋）

1

沪蓉高速公路穿过江汉平原的原野。

多年前某个春日，你取道湖南常德过湖北荆州，坐大巴到武汉，转徙回北方。当车经过丫角、浩口，驶入后湖农场地界，你禁不住把头探出了窗外——

田野铺满熟悉的油菜花，成排的水杉树如在电影镜头里移动，水泥路面直直通向南面的返湾湖。公路两旁的矩形的漠漠水田。绿树成阴的地方掩映一排排村落。一片林地是乡村墓园和小学校园。你看不见一个人影，亲人们隐在春天的花木草丛间。一头水牛在田埂上缓行。隐隐地你能听闻起落的鸟语。几分钟后，你的出生地往后退去，消逝不见了，大巴车以它的平稳车速穿过了潜江县城的收费站。

你的心情不能平静。一瞬间，想着应该停下来，为何匆匆回到漂居的北方？你没有问候你的亲人。兄长肯定在田野里忙碌，妹妹在返湾湖边收割青草撒向鱼池。姐姐在一个化工厂附近的小镇呼吸着充满异味的空气而浑然不觉。你的亲人们就在这片地上，他们从未离开这片土地，兄长甚至没坐过火车，一生没有出过远门。

你用手机拨打了一个老同学的电话。他正在开会，在一间有烟气的办公室。他不知道你在那一刻，经过了你和你们的家乡。在草木生长的时节，你路过了故乡的原野。江汉平原家乡的田野正在经历春天。

2

在火车上和自驾车窗观望，华北平原比江汉平原来得开阔，苍茫。江汉平原拥有它一年四季的绿或秀美，即便冬日，田野隐藏着绿色和镜照天空的水塘，而那时的华北平原，灰蒙苍凉，看不出一线生机。

当你坐地铁或公交车穿过城区回到京郊住所，冬日掉下最后一片树叶，禁不住想念老家，黄河以南、长江和汉水之滨的江汉平原，返湾湖边的一个叫流塘口的小村庄。

你把在家乡拍摄的照片翻找出来。照片上老家屋后的那片田野，让你顿时获得安宁。照片上故乡的田野或以田野为背景的亲人的肖像，安慰你在外多年升起的相思。那一刻，德沃夏克的E小调第九交响曲在室内响着，那由和弦引出的缓慢庄严的旋律。旋律中呈现的孤独的形象。你的"乡愁"以这样的视听，在异地获得缓解。

3

北京东六环边有个村庄，叫高楼金，你常在此逗留，有时独自一人。野径。菊花。柿树成双地长在北方老乡的院落。平坦的田野打开院门就可以看见。菜蔬就在门前。土地的褐色和天空的蓝在张望中呈现。青青小麦出现在冬日的田野。几声断断续续的鞭炮声荡过北方的天空。弯曲的土路通向农民的篱笆和院落。一个院子。几亩田地。你真想当一个地主。在日益缩小的村庄骑车跑动，爬到柿树上，采摘黄透的柿子。发现柿子紧紧抓住枝条。柿不离枝，一个俗语被体验。

女儿陪着我在这里走动。你对她说，爸爸儿时游戏在村庄，他是从泥土里滚爬出来的，指甲缝里的泥土还没有洗掉呢。电视荧屏前长大的女儿，如何能理解你对乡野的喜欢和依恋。这京城的边缘的村庄被高速路分割，又为汽车扬起的尘土所裹挟。它在变小，这农业社会的遗迹，就要被纳入城市版图。在这里，你是随时就要消失的人，连同这槐树、院落和褐色泥土。

北方田野旁的脚手架与包围而至的高楼。这随时就要消逝的田野。成片的齐整整的高粱地刚刚收割，土地腾出了空地，好像舒了一口气。和友人散步在田野间的土路，杂草变黄了。田地的高粱刚刚离去，小麦苗就出现在田地。两条狗在新耕的田野中间，望着我们边走边说着话。太阳挂在田野的边缘，平视着我们的脸和身体。一会儿，回光返照，阳光消融进了泥土。那是养人眼目的颜色。那是看不厌的田野。故乡的田野，田野一角布满高低错落的坟地，突然浮现出来。傍晚时分，听到田野隐藏的呼叫声，那是田野沉默的声音。

4

一低头的瞬间，能看见老家的田野。河渠向南流去。道路两旁的水杉树一直走入天空去。你的童年你的少年和青春都在那里找到影像。少年的身影在老家田野跑动。有人在追赶你。你闯祸了，你不小心戳了邻居的马蜂窝，蜂蜇了那个妇人的眼睛。他的男人要追打你，眼看你就要被那男人追上，七八岁的你慌不择路，跑向新耕的田野，犁开的卷曲的发亮的泥土迎接你。你不时跳过田野中间的沟渠，小小的灵活的身子在田野的犁沟和土坷中兔子一样逃逸。从出生地前的田野一直跑到和田野比邻的外婆家，隐入了外婆黑瓦屋后的那片竹林。

返乡你总是要在田野走动，想要在那里看看，或捡拾回忆。田野替你保留收藏，就像外婆替你收好的那个木制弹弓，安放在老家旁老杨树树洞里。某日，和同学驱车到东干渠走动，早年你们支农劳动的田野，和一个河南的拖拉机手一起犁地，播种小麦。在江汉平原河渠用高高的竹竿撑船，运输稻谷到生产队的禾场。

那是消磨青春的地方。在北方，双睑合上，这里的风物就呈现出来。当我重返旧地，回到老家后湖农场的田野。河汉。运草车。河床中木船。节治闸。田埂上行走的读书郎。江汉平原的风物习俗潜入身体的记忆，和这片田野相融会，它们被保存，相互辨认。

一日，你从高速公路出口离开，坐计程车经过熟悉的田地村落，一路上和司机话语不断。他的一句话让你心动。他说，你回家就该心跳得欢。你的老家流塘口，那是埋有你脐带的地方。噢，这是埋你脐带的地方，这是你切不断的身心牵挂，最终要回返的田野。

5

田野是他的大学。诗人多多在他的访谈中这样陈述。他写作的诸多意象都是从田野里获得的。你的《自画像》一诗中冒出了这样一句：田野是我的神祗。是啊，你所有的肃穆的感情，平生获得的最好的教育都在田野发生。在父亲眼里，田野有个土地神，我们从小在春节或清明节气得向它供奉祭品，这应和祭祀的风光。民间的节气是大自然的气息，乡民们以人事应之，对田野欢喜感激。

岁时节气，自然的节奏与人事相接，乡民听从了土地的意志，如同听到了布谷的呼告，春日奔赴田野。日出而作，日入而息，劳作的身体隐在庄稼中间，与田野混淆在一起。这是他们平生的隐身术，在田野劳作而获得在世的平安，倾听田野四季的语言，在此获得信靠者的强毅与安稳。天道幽微难言，田野里面有神思。这里有人的历史的自觉，民间的好情意。祖辈们的情操与智慧悉数来自田野的教化。乡间的礼乐风景，是从自然神土地神的祭祀中培养出来的。乡民的跌宕自喜，活泼与美善全都来自土地的熏染。

初夏时节，水镜式的水田布满秧把子，晃荡着天空的白云。白鸟在空中或水田划过，布谷守着自己的时节，呼叫传递神的呼告：布谷布谷，插秧割麦。父亲酱色的沾有泥浆的腿平行站在耕耘的泥耙上（水牛在前面拖行泥耙），他哼唱着祖传的本地民

57

谣。"王者之民，浩浩如也"，他天才的性情是田野风熏染出来的。这是你持续回返的地方，这是获得精神清洁的地方。除夕，多么动人的时光，你跟随在亲人们身后，提着祭祠的米饭和菜肴来到亲人的坟头，在先辈尖尖的坟顶安置纸灯。田野一排排纸灯燃了起来，田野在摇晃的灯火中变得分外神秘而亲切。我们亲人的骨末化入田野。春秋翻耕的田野，褐色的有着光泽的泥色，让你想见亲人的面影，亲人面庞深深的皱纹。

某日，在异乡城郊的农家餐馆，看见黄灿灿的油菜花点缀高低起伏的丘陵，衬托黑瓦白墙的房子，顿生隐逸回归之心——只有这自然的风物能打动你，想在它们中间安顿下来。你累了，在外的漂泊、流浪和受伤让你不停地想回来，就想让故乡的田野，那里的黑夜星空，那里的亲人面容安慰自己，获得依靠与安宁。

6

最早的爱在乡村的田野里发生。你和她在村子北面的田野摘棉花。晨雾浮动的原野，在棉花地里，闻到棉花的香气。那年，她还是少女，村里唯一的高中生，长长的辫子垂至腰间。她红色花格衬衫映着门前的木槿篱笆。门前的河水清亮照人，她常到河边浣洗衣物，也将她的红格衬衫投映水里，还有她十八岁酡红的面影。

对岸河堤上的杨树高大扶疏，将它的影子映在河水中。夜里，你和她还有乡亲在月影婆婆的河堤上纳凉。夏日夜风从南方油绿的稻田吹过来；空气纯净透了，带有稻禾特有的清凉气息。南风撩起她的发丝，月光下她的耳廓显露出来。你们聊天、唱歌，有时回望背后你们的老屋，隐在月下的树丛中，仿佛童话世界中敷设白雪的房子。

清碧稻田的初夏南风荡漾到空空的堂屋。门前禾场草垛上的蜻蜓在颤动着交叠。公鸡和母鸡在"打水"。春天发情的水牛追逐在田野。赤脚的你穿着姐姐的旧花衣裳。帆布书包。一撮毛的发型，混迹在流塘小学的操场上。泥塑的校舍和桌椅。窗户由木棍支撑着打开。柳保达老师在黑板前口沫飞溅，手持教鞭，轻轻落在你六岁的手掌心。咿呀起伏的读书声，混合知了的嘶鸣。跳房子。打陀螺。板纸牌。滚铁圈。课间的缝隙：操场和家门口和生产队禾场里的游戏，田野无声地在你们身边，以它的沉默护持你们。

大雪落满村庄和田野。编织的压子张开在屋后，朝向布有白霜的田野。黄鼠狼在夜里没有光临，天冷了，它们也不光顾那风干青蛙的诱饵。稻草凝成的白霜出现在门前的禾场，白晃晃早晨的菜畦中，深绿色菜薹变得淡白了，猪獾们不知躲藏在何处。夏日月夜，它攀折隔壁家的红高粱。褐色水车停在河边，木制的叶片转带清碧河水，传递到秧苗田。河蚌开合在初秋的河床，鸭子在清亮的水中游弋，绿色的水草影子波动着。你纵身从桥头跃入，被它缠绕。

田野、河边，痱子粉的白和香气，是陌生的外部世界的东西。你从长满茅草的田埂步行到大队操场旁河边的小房子，那里有流着鼻涕的周师傅和他的转动的理发椅子。你到路边理发店去，冲着那点痱子粉的白和香气。哟，艾林亲戚的吉普车开到村口，泥土路上出现车辙。我们跟着卡车跑动，吮吸好闻的汽油味道，那来自田野之外的陌生的气味。

7

我的小祖宗啊！奶奶在桑树下仰着头叫嚷。你六岁的身子从皲裂的枝干缓缓滑下来。紫红色的桑椹染红嘴唇、手掌，还有树荫下的泥地。光腚的小朋友搬着小板凳赶往学校的操场，从银幕反面观看《卖花姑娘》。安装四节电池的长长手电筒的光柱，在七队田埂上纵横交叉。喇叭声隔着夜的乳色雾气，从外村传过来。三队的锣鼓又响起来了，借着月光在泥土的路面或草丛间，你们捡拾柳宗明的结婚喜糖。那一刻，道路和田野在晃荡。

元宵节到了。田埂上野草就燃烧起来了。天空下高高矮矮的人影，举着自编的火把跑向野地。赶茅狗——赶茅狗……坟地又燃起纸灯。五彩的龙灯从九队的方向腾转过来了。父亲在堂屋梁上安放香烟和红包。油灯一夜都得点燃，不能熄灭。外村人聚集在咱家的屋檐下。五保户王赖子也穿上了草色新衣裳。单身伯父在正月十八歇气了。伯父一身黑衣躺在堂屋：胸窝放着一个大鸡蛋。你和父亲在一盏菜油灯下守灵。白色的布，黑色棺木。黑压压的族人唱丧歌走向村东的高高坟地：不停地增多又不断消隐的坟地。

8

沪蓉高速路两旁田野，江汉平原的油菜花黄了。你从北方回到省城武汉。你离故乡越来越近，回乡越来越方便，这还不够，你得回到故乡的田野去。如同你在汉正街街头重获的吃甘蔗的经验：接近根部的部分（蔸子）最甜，因为它离土地离田野最近。

你早早地还乡，曙色从汽车后视镜里红起来。第一次从这个角度看见日出，顺着晨曦回到家乡。高速公路两旁的田野有白色的雾在那里盘旋，浮动在整齐的柳树林之下，局部的成亩成亩的。有时晨雾的乳白色冲淡了油菜花的金黄。前面的大巴速度慢下来。浓雾漫延到马路上来了。得把雾灯打开并将车速放慢。几公里过去，大雾消散，又散漫到田野里去了，然后荡然消逝，油菜花的金黄再次呈现。

你开着慢车在高速公路上。看见后面没有车跟随，就想偷闲看看江汉平原春天凌晨的原野。你的所谓回乡，就是去看看家乡的田野，它让你心神安宁。棋盘似的田野，连缀在一起，坐在兄长的屋檐下，一望无际的铺天盖地、扑面而来的油菜花——那是江汉平原上的大美，像一场美学运动，让人面对，无法麻木。江汉平原的油菜花，那是土地的馈赠。那是不收费的风景。是乡村土地的节日。那是乡野之美，是美之善。

9

返湾湖比邻出生地。在通往它的乡村公路上，你驱车缓行。那是儿时感觉神奇的地方。湖面浩荡得无边无沿，那片由荷叶、蒲草、水鸟和鱼类组成的在蓝天映衬下的水域，之外没有了世界。现在，你察看返湾湖，发觉它变小了。再大的湖泊也有边界。在通往后湖农场五分场的桥头观看，湖泊边缘的道路四通八达，想到德国导演文德斯的公路电影，场景与镜头都与公路相关。观望返湾湖，参照这些年游历空间，故乡的湖实在太小了。往南观过去，想着长江从湖南湖北之间穿过，从古时的云梦泽穿过。长江南为梦泽，北为云泽。故乡的返湾湖就是这八百里云梦泽之残余，现在成了一片片遗迹。这泽国湖水淤积而成陆地田野（成为湖泊的遗迹），是大地天然的镜子。

三伯伯，他到哪里去了？他到湖里去了。儿时，你时常这样问询奶奶，奶奶在桑树下回答你。儿时你们的家就在无名河边的公路旁。你在柳树下等着三伯的乌驳船回来，运来莲蓬荷花、藕带和鱼虾。那是你的另一个异域，你们的家紧邻田野。湖泊是田野的邻居，是你们的远房亲戚，它向你们运输那里的产出，你们享受它的供给。长大了，你学会了在河流湖泊生存，能像野鸭子自如出没于湖水，你和姐姐到湖中采割蒿簰：这是一种水上类似于浮萍的植被。在返湾湖里，用镰刀把蒿簰切割成一排，长长一条蒿簰被你们涉水运回老家河边，又切成一节节，晾在河边坡地，然后搬运到家舍场院。晒干它后，就是越冬的柴薪。每次回乡，总能忆见湖中运蒿簰的少年。湖水变成田野，现在，又蜕变成鱼塘。平原的田野布满了眼神般闪亮的鱼池。

10

胞兄带领你到田地里转悠。这是黄昏，你念叨着古希腊诗人萨福的诗——

晚风带回了
　曙光散布去的一切
带回了绵羊，带回了山羊
　带回了牧童到母亲的身边

晚风带回水牛。你骑坐在牛背上归来，回到母亲站在黄昏屋檐的视线里。而母亲已不在人世。那牧牛的少年尾随着他的兄长，兄长唠叨小麦和棉花的长势。这是他的田地，他谈起它们，如数家珍。你喜欢胞兄如此热爱田地，这养活他性命，与他相依为命的田野。他是真正接受田野教育的人，他所有的知识都来自田野。他年岁渐长的身体在退化衰败，他不愿从大面积的农田中割舍一点；他不得不放下，从耕种几十年的田地中割出一部分来上交给农场，他和妻子料理不了那么多的农田。在村庄，他一晃变成了一个老人。他的长辈们都看不见了，一身黑衣在这个时辰的田埂上行走，晃荡如幽灵。

晨起在结霜的田埂独行。河水凝有薄冰。枯黄草丝挂着银霜，田地的白菜蒙上白霜，犁起的泥块也有薄薄的霜露。乡村呈现严肃的表情。再次看见父亲。父亲酱色黏附泥浆的双腿平行站在水田的泥耙上，水牛在前面拖行泥耙。他哼着祖传的民谣。他没有死，他活在老家梦幻般的田野。这时辰整个看见的，是可以丈量的盈满的时间。这是你难以放弃的意象。你想让田野穿过你。这初冬岁月的镜子，想让时间在自己的身上播种。

你回到故乡来，你就是想看看故乡的田野，如同会见乡亲的面影。秋日田地剩下稻茬，有的被烧荒，露出焦黑的草灰。你看到村民在老去，有的早已离散，死去，它们都隐身在田野边缘不显眼的一角。你回到家乡就是要去看看田野：它是一个稳定的结构。人世更替，田野依旧，躺卧在那里。一个人在暮霭里走动，亲人的面影从那苍茫的田野缓缓涌现出来，又随同夜色一起消隐，沉默在那里。

11

好久没有见到黑夜了。在乡村你才能见到黑夜。似乎只有在乡村才能见到布满月和星的夜空。夜越深，密集的星斗一一显现，在有月和星的夜空下行走，乡村原野隐在漆黑之中，而星月是唯一的照明，你的身上带着这抹胎记，对黑夜的怀旧。

走了很久的平原夜路，你才偶尔碰到家宅散逸出的灯光，与天上的星月相呼应。一瞬间，你撞见了大伯的身影姑妈的身影，他们的面影模糊而又清晰。他们如生前，习惯走夜路，借着月儿和星光，从外乡回到自己家乡。和兄长在大米加工的空隙，来到屋外的夜空下，张望夜空，天空的淡蓝被西边的一抹橘红衬着，随后看见明亮的上弦月和两颗星相护的天象。

田野中间有一座房子。是平原妹妹家的鱼舍。在那儿，你听到了蛙鸣。蛙声如潮啊，想来想去，只有这个比喻最恰当。你躺在床上，细细地听着它们一浪浪地涌来，起初声音比较小，渐渐地变大，接着感到它们的声浪包抄来了就要淹没你，这样想着，你就淹没在它们中间了。但时间不很长，它们又让你从浪潮中脱身而出。你惊奇地看着它们退去；不一会儿，它们又来了，你欣喜地等着它们重新到来，一浪一浪一次又一次接受它们的淘洗。从床上溜下来，你打开木门，你看见蛙叫声中的满天星斗。在居住的城市，如何见到这有星光的夜空，星光照明的蛙声？即便在城市的边缘，偶尔听到，在十五楼的空中，飘浮着，感觉不到神赐给你的星光与黑夜的安眠。回到家乡平原的怀抱去吧，享用田野赐给你的在世最好的安眠，在明亮的夜的蛙鸣中。

12

又见田野，从沟渠间望过去，六月的稻禾远接天边的柳树梢头的一抹烟雾。你从事着自己持续的缓慢的还乡。悦亲戚之情话，与共着血缘的亲人相见，温馨满怀。在良辰孤往，走在熟悉的田埂上，露水挂在青青小麦梢头。空气清新得让你觉得呼吸到了几十年前的空气。现在能在清洁的空气中呼吸都是奢侈的事了。

这次还乡有个隐隐的想法，就是去妹妹家，品尝她制作的菜肴。她是养鱼场工人，一手烹饪手艺是从母亲那里接过来的。在北方工作那些年，一家人想着她炒的菜：韭菜炒鳝鱼丝。她没有让你失望。妹妹做得依然好，草鱼是她从鱼池里捕获的，鱼池未投放饲料，喂养鱼的是堤埂上的野生青草。妹妹从未使用什么鱼饲料，鱼的味道就是不一样。

用餐的时候，你吃得很慢，放心地享用难得的家宴。你还邀请过去的同学，酒意中给远在城市的朋友打了电话。你说，我们在餐馆里吃的都是些什么啊，大都是垃圾食品。我们对生活最基本的要求都未曾满足：呼吸干净的空气，吃对身体没有副作用的食物。你对乡村越来越亲近依恋，对自然物事越来越生出原始崇拜，当你吃到妹妹的这两道菜：野芹菜和粉蒸泥蒿，觉得是难得的高档佳肴。所以你回来，你不愿走向毁灭，在巨大的损失来临之前，你的第一反应就是还乡，回到一个确切的地方——流塘口，你的出生地。

13

城市的白色垃圾也蔓延到这里。河水变黑，像变质的淘米水。过去母校的操场和宿舍看不见了。我们没有了母校。联通信号塔耸立在那里。猪獾们退藏到儿时的洞穴。只有残存的田野还在这里。而化肥、农药或天然气地下管道改变了土壤的组织，和田野的神秘与律法（那上面永远长不出粮食）。你千里迢迢从北方赶回南方，回到这河汊纵横的江汉水乡，这魂牵梦萦的楚地家乡，发现回到童年的故乡是多么困难。

道旁蓬勃的蒿草和疯长的紫云英，也无法制衡化工厂嚣张的氨气。你的姐姐啊，她可是那冒出粉尘的林立烟囱的邻居。那缓慢的毒素就种在了她的肺上。你穿过飘行一抹烟尘的田野，冲过刺鼻的气味去看望她，身体弯曲收缩。

14

又回到流塘口，我的过去的老家。这是秋末，我不得不进行刻舟求剑的还乡。在熟悉又陌生的家乡，我的亲人暂时还在这里，方言和田野在他们摇晃的身影背后。祖宗的坟地还在田野一角。故乡见一年就少一年。我暂时还在，田野还在这里，它的存在帮助了你的回忆。

回到老家，人酒量大增。随处遇到故人，邀酒之事不断。友人说，如不早点离开，会醉死在老家。这样也好啊，酒中醉卧家乡，醉死在家乡——

宽衣、躺下、在河边、在早春的阳光下

啊，光阴、阅历、旧雨新枝

此时此刻，无山可登

无乳房可以裸露

无用而颓废

无用而颓废的我念着友人的诗句。我借光，借风，借祖国南方之平原，借农历之一日，借故乡田野之一隅，醉生梦死。

15

黑夜罩着家乡的田野。田野不见影子。搭着灵棚的村民家的灯光和哭声被夜色下的天空和田野吸收……有时候，鞭炮的亮光划亮了漆黑一团的没有星光的夜空下的田野的一角，随后又坠入沉默的黑暗。

你回到田野旁的家族，为堂兄柳宗礼送行。守夜。这是你们和他的最后一夜。他的被病痛折磨致死的身体被白布包缠，没有声息。他暂时停靠在花圈和亲人身旁。明晨，他就要化为青烟，变成灰烬。受生于天，养命于地。生为魂而命为魄。丧礼中祭师们登屋以招魂于天，降阶招魄于地，希望堂兄能复返于田野旁。鼓乐和丧歌在侧，他无声无息，魂魄异途。他将从我们身边、我们的社会消失，但他会依存于人世的情义，在清明扫墓节气，他将活在现世的热情里。

他的身体变为青烟散去，在明晨；现在他的身体停在田野一旁，黑夜的包围中，他暂时还在冰棺里，形体端正。你们还能面对他的身体说话，哭诉；你们守候着他，在夏日的黑夜，草纸的灰烬里。黑色的田野没有声息，环绕了乡村的人家和哭诉的人们。堂兄的魂魄出离了他的身体，在他劳作一生的田野上空游散，离开，几个时辰后，他的游魂落入田野一角，落歇到他耕种了一世的田野，我们看不见摸不着。你黄昏步行时他与你相见，他有一张牛形脸，刻有深深皱纹如同犁痕的田野式的面容会涌现出来，和你迎面相遇。

16

总是在这个时节，四月初的田野，听到布谷在叫。你站在这田埂一角，怅望故乡的田地。迁徙的乡村墓园，在时光中增减消隐。祖父的坟地早已夷为平地，成为田野的一部分。你分辨着它的方位。父辈的坟茔在变小。二十年前，你和他为奶奶上坟，把一担担土，培在矮小的长满荒草的坟上。一代人只能照看上一代人的坟墓，这也得服从时间的逻辑。在他们的坟前，点燃草纸，或细细炷香；天地银行的冥钞，在细微的纸火中化成灰烬，似乎可以送达冥界的亲人。你跪下，跪在父母的坟前，跪向泥土、荒草和田野。

你们四个，兄弟姊妹，在长满草丛的田埂站立，在你们望天远入地近的时辰，四个人从不同的地方回到家乡，将亲人的坟地迁移。这是你们在世的责任，将父母的土坟移到新时代的公墓。事毕后，你们离开公墓，四个在世的渐成老人的同胞绕行田野一圈，说着话，长一句短一句的，从身体记忆里冒出来的关于衰败家族和亘古田野的闲语，不时望望平原天空下晃荡的埋有亲人的田野。

父母的面容，祖辈消逝的面影，被家乡的田野保存。在麦子抽穗时节，平原的天空下，从风中小麦飘荡绿意的田野上，从你们老去的身体里，消逝的亲人的面影再次浮现，向着你们，从田埂上迎面走来——站在熟悉的田野一角里，你们头发已飘白。在田垄边缘的沟渠长有草丝的水流中洗了洗手，长长地喘了一口气，觉得完成了在世重要的事情。

你们挖掘着父母长满青草的土坟，小心翼翼地。兄弟轮换着用力地开挖；姐妹紧盯着泥土翻开，试着用双手搬土，生怕铁锹触及双亲的身体。你们紧张、沉默着呼吸。发现父亲的黑色帽子，居然没有腐坏；母亲鞋垫的纵横丝线清晰可辨——你们看见了头骨，头骨颜色变黄，变黄的头骨内盛满泥土。他们的骨肉早已分离，几十年了，只剩可拼凑的骨架；肉身分化渗入泥中，面容全无，消解融化。

姐妹用双手拾取腿骨架、锁骨，一一放到事先准备的铺开的黑布料上，包缠捂好；拎着父母的两把骨末，骨头附带的泥土也不剥除。兄弟二人扛着铁锹，跳过田野边的小沟渠，回身接应姊妹手中的黑布包缠的双亲的带土的骨头。你们四个血亲，摇晃着穿过田地间的野草和沟渠，移向新的墓园中的清明的烟火。

你们四个快老的老人，在你们的出生地，清明祭扫的鞭炮烟尘中，将家乡的田野望了望，长喘了一口气，将父母的旧坟平好，将他们残余的衣物再次埋入土中。心中一个声音响起：人的肢体无非是尘埃；万物归于一，此一为土，宇宙万物归于土。父母归于田野，死也不得安宁备受折腾。你们完成了他们在世最后的埋葬。

2015 年 10 月，汉口牛皮岭

楚地寻隐

"汉阳江雨昔曾过,岁月惊心感逝波"。每过汉阳月湖桥,从车窗望一眼汉江。汉水在这里变窄,船只交错。袁中郎《怀龙湖》中的诗句蹦跳出来。四百年前,他们弟兄三人从荆州公安坐船,绕行长江,在汉阳琴断口,入汉江,过蔡甸,经涝水,转入麻城,一直走水路。他们要去探望李贽。其时,李贽隐于麻城城郊南三十余里的龙湖山,初借居龙湖寺(无念和尚的道场);之后在湖的北面建立芝佛院,于此隐居读书著文,开门授徒。

不僧不俗的李贽,这位有着实践精神和平民色彩的思想家,被世俗保守势力视为"异端妖人"。而袁氏三兄弟对其顶礼备至,是他的入室弟子。在公安柞林,他们见过李贽。当时李贽游于郢中。经焦闳介绍,他们做过长谈。第二年,兄弟三人再次乘船专程访李贽,在龙湖盘桓三月。万历二十一年,中郎与友人又去麻城访李贽,在龙湖芝佛院逗留多日。

三袁三见李贽,其意义非凡。李贽夸老大宗道"稳实"(宗道人性敦厚,为二弟辟了道路)。夸老二宏道"英特",以为宏道是继承他事业的"英灵男子"。与他们声息相通的汤显祖,以为李贽"都将舌上青莲子,摘与公安袁六休"。中郎弟袁小修在《中郎行状》中披露了李贽对三袁的影响:"中郎既见李贽,始知一向掇拾陈言,株守陈俗见不可,让其死于古人语下,一段精光不得披露。"中郎和李贽心的碰撞和精神融通,生出过电光,

70

确立他对个性的体认和自我意识的核心，其"一段精光"从因袭古人衣冠中给剥离出来。行吾心之所事，来充实他的性命之学，方有后来三袁在文学上的主张（独抒性灵，不拘格套）。

在《怀龙湖》诗中，中郎把李贽比作老子，为其无人赏识而伤感，更为李贽不容于世人被驱逐、芝佛寺遭焚毁而愤慨。"矫首云霄时一望，别山长是郁嵯峨"，在他心目中，李贽的栖隐事迹和反抗流俗的形象，如同山峦苍郁巍峨。

2012初夏，我去法眼寺寻访明一法师，在寺中停留多日后，驱车寻访李贽的龙湖遗迹。那里一片破败，无法想见袁宗道所述的情景。驱车离开时，也停在那里望了望远山，层层叠叠波浪般的山冈涌向远处的高山。这是中郎看见过的山岭。一瞬间，感应到袁中郎在郁郁巍峨山地所寄托的情感还留存在这里。

麻城阎家河镇李贽大道的路标歪斜，向好几个路人打听，按照他们挥手指示的方向寻找龙湖。走错方向，又调头，绕行密集的两层民宅（几百年前这里肯定是山野荒坡），到达庙公村。探路于一群在门口打麻将的村民，其中一个用手指示（龙湖寺就在后面）。从长满草的路径进入，停留在几幢几乎毁弃的房子前，实在找不到袁宗道描述的情景，无法复原，想象不顶用。

在公安三袁的眼中，这里曾是"万山瀑流，雷奔而下，激而为潭，潭深十余丈，望之深渊"的龙潭湖。怪石嶙峋上建有寒碧楼。潭之南为龙湖寺，潭北为芝佛院：依山临水，上下两层，下院为李贽讲学处。院内存有李贽百年后的藏骨塔。在此远眺，可观"诸山森然屏列，不知几万重"。

龙湖已不存。视线中仅余一条水沟，一块大石头似乎临时摆放在那里。沟里黄沙被挖出，坑坑洼洼裸呈在那里。坡地上种着庄稼，几棵稀疏的小树。李贽被逐时，芝佛院被烧，李贽避难于与此相隔百余里的法眼寺（无念法师新辟的道场）。岁月推移，民众为生存计，移河改道，耕田拓荒，这里的生态被破坏殆尽。

破败房子的门楣上挂有"龙湖书院"。里面用红纸条写满捐款修庙的村民姓名，走路颤颤巍巍的老尼把我引入干涸沟中的石头前。她不知李贽和无念和尚。含糊的本地口音，听不出她说些什么。我停在一块大石上，想见李贽描述的钓鱼台所观的"青树红阁，隐见其上"；念及《石潭即事》中的诗句："年来寂寞从人谩，只有疏狂一老身"。三袁油灯下论道酬唱的情景，俱与时光消泯，归之于无常——当我离开，停在高处，张望层层起伏的山冈，念及宗道游记中影影绰绰的描述，有那么一点屏列在那里的意味，但不森然。

西下的阳光照过来，为之抹上一片淡红。"矫首云霄时一望，别山长是郁嵯峨"。中郎把他对李贽的感情融于他对龙湖寺四周包围的山峦的瞻望之中。

我是一路打探路人，从麻城东，经阎家河镇，过三河口，再转入狮子山寻法眼寺去的。

我在《山地行纪》中曾描述过寻寺的实境与心境。山路陡峭，布满草丝，路面塌陷，一些碎石停在路上，山行没有回头路。

从车窗扫一眼山壑，万丈悬崖。想见无念法师着袈裟持杖走在布满草丝与山石的路上。袁中郎也走在这条路上（他寻访无念法师，多次来到黄檗山中）。李贽也逃难奔于这路上（他在法眼寺避难多月，后经友人护持北上）。

三袁兄弟三人访龙潭寺，无念和尚正欲离开此地，开辟黄檗山道场。他们遣人将无念师邀回，对谈数日。无念法师曾赠书中郎："贫道己事未明，向天涯觅宝藏，劳碌三十余年，今识悔少停，只合插镵山居，以尽天年。"其后，无念禅师心愿落实：佛殿僧舍，粗可居住，佛声浩浩，山答谷应，四季有野菜黄荆可食。中郎听闻乐之，愿与念公共住。这在他的《开黄檗山记》皆有激情陈述。中郎愿如无念法师，避远狂禅，老实修行。他在《法眼寺记》中这样写道："愿念公严立藩篱，与此清净道侣老于此山——有为无忌惮之言，行无忌惮之行，口角圆滑，我慢贡高者，不许停此山一时一刻。庶几儿孙相传，法堂之草永不复生矣。"

　　四百年后，我停留在法眼寺大雄宝殿旁的围栏旁，和明一法师言及李贽和三袁的交际。我说我来得晚了。法眼旧寺毁迹，只剩下那株白果树，无视无念法师眼中猿猩啼号伴着念经声声。

　　明一法师说，袁中郎写《法眼寺记》时石碑还在的，被民工毁弃做了地基。他们也不知袁中郎是什么人，此碑有何价值。明一法师让我到不远处的息影塔休息，读经打坐。我和耀学僧人于息影塔前念咒绕行。那里被此森然肃穆气息所罩。无念法师圆寂后的真身即在塔中。菩提树枝叶繁茂，山泉流淌声可闻，夜间萤火闪灭于此。在烛台前读《大佛顶首愣言经》；白日于大寺前树下打坐，然后校读无念禅师的《醒昏录》。发现中郎为其写过序文。又读李贽的《龙湖图赠无念上人》。灯影日光里，他们的际会形象事迹在这山河故地和心中演绎重现。

　　无念法师避远狂禅，老实修行。袁中郎跟从之，曾与无念法师多次相晤论禅，用力于修持，以淡守之，以静凝之，不再放纵习气。他在《论禅》中写道，禅有二种：狂禅（于本体偶有所入，便一切讨现成去）；另一为不求悟入，唯向事上理会，以念佛习定为功课。中郎在修行上日益亲近无念法师，崇尚渐悟实证，对李贽早期的狂禅之风有所避退。其深知道力不能胜业力，为魔所摄持。从顿悟到渐修转变，他最终选择归隐于家乡的柳浪馆，在此修持。渐悟禅道，浊骨凡胎渐由脱化。他走的是从放逸到自律的修行之路。

常在合卷或散步的空隙念及中郎。李贽早年与中郎的交往和思想上的碰撞，影响后者文章学的革新，形成了公安三袁的文学主张，在汉语散文史上书写了精彩的一笔；无念法师在他们生活中的出现，更新其整个生活的形态，中郎与弟兄在他们的生活中开拓各自的佛禅修习，将之引入词语生活，在他们的日常与诗文里注入深味禅意。

2014年秋日，独自在公安县城斗湖堤闲逛。念及三袁的事迹，往南张望，想见中郎的柳浪湖，没有去找寻的意思。又能找寻到什么呢？大地更新异常，一切在加速地毁弃，况且时光久远。袁中郎生前好友苏惟霖题写的"袁中郎故里"的碑石，早已易位破损字迹漫漶，残留在县文化馆的院内；更不用提中郎的别业（柳浪馆），你只能从文字里寻迹，在诗行间想象。

生死情切，欲持戒学。袁中郎兴建柳浪湖，亲手经营，在此度过了六年时光。城郊有一块洼地，约三百亩。万历二十八年，中郎从北京告假回乡，在此络以重堤，种柳万株，建柳浪馆。除了游历，便是读书研究佛学，以他的行动回应无念法师对其生活的影响。从《柳浪馆杂咏》组诗，可观诗人生活小景。他的幽静与逸雅，他近半生的生活追求与人文实践落实在柳浪湖里。

"古藤随意拙，熟鸟任情啼。茭蒲分外长，渐与竹栏齐。"他打开窗户正对着远处湖水，和柳浪起伏的长堤；为了临窗望见白鹤，他剪短树枝，免得白鹤藏匿。中郎在此题诗赠客，与僧人隔溪叙谈。纵风生水态，任月织波纹，莫遣鸥凫去。

到他这里来的只有江鸥和野鸭子。柳浪馆绕水绕烟，临花临柳，中郎在此创立净社，与僧人朋友谈经吟诗，穿土凿石盖起僧庐，制作番唐佛像，闲来翻书学种瓜果菜蔬，念佛吃斋断了荤食，亦无复身外宦情。

袁小修写有《柳浪湖记》，可以参照想象其生活场景和人文风情（前有柳浪，后有筼筜，袁小修仿其二兄，也在家乡造筼筜谷隐居修行，四周为节长竹高的筼筜所环绕）。

中郎自建柳浪馆，是识得无念法师后出于内心的效仿行为，是他在吴县辞县令游历山水的深化。那年他将为官的痛苦消解到吴越山水中，妻山侣石，放情极意，审美感情转移到山水中。而建馆隐居，索要闲适，息交，忘我（不招杀身祸）方能住世。济世儒生之外，他是倜傥风流的名士，以风雅自命，恋恋烟岚，如饥渴之于饮食。同时代的人望之翩翩，若天际真人。给友人的尺牍里，袁中郎谈及世间有四种人：有玩世，有出世，有谐世，有适世。他喜适世。他以为大丈夫当独往独来，自舒其逸，岂可逐世啼笑，听人穿鼻络首。

往县城南六十里孟溪镇外孟溪村，访三袁故里，令人有兴致。驱车前行，到了镇上路口，见三袁石塑雕像。将车弃在旅店前，步行过杂乱惯见的小镇，过巷子。突然，碧绿田地，天地开阔起来，白鸥起落于开阔的坡地和岗地上。

崇祯年间，宗道、中道同得到御赐祭葬。他们的坟地和碑文还在，碑墓之间林木夹道，形成一巷，当地人称碑巷。丈余高的石碑已无处可寻，而岗地起伏，湖堰相间。西去二三里处有方堂寺，寺前有棵望出数里的高大银杏树；东去二三里则是一条可南通沅水澧水、北通长江的孟家溪。小修曾用山之苍苍、水之晶晶加以描绘。他说他们的家乡"四周树如邓林，田园好畦，塘中既富菱芡，湖上复饶鱼虾"。这是他们在外的梦想之地，楚地最具代表性的乡村风物。他们生在这里，死后也葬在这里。

好山好水好诗人。家乡人伦风情熏染了他们弟兄三人。早年，他们在家乡结社，用诗文吟唱家乡。"历尽繁华始爱贫，布袍芒履混村民"——置身于此，念叨小修的诗句——"荞花银粟涨，枫叶火山明"。他用汉诗保存他家乡的美景，江汉平原的风光。每读小修倍感亲切，纪事述情，往往逼真，其诗文记录的皆为楚地风物，如《午日沙市看龙舟》《夜泊沙市》《荆门道上》《游石首绣林山记》《游洪山九峰山记》。这个热爱家乡与生活的人，一生最大的行为艺术就是在长江的船行。

万历三十六年，中道率性在舟，时达六年。一舟破旧，复制一舟，取名"泛凫"，效仿楚人屈原。"将泛泛若水中之凫，与波上下，偷以全吾躯"。他把自己交付于江水，随水流转，终其性命。如其所言，一入船即洒然有诗兴。居家读书字不入眼。在舟中，则沉酣研究，极其变化；或半年不作诗，一入龙舟则诗思泉涌。

万历三十七年，春江水暖。三十九岁的中道，泛凫从家乡孟溪出发顺长江而下，朝向往的吴越逶迤行去。之前，仿学家兄中郎在老家建筼筜谷而隐居，静居数月，忽思出游，其势不可久居。家累逼迫，外缘应酬，熟客打扰，了无一息之闲，加之因科举未第而沮丧不乐，隐居于此而生烦躁。中道为己找出路，进入依靠的舟楫，以名山胜水洗浣俗肠，山水中参求性命之道与生之佳趣。

龙舟中，他断了酒；风雨飘飘的芦荻中，检讨自己："败我之德，伤我之生，害我学道者，万万必出于酒无疑也。"雨中清寂，焚香读书，自抄诗书，感人世之无常，悲繁华之易歇。以舟船为家，泛凫船于春光中东行。到了南京后，访大报恩寺，会道友，精求禅学。他提醒自己，生死事大，不可忘乎所以，丢掉生命的本意。恨自己学道不坚，不时落入世情窠臼中。

最后，还是不忘仕途功名：于京口，泛凫船秋日调头（放弃返楚）往北过扬州，向北漕行入京，谋他的科举去了。这是可理解的传统文人的逆转。他毕竟有过对生命的浪漫想象，他的泛凫真实不虚，在想象中流转于长江的浪涛。

秋日的江汉平原在我去公安埠河镇的途中来得分外平坦开阔。我把头探出中巴车厢，观望道路两旁炸开白花花的棉花的田地。秋日热烈，田地中的草丛被晒得萎靡。空气透出太阳烤炙棉花草木散逸出的焦烟气味。阳光和白晃晃的棉花让人双眼迷蒙。

时光交错。这是你第几次到公安了。你从北京回到南方，回到楚地家乡一晃六年。视线中的风物亲切又陌生。那日，从三袁家乡离开，和友人小酌，酒意令思绪恍惚。

想见三袁当年走水路，全凭舟楫；现在水路已停运，通过公路运行。你走访三袁的家乡，就像是寻访楚地心灵相通的文友，如同他们几百年前寻访李贽居住的龙湖寺。他们不是死者，其行踪事迹就在你的心里，如同代人一样亲切不生疏。他们似乎还活在我们的楚地，你们相互感染，心境相通相融。他们的事迹作用着你对生活的选择。他们没有死，时间没有流逝。中郎和中道还停歇在柳浪湖或筼筜谷。

一切建筑都会毁掉，找不到它们的影子，被人事破坏或自行毁灭。一切在加速毁弃，但我们的汉语还在。这是抵抗时间流逝的方式，我们在世的信靠。三袁用古诗写着现代情感，你用白话新诗传达在世的吁求。袁中道诗中的白鸥还在你的眼前飞呀飞，你确信那是他热爱的诗行中的那一只，在你的寻访的途中找到你。

山河改道，人事更迭。从北方回到楚地，爱着这里的田野与河流。这里写满了我们热爱的汉字。人事之外没有时间。它停顿在这里。在家乡平原，并不孤寂。你们就是一体。我们出走与归来，从来就没有离开过这里。

长江边公安县城南六十里孟溪镇孟溪村的三袁故居，距离我的出生地，走水路只有六十余里。四百年前，袁中道乘他的木船过石首经洞庭湖几乎从我的老家边上穿过。八百里洞庭涵融了长江南北的湖泊。古时这里名为云梦泽。我的家乡就在返湾湖边，为云梦泽之遗迹。从北方回到家乡省城，人还在归乡的途中。不停地返乡，准备归宿于此。

乙未年冬日，和亲友在湖边停驻。在陆地以脚步丈量地基，双眼观望无边的返湾湖水和历史的烟尘，甚至望见三袁的柳浪馆和筼筜谷。在异地漂流多年后回归故乡，重拾家园，在我们的平原建筑在世最后的房子。在湖边梓树环绕中，将在世的最后时光和老去的故乡生活连在一起。光阴交错。三袁弟兄，在楚地家乡我们相遇，你们重入梦来。归故乡，向死而生。明知家园终归破残无迹，却建造居所在我们的楚地，试图将它们转移到汉语。入故乡，我读懂了小林一茶此俳句：这终老居住地，哦，雪五尺。

2016 年，汉口牛皮岭

驶向旷野的绿皮火车

多年前的一个梦，又被重温
绿皮火车披着夜色走在遥远的星光下
——柳宗宣《绿皮火车》

火车留下的余热在扩散

这是时常呈现在记忆中的场景：黄昏。汉口火车站附近。几个少年越过有漏洞的铁丝网，翻越铁道边的栏杆（他们从江汉平原坐了半天的汽车来到大武汉，想看火车）。铁轨出现在他们面前：一段被磨得锃光发亮的铁轨，铁轨中间是枕木和碎石，从东边向西边蜿蜒伸展。几个少年停在铁路边散落的石块上，在那里等着火车开过来（火车他们只在电影中看到过，是在课本上读到的一个词，现在要活生生地出现）。几个少年一会儿望望东边，视线随铁道伸延过去，直到铁轨消失到城市的楼宇之中；接着从西边望过去——不知道火车到底从哪个方向到来。他们伸长颈脖张望，将梦想中的火车与现实中的那一节节车厢相对接，张望之中他们的身体被遗忘，或者说被火车带走，又被它带回来。火车从东边开过来了，汽笛声隐隐地从远处传来，看不见形体却已听到它到来的声响。铁轨隐隐震动，然后是"咔嚓咔嚓"，将他们

79

的骨节敲响。血液被激活，它高大的头部从眼前迅疾而过，来不及数清车厢有多少节来不及看清它的模样就过去了，遗留特有的气味（一列黑色的运煤的货车）。空气布满尘埃。他们的头发慌乱蓬松。火车开过去，在少年的心中留下震撼，消隐到未知的世界。火车没有把他们带走，把他们遗弃在路边。他们多么想被它带走，去见外面的世界。火车把他带到大武汉，让他们看见它走远，没有充分感受它就流逝到远方去了——他们不停地用一双少年的手抚摸铁轨，锃亮的铁轨散发火车铁轨摩擦遗留下的余热。现在回想起来，那火车遗留的热量传达到你进入中年的身体。

他坐着火车离开家乡

童年见到的一个前辈。他被火车带着远离故乡远离了我们那片人家，多年后又被火车带回到我的眼前。他居住在一个怎样神奇的世界啊，在我们村庄之外，被火车连结。新疆有多远？那是个什么样的地方？他就是从那个地方归来的，在火车上坐了几天几夜才回到他的出生地，穿戴着鸭舌帽、穿着厚厚的军大衣来到我们面前。他带来了异地的食品和空气。让我知道天地之大大到儿时的我无法想象。就是他，我的那个远方的前辈，在新疆这个抽象的词汇里注入了白雪和白雪般的棉花还有绿葡萄、大盆地和婉转的哈萨克民歌。他带来的棒棒糖我第一次见到。我们尾随着他，想让他将我带走，坐上那从未见过的火车。

那年，我的姐姐被他带走了。姐姐到北京去见姐夫，乡里人都不认识火车，正值前辈坐火车返回新疆，父母委托他顺路将姐姐带到火车上。他们是天亮前上路的，要坐五个小时的汽车到武汉才能辗转在汉口站坐上火车。他们走了，那时候火车在向往中开过来了，延伸到村庄一个少年的视线里。

多年后的某个黄昏，在中关村空荡荡的夜间公交车厢内，他突然出现在回忆里：这个家族的前辈，1949 年去新疆，27 年后回到出生地，背有点驼。那年我戴着红领巾，接受他的棒棒糖，把他当成外星里的人。当他再次回到老家流塘口，怀揣新疆建设兵团的介绍信，身穿军大衣在故乡四处走动，却没有他要见的人（我的大伯死去几年了）。他的罪过再没人去追究，光荣也无人分享。村子里尽是生疏的面孔，与他侧目而视。他的故乡变成异乡，反把生活多年的异乡当成故乡，匆匆返回新疆，登上那列漫长孤寂的火车。

一片白云随火车漂移

你坐在从酒泉到敦煌的长途汽车上。从车窗探出头，火车挥动长长的蒸汽手绢。茫茫戈壁。这人造的家伙：像一条爬虫，在缓缓蠕动；如果从空中俯瞰，它更像一截漂移的木头。有时候，列车钻进了祁连山的隧道，我进入了深长的黑暗。心一阵紧缩，暗中摸索，一会儿，又来到光亮之中。火车，用它们固执的车轮，勤勉地将绿色的灰色的白色的风景缝合，如同一架缝纫机机针敏捷地走动在布料上。为什么对远方充满渴望，不断地离开，跟随火车到陌生的世界去？到底找寻什么？荒蛮的戈壁，火车停靠在边远小镇。你总想不停地去路上，去经历更多，让火车将你带远。你想着，即便到了晚年，你还要远行——不能忘怀日本某电影中的那个长者，坐着火车离开生活多年的地方，准备死在异地（不愿在死前给亲人留下可怕的记忆），委托火车将他带到远方的远方。

祁连山峡谷的盆地上油菜花正吐出它们的金黄。七月了，江汉平原的油菜花早已结籽，而这里的油菜花刚刚开放。远山在此显露难得的绿色。牛羊散漫在斜坡上，没有照看它们的人。在列车中部餐厅窗边的一瓶黄河啤酒前，闲闲地观望一朵白云。一直在你的视线，白云在漂泊，随你和列车的移动而飘移——白云为了漂泊而漂泊，在自己的感觉中飘行，漫无目的。一个人的内心有多少路要走啊，你得服从这隐隐的要求。我们何以从自己的感觉中抽身而去；我们只能在自己的感觉中定居、感觉中开发，就像面对一片未被发现的土地。你勤奋地工作并不仅是美学的冥想，还要为其寻找表达。于是你来到路上，写作诗歌。谁说过，旅行者本身就是旅行，在身体的列车，命运旅行的一站一站，你探头看见的街道和广场，总是相同。说到底，命运是穿越景观的通道，在我们的内心，景观才成为景观，你想象它们，就在创造它们；你创造它们，它们就存在。生活就是看我们如何把它造就。旅行者本身就是旅行，你看到的并不是所看见的，而是你自己——窗外那片白云飘行在孤寂的天边，远离了人群和大地，走在自己命定的旅程上。

像一列火车那样

车轮滚滚。车轮滚滚。我往中部车厢走去。身体和火车一同轻微地起伏动荡。窗外的华北平原的小麦熟了。大地一片金黄。麦地也随同你和火车一起晃荡起伏。金黄的麦地摇晃在你的眼中，与你的直觉相融。记忆往往在一个瞬间楔入你的意识，在以后任何一个瞬间重新活跃在你的记忆。

　　火车临时停车。一个无名的夜晚，你和几个朋友们聊天，在静夜行驶着的火车上。在说话的空隙，听见另一辆火车远去的声音，消失的声音在变细。听见它远逝了。夜里卧铺车上的交谈特别亮敞，衬着夜的沉静。撩开窗帘，你小声说，哦，月光！你们都凑上去，看见月光播散在西部高原，朦朦胧胧的。夜行列车中的交谈，时空交汇在那个卧铺车厢中。月光照着黄土高原和时停时行的火车，也陪伴你们的无眠。

　　火车在南下。你一个人躺在上铺。火车轮子行走的声响不停地在你耳边奏鸣。你的身体远离生活多年的城市。梦中的你掺和了火车轮子滚动，日夜兼程。你在赶往梦中的远方。当深夜醒来，火车疾驶。多年后你还觉得火车是在你的梦里疾驶，或者说你在它的梦中。

　　你又置身于月台上，北京站。你等着火车的到来。携带简单的行李，学习不断地放下，这样便于轻装上路。几分钟后你就要被火车带远，从感觉日渐麻木的城市。你渴望离开，挣脱掉杂乱的琐事、同事、人际的纠缠、房子和妻子、生存持续的隐忧，甚至，脱离一座城市。在流涌着风景的列车窗口，原野铺展开去。弧形的天空。隐约的山岳。一排樟树出现。马路上迎来两个罩粉红色面纱的女人。风中的玉米林，在高山下的空地上起伏。过去情人的面影忽然显现。一个电话。一个祝福（你们挣脱恩怨，脱离情欲对你们的控制）。汽笛响起的一刻，听到血液的呼唤。你又来到路上。长长的汽笛声传来，绿皮火车从童年开过来了，它要把你带走。生命就是不断地离开、归来，又来到路上："旷野里的那列火车，不断地向前，它走着，像一列火车那样。"

夜色如何降临列车的窗口

你观望移动的岭南的山水和风物，透过列车玻璃窗，看见远处彩云镶嵌天际。风景在不停地更替变幻。看成了旅行的功课，被移置于内心的视镜之中。天近黄昏，你想着在火车上看见夜色怎样落在这岭南的山水之间。这个想法让你心动。你是第一次坐在南下的列车上，在列车上看夜色如何笼罩在岭南葱郁的山水之间。目不转睛地望着不断变异的风物，它们不停地出现、消失——窗外的风景这时变得模糊，相互混淆，远处的山峦和村落构成了一个轮廓。近处的农田、农田中的电线杆和归去的牛马还能辨清，包括不远处矮山中升起的一缕炊烟。然后很快模糊了，并与晦暗的天空无声媾合。

就在你盯视它们的那一刻，远处的风物消隐；稀落的灯火在山腰的民宅出现，孤单寂寞的灯火；大地在这一刻也变得起伏不平。灯火渐渐地密集起来，只见夜的黑和灯光的橘红，其他的一些被夜色统统收藏，灯光也不能把它们照亮。这一刻，卧铺车厢内的荧光灯亮起来。玻璃窗上，你的头像被一圈光晕包裹，车外的灰暗色在流涌中加深，流动着映现在车窗玻璃中，玻璃中只有移动的黑影和灯光。看到黑影之中自己的身影，玻璃中黑白分明的眼睛。黑色的背景，衬出你身体的上部。车厢内部走动的行人。三层卧铺的投影。同时，从对称的那面玻璃，看见自己的另一个侧影，在两扇玻璃中间，它们彼此在张望——那是另一个虚静的自我——你若不凝视，就以为它根本不存在。

火车穿过沙漠和往事

火车从华西平原到达北部山岭，现在它来到了沙漠之中。临窗张望中国的沙漠地带，火车让你经历富饶与贫瘠、希望和绝望，它带领你行走在苍茫大地，近距离观察人类生活的地球，让你看见中国的沙漠：大大小小的沙丘像坟茔散落那里，在稀落村庄的四周，村庄似乎被卷来的沙丘掩盖。村庄出没儿童和狗。绿色是那么稀少。你知道了什么叫苦难、危险的生存。处在这境遇中的人们抗争或听天由命——当日后从城市的歌厅和咖啡馆出没，沙漠中的村庄会突然在意识闪现。当风沙吹临生活的城市，天地忽然昏暗；人们慌慌张张，无奈地打量那弥天而至的黄沙。我们就生活在那沙漠中的村庄，四周是坟茔一样的裸呈的无言的沙丘。

火车连缀的往事，纵横交织在西部的丘陵和高原。你想到她，曾爱过的女人，她现在在哪里呢？这些年我们走过的路，经过多少城市和旅店，断续地在一起，然后分开。在火车中部的餐车上，两个人的往事突然抓住了你，纷纭而有序地在窗外扑面而来，然后快速退去——在个人的时间里，在西部高原的布景中，她再次出场。你说过，你见到美景是通过她的脸和身体（说这话时，她就在你身旁）；或者说你见到的，她无法看见。当然，两个人的记忆有交错的部分，相互交织一起。时间过滤掉人事的渣子，你们之间偏执的猜忌与恨意——忽然间，愧对你们在一起的时光，愧对茫茫世界的相遇与相爱。你们相爱但不懂得如何去爱。而人生是一个唯一的时刻，你无法重临曾搭乘过的火车，回到和她走在一起的被白雪铺盖的高原。只有你一个人面对曾经的山河，这老去的河山。

绿皮火车上的老故事

那个老人在回忆中又坐在了我的对面：面色黑红，额上的皱纹深刻在那里。他怀抱一个小男孩，五六岁的样子。我以为是他的孙辈，他说是他的儿子，就是说他六十五岁时，儿子才满十岁。这是他的第五个小孩。小孩有四个姐姐。春运的列车挤满了人，几乎不能走动。你克制饮食，想着为什么要生出这么多的人，为什么要出现在这个狭隘的世界上受苦。那老人说他不会享儿子的福了，当儿子长大他就要死去。现在他正带儿子回到离开多年的老家去，让他还活着的老娘看看这个孙子。他们家族的后代，这个背井离乡生出来的希望，现在就在他的怀中。我仔细地打量他怀中的孩子，污垢残存在他的脸上，穿着可能是从他姐姐身上脱下来的旧衣裳。实在看不出对面老乡的生活有什么盼头。在异地他乡的茅庐中，志同道合的妻子生下这个儿子，现在火车承载他们的返乡。哦，辛酸的幸福。你看见那列火车；负重的长长的火车参与了他短促一生的逃离和还乡。

在 K78 次列车上，与一个邂逅的老乡面对面地坐着，听她讲述她的遭遇。人们在夜行的火车上睡去了。她说她的母亲是在铁道上死去的。多年前的伤痛现在变淡了，以至于她现在对我讲述是一种解脱和放松。从前她曾恨过火车，她说是这无情的人造的家伙夺去了她母亲的身体。母亲的骨头四散在铁轨旁，她与她哥哥捡拾母亲的骨头。巨大的痛苦到来的时候人是麻木的。十多岁的她麻木无声地收集着母亲零碎的遗骨。她说着这些的时候泪光闪现了一下。经过多年的悲痛，才从可怕铁轨的记忆中走出来，现在能平静地坐在火车的车厢里，就在我的对面。渐渐她的脸色明亮开来，转眼间，一丝亮光从列车窗口闪现，哦，微明的晨曦从玻璃窗口融入她朴素的面颊。从夜里走出来了，白日来到，我们握手分别。现在记不起她的面影，但能记起火车上彻夜的交谈，在暗夜看清了那个在铁轨旁捡拾母亲骨头的少女和一缕晨光如何映现在她的面颊。

夜行车上读维特根斯坦

身边几个妇女张大着嘴睡着了。之前的乘客不知什么时候下车了，与我没有了联系。维特根斯坦，你死去多年，从遥远的异国来到我的身边。维特根斯坦，我读着你的传记：《天才之为责任》，在中国某列硬座车厢内，聆听着你的话语："唯一值得一过的生活是精神生活，你对自己负有责任。"你上前线打仗，让自己的生命处于危险中，祈求上帝不要抛弃你；锻炼自己直面死亡的勇气，以此获得经验从而改进自己；你把十万克朗委托克劳斯分配给穷困的艺术家，散发自己的遗产，就像脱掉一件厚衣裳。男人爱的应该不只是女人，还有自己的灵魂、他自身中的神性，那个住在他心中的上帝。我知道这也是从内心时常升起的愿望：虔诚地生活与写作。要么成为天才要么去死，不做一个平庸的人。当我在生活的等待中慌慌张张，你建议我做好手头的事儿。维特根斯坦，你写给哈特的信我也看到了："忏悔必须成为新生活的开始。"哦，我们要补充的是爱和信仰，给生活以意义。维特根斯坦，在异地谋生的道途中，听到你和我说话的声音。信仰的激情来至心间。在那列黑夜行驶的火车上，忽然发现自己走错了方向。

三个隐喻或境遇的直观

A. 我持着一张无座车票挤上某节车厢。我是没有座位的，一个只能站着走完旅程的人。一张偶然的车票让我成了游荡者。车上的人越聚越多，空气散发腐败的气味。从一节节空调车厢走过，忽冷忽热。同一列火车，人们面临不同的冷暖。处境相似，却各不相同。谁判定你就这样永远成为无座者，在这趟唯一的旅行中，必须站在那里一动不动？我想着我必须找寻。是的，你的某种不幸倒成全了你，这样可以在这列火车的各节车厢里走动，寻找自己的位置，或一扇窗口，某位可能的交谈者。在车厢内走动，从活动的人群中寻找与自己对话的人。你说，我是柳宗宣，我要在你们中间寻找交谈者。迎面相遇的人们张大着嘴在昏睡……你的寻找让自己成为孤独的醒者。你想着将他们一个个唤醒，你想通过找寻搅动车厢内死寂的空气，通过行走让空气流动起来，产生风。你不能成为一塞进了车厢就倒头昏睡然后不得不下车的人。不能放弃找寻。整个旅行，你就是在这命定的车厢内不停地走动找寻。

B. 检票口。站台。从地下通道涌现的面孔。静卧的火车是只空腹的巨兽，瞬息间吞噬蜂拥而至的人群。一个无名小站，另一列火车在经过，人们从紧闭的窗口往外看。一张张饥渴的面孔互相对望。他们不知道自己看见了什么。我们一无所知，让生硬的火车引领。火车紧急刹车：车身剧烈抖动，我们受到不同的惊吓。火车发疯地呼啸向前，它要把我们带向何处？一瞬间，我看见一匹马逆向而来，与火车反向而行，这是想象中时常出现的画面，一匹马与我们反向而行，抖动它起伏的鬃毛。我真想脱离坚硬的火车，落座到它的背上。跟随那洋溢着鲜活气息的身体回到过去的家园，从这个生硬的人造的家伙中撤离，这仅仅是个幻念。我们是回不了家园的人。身不由己，终将被这个人造的家伙带走。

C. 身边的一个人消失了。恍惚中睁开双眼，从身边离开，从这辆火车消逝了，身旁又出现陌生的替补者。身边不断上来和下去人，仅此一趟的旅行，上来了必定也要下去。我们都是要下车的人。那个临时的位置不可能永远属于你。你必须让座，为新的陌生的旅客让座。新来的同类在催逼着你，而他们又将被另外新生的面孔所催逼，而新生的也将重复你们。而火车必须前行。在车厢记挂那些从身边消失的人，他们上来抢夺位置，刚站稳脚跟就要下车，永远消失。你不久也要像他们那样离开。你提醒自己暂时待在车上，这让你珍视在路上的每时每刻，满怀爱惜之情看着一茬茬到来的人，以充满忧伤的眼睛。想到罗伯特·勃莱的诗《坐火车经过果园》：

> 一点小伤，我们就死亡
> 这车上我们谁也不认识
> 有个人从过道里走来
> 我想告诉他
> 我宽恕他，要他
> 也宽恕我

初稿于 2005 年北京浩鸿园，2010 年改于汉阳三角湖

你好，旅人

1

一睁开眼就背着包上路了。睡梦中醒来的第一意识显现——出门，去兑现萌生多年拖延至今的计划。怕过多的思虑影响出行，带上了几本书、简单的日常用品，就来到了马路上。一个筒形帆布袋挎在右肩。天色尚早。江汉大道没有多少车辆与行人。一瞬间，心中涌现早年出门旅行的激动，精神的兴奋和身体的活力重现中年的身体。街头熟悉的建筑、超市、道旁的悬铃木树和过斑马红线的路人，变得异样。当你的双眼像摄像机对准它们，它们晃荡起来。天空晴朗。早晨的阳光来得分外明净。从马路吹过来的北风托送你向前奔跑。这突发的旅行改变身体内外的气候。你的离开搅动这里庸常岑寂的空气。你奔往火车站——混进交错的行人中——让火车把你带走，离开这里。

苍苍茫茫的宝天曼，绿色夹杂红黄。有些山石凸显出来。它的秋天过去了，夏日也过去了。春天的花事早就过了。你发现生命和这山峦处在一个季候：由秋至冬，由盛转衰。就像面前的溪流，夏日当然淌过山泉，现在水落石出。香枫的叶子在春末时节油光发彩，现在变黄，行将飘落。对于自己来说，高山或险奇已历经，它们隐藏到体内，要你去沉思默想。这时节，你爱上寂

90

静，不愿去看传说中宝天曼的野猪群，也不想涉入"仙人洞"。你在体验宝天曼的宁谧，它有着中年人的沉稳与自持。这地处秦岭东段伏牛山南部的莽莽群山陪伴着你，以它秋末发红发黄的林木和带着凉意的空气环绕徐缓的步子，走在和它共同的时序。

秋末将尽，冬日即至。在人生中段，如何活下去确是一个问题。生老病死，爱恨情仇。身体。性。男人和女人。放纵与收敛。生命到这个时序，该得到的早已得到，失去的业已走远。似乎没有什么新鲜的事儿，迎接你的是持续到来的无趣的重复。这时候，你要培养怎样的耐心来体验每一天，你要涵养怎样的热情奔赴自己的旅途？当你置身于山中，发觉生命原本是简单的。没有目的，一个出生到消亡的过程，就像这宝天曼的山木草石，按照神赋给的本性存活，在自身的变迁循环里。在都市，你是虚伪的充满伪道德的要着功名的家伙，到了宝天曼变成自然的人，试着像动物植物一样呼吸。连思想也可以放下，抖落掉附丽于身心的尘垢，包括文化伦理的负重——你得从外部世界撤回来，把目光朝向自身，回到对自身的观照，和历经的往事相亲相守。在初冬的阳光中，走走停停；在一块巨石上晒着太阳，不去拼要不去占有；在时日不多的世上游手好闲，虚度安静时光。很不错了，况且有寂静平和的宝天曼陪伴。

2

早年的一个塑料筒形的背包从层叠的记忆中显现出来。淡青色的塑料筒形背包。

那年你二十来岁，背上它独自旅行。意气风发的，眼里的一切是新鲜的，内心活跃无比，如同写作的灵光闪现。那可是伴随多年的筒包，市面上少见的一种。喜欢它平常中的怪异。路上很少见人背着这样的包出门。别致的背包把你和他人区别开去。《达摩流浪者》中的贾菲就拥有圆筒形的行李袋，这著名的背包——青春时光，陪着你到达过一些地方。一些简易的行李统统塞在里面——日记本，图书，剃须刀，毛巾和衣物混杂其间。当旅行归来，你把它内外清洗，晾晒在教工宿舍门前的梧桐树杈间，阳光照着它的淡青色。"忆我少壮时，无乐自欣豫。"陶潜的诗，颇能传达你在那个年代的心情。

　　二十年前曾拥有过的旅行筒包，在与妹妹闲话时得知它的下落。它随晚年的母亲转移到妹妹家里，曾被妹夫用作背篓盛鱼到集市贩卖。它消失了。妹妹变老了。母亲去世多年，流失中一切在渐渐消隐。身体和感情与外部的世界都在变迁。没有不变的事物。你感觉自己老了，看样子只能在室内过打转转的日子，尤其这些年在外漂泊，对外部世界丧失早年的注意力，想着停歇安顿下来。对外部世界仅存淡薄想念，因循过着平庸僵滞的日常生活，细心营造中年家居的安逸和闲适。偶因阅读生发而至的出门观望，比如实施禅修之旅，拖延至今。你战胜自己，克服对外面世界的淡漠，让老去的身体活动起来，重新上路。旅行让青春的时光能够重现。消失的淡青色的筒包仿佛失而复得，与身边网购的帆布筒包重叠起来。

3

　　她曾送给你银灰色的带拖拉杆有着两个轮子的矩形旅行箱。得知你要离开 Q 城，将奔赴自己未定的不安的远行，她来看你，在那个旅馆把它交到你手中。那是一个带着密码锁的箱子。她告诉你如何打开或锁闭它。你从小城的出走得到她的支持。一个旅行箱摆在面前。无言的旅行箱化解了年近中年远行而生发的迟疑或忧惧。你发现不是一个人在路上，还有一个人在跟随。银灰色的旅行箱停在火车行李架上和汽车座位的底部，守在你身边，停泊在北方不同的出租房。无声的旅行箱同你一道颠簸转徙。

你和她曾出门旅行。聚会的地点在长途汽车站。她穿着紫色T恤。你火急火燎赶到车站。她从一排乘客中站起身子，仰面朝向你：克制的平静表情。你领着她出门，那是你和她第一次旅行。你们是谈论着杰克·凯鲁亚克来到路上的。一辆机动三轮车把你们送往高速公路的入口。Q城的水泥路不断地退去。车转了一个弯，初秋的白杨树落叶在空中无规则地飞蹿。两个旅行包。几件衣物。地图册。里尔克诗集。《垮掉的一代》。小刀。日记本。铅笔和钢笔。陪伴两个人到达旅行的路上。对生活的要求是什么？对生活的要求仅仅是不断地离开，不断把自己的身体放置到路上，还能带上一个交谈的人。

兰州长途汽车站。她送你到另一个遥远的小城去。停在车站的大巴车前，标明一个个地图上遥远的边城，那些沙漠和高原中的县城可以随时抵达。以前它们是多么遥远，现在可随时置身于它的街头。那是你们要去的地方，离你那么切近。你又生出疑虑：你的行走何时能把它们丈量完。天地开阔，人生短促。你还得待在一个地方挣到足够的旅资。那天，她本是送你上车，送到了汽车站内的停车场，几乎强行把她带到旅行中。一个送行的人也抗不住旅行的诱惑，或者说，她成全了你，陪同你来到了路上。

所有的美景是在她身边看到的。维特根斯坦说过，美好的时光，总是相爱。在旅行途中，和她在远行大巴两张座椅上，流动的家给建立起来。一个带到车上的柚子暗生出熟悉亲密的气息；窗外安静的蓝天就像一块蓝布帘；白云随你们穿行交错的时空，淡淡抒写纷纭而至的往事。天色渐晚，天地依旧明净，一轮孤月出来了，随绕行的大巴车转动，照亮塬上梯田间层次错落的白雪。在身体的边陲，你所看见的美景是通过她的身体看到的，粗粝的心因为风景和她的存在变得柔软。美丽的伤感如同梦幻旅行，不断重温，时常梦回边陲。

4

两个人的旅行是天赐。更多的是独自旅行。1995 年夏天，我背着简单的旅行包上路了。生活中发生了一件让人吃惊的事：一场突发的凶杀案，死者和凶手都是学生。在一个集体中慌张地处理完那桩事件，特别想一个人出门。学生之死让我看清身边众多隐形的死亡。一个人似乎欲从自我毁灭的道途超拔出来。同事们集体旅行去了，我选择了孤身旅行。

1988 年 5 月，我成了家，有了三居室的房子，讲师职称。开始有些太晚的诗歌写作。每到暑假一个人作或长或短的旅行。在暂居的小城觉得自己是这里的旅客。多年来在那里不显眼地生活、读书和写作。渴望着远行，发疯地想离开它，要把自己放置在另一个世界呼吸，到陌生的危险的旅行中去，偏离一切固有的东西，尽可能地体验更多的人性，在变迁流动的路上，呈现自己，作内心与外在的双重旅行。一个人想到远方去发现自己是谁——人到 27 岁，他的生活会日趋务实、世故，诗情会离他远去。在这个年岁，开始朝向诗的旅行。没料到，它整个地改变了生活的航程。

多年前的某个黄昏，和诗友龚纯在行人稀少的街道闲逛。他让你看他正在恋爱的女朋友，而明天你要出门远行。走在小城的街道上，西边天上一座青褐色的云山，从云缝泄出的光柱打在 Q 城高楼和街道上。夏日的一场雨刚过去，空气中弥漫一丝凉爽。那一瞬间，发现所在城市的美丽，甚至有些不想离开它。几个月后，一个人回到自己的城市，发现自己变了一个人——打量生活多年的小城，在街头，热情地握住同事的手。这让他们感到吃惊——怎么了，面前的人变得这么神经兮兮的——他们不知道，你从长途旅行归来。

5

夏日雪山。在通往青海湖的路上看见它。车迎着祁连山脉宽大山体间行走。过了日月山，山越来越高大。沟壑出现，山泉从中流出。一块块大石头静卧沟涧。山峦呈现出差异：朝南边的山上一片绿色，长满植被，而与之对称的北面山体一草不生，红黄的土质在雨雾中看得清晰。山风在车窗外面吹刮。空气中弥漫纯净如同鸡蛋清的气流。

从洼处望过去，远处山顶出现白色，在低矮青山的衬托下，远立在云天之下。哦，雪山洁白在那里。不一会儿，雪花飘洒。雪山连绵展开，远处的白云在晴开的蓝天间涌动。风喇喇呼啸，夏日的雪，大片的雪花落在人们的身上。

山峦与山峦间是平缓的草地。青草初长成，隐现枯草中间，草原正绿起来，开阔地伸展向远山，以它的绿色和远接的褐色山体共同衬托云天下的雪山。阳光从云隙里射出一束束光线，打在雪山上，加强它的明亮与洁净。你以为山体似乎烧焦了，原来是浮动的云块投映山体。大自然的光影在此呈现神奇的魔力，让你来不及看清它们的变幻。

青藏公路把草原一分为二，一直在伸向远处的山脚下或高处的雪山，好像可以托扶你走入白云。草原上牦牛走动觅食，白云似帐篷散落在草原，独自绽开的格桑花摇晃。空气洁净得没有一丝杂质。你平躺在草地上，让身心浸在这雪山、草地、羊群、牦牛所抒写的画境……那一刻，你想到画家高更，他的塔希提，他在日记里写下的句子——文明味一点点地从身心消退，所有属于人类或动物的欢愉我都享受到了。我一直在逃离社会规范，现在进入真理之中，进入大自然的怀抱，不再受无用的虚荣拘束。

蓝天白云下的青海湖，无声地停泊在那里。从远处望去没有水浪，和远处的蓝天混成一体。越过碧绿的湖面望过去，对岸相邻的一片白色，像白边镶缀在湖的边缘。青海湖与天空与雪山连在一起。在那里，蓝色的湖水在追赶着天空。是这样的，青海湖的湖水是单调的，这种单调却显示出它的广阔、大气，十分的壮观，特别的美。它是自在的，在那里它既大又美着。没有因了你的到来和激动而有所改变，无视我们，像自在的神一样；相反，你却被它一点点地挤压、缩写，越来越小。

荣格伫立在康斯坦斯湖畔，敬畏地凝视蓝色湖水和银白覆盖的阿尔卑斯山时感觉的惊异，在见到青海湖时你也感觉到了。第一次发现比我们伟大的事物。这就是宇宙的中心，是内在的隐秘的宇宙，映现在平静湖水，延伸到远山直达至无限……荣格，从那以后他开始寻求第二人格，从中寻找避难所；他意识到自己变成了两个人，知道另一个远离人世，接近大地、太阳与月亮、天空和万物，尤其是接近黑夜、梦和上帝为他所设的一切……

那一日，在通往青海湖的路上，自我消融在周遭的环境之中，神秘宇宙的实在与灵魂建立某种联系。你一闭上眼睛，它们就呈现在内心。从青藏高原回到漂居的北京，发现自己变成另外一个人。你对世界的看法悄然发生改变，你从惯性的生活超脱出来，重又走在通向它的路上，提升到湖泊、草原和雪山的面前。

6

陕甘宁三省交界的边城，平凉。北端的塬上有座圆筒寺。和文友在那里闲逛，碰上云游的僧人，端坐于空无一人的寺庙芜廊，吓了我们一跳。他叫永慧。你和他流徙到此，实属有缘。你们谈经说道，分手后，回到平凉宾馆，情犹未尽。次日打车来到寺庙，听说永慧刚离开，最后你在马路上追寻到他。如果迟到几分钟，便无法再见。记得和永慧用了简单的午餐，在平凉宾馆一片葡萄架下，问道于他，涉及我们何以离家漂泊、缘分、生命中的真实等诸多话题。

永慧说他出家前，曾随亲友到五台山拜佛，一到那地就有感应，人就有了精神。回家后总想出门，在城里做建筑时，与同事站在脚手架上却睡过去了。身心分离啊，想着那苍松下的寺庙、寺庙里的檀香和清亮的钟声。这样隔离终究不是个事，他到村委会开了一个证明，就出门了。一到寺庙里心就定了。他读了许多经书，诚心敬佛学道，然后独自上路，挂单于寺庙，作一个行脚僧——你问他开悟了没有，他说他在证悟中……

一个黄昏。和西可安静地用着晚餐，听着对面音像店里传来的凯丽·金的萨克斯曲《回家》。夕光穿过榆树的枝蔓照在平凉的马路上，透过巨大的落地玻璃窗，望过窗外音乐声中来来往往的行人，想到湖北那个三居室的房子，想到多年在那里总想着出门，曾有身心归一的家园感。你的家在哪里，为什么要与亲人分离，总想着一个人离开、独守，渴望在大地上漂泊，来到路上，让自己沉寂的身心生动起来……永慧，他又漂到了哪里，他可找到出家后的安宁？在夕光之中，泪水盈满眼眶——你在路上的不舍或不安，是必须的经历、必要的自我叩问；你所立处即真实，不用向外寻求，依恃外在因缘。独行于世，独立不倚，亲证到宇宙人生的法则，归属内心的解放。你便是自己的导师，自己是自己的法则。对修行者来说，途中即家舍，你的家舍在这远行途中。

卡车在山腰盘绕向上，到达阿卡孜达板。你收缩身体，心因害怕而跳动。昆仑山体尖削，直插天空。砂石一样呈土灰黄，不生毛草。自然的险峻与冷漠横隔在你面前，人的孤单渺小可有可无占据了你的意识。盘山公路像灰暗的土布缠绕山腰。山中一日历四季。上山前还是热浪扑面的，过了几个达板冷意透身。你得克制你的恐慌与软弱，它限制了你的远行场域。你得超越你的本能逼向你的自性。你的目光停留在一只山羊身上。它弱小到可有可无，完全可以被忽视，颤巍巍地收缩的身子发出的叫声也若有似无。本地的山羊，为什么出生在这里？神啊，你给了它生命它就有适应这里的山地的双腿和心脏。山羊不知害怕为何物，安然

如素地在昆仑山上觅食若有似无的草茎，咩咩地叫唤。你们前往
库地边防站。

7

你停靠在北京火车站广场一角。

候车充裕的时间足够你闲观这里来来往往的乘客。带轮子的
行李箱从这座城市离开，一辆辆火车把广场永不消逝的行人
带走。

几年前路过这里，明晃晃的冬日阳光中，墙角根下，一个老
人在叫唤：擦皮鞋，擦皮鞋。在那一瞬间，邂逅死去多年的父
亲。每每从外省回来，看见长安街的华灯和粗壮的白杨树，北京
城的厚重与宽阔。你的漂泊从银灰色的带轮子的旅行箱，到拥有
自己的房子。站前广场，观望自己房子的方位。这些年动荡不
安，租住过京城的不同方位的房子，熟悉它的公交路线和交叉地
铁的转换。那出现又消失得无影无踪的人与事。这些年，一直使
用金少贤的电话号码，以他的名义缴纳话费——你是这个城市的
外来人。

某日，一位来京旅行的游客乘拥挤的电车经过北京站。她同
本地人发生了争辩——这不是你的北京，是中国人的首都——她
说得有理，代替你发了言，在那个北京人的眼里，你确确实实是
个外地人。和同车的上上下下的旅客有什么不同？你只有临时住
处。一个游牧者，居住于此，又不属于这地方。是这座城市的局
内人，又是一个外来者，参与，卷入，以异乡人的目光打量这个
城市。你就是一个旅行者，旁观这个世界包括你自己，把自己的
道路走完，持续不断地旅行。那个以讲童话为生的安徒生，爱这

个世界但不占有。一个旅行者在自己的生命行走。一个自我训诫的观察者、纪录者，见证身处的时代。唉，对于旅行者或游离者来说，他有许多个故乡。

2008 年某个黄昏。我把一个人送上火车，独自回到自己的住所，路过工人体育场，观望着熟悉的街景——想着这一生该做的都做了，可以解脱了，不被外物所役使，可以给自己放假了，如庄子所说，可乘物以游心。对诸事不将不迎，不急于得到它也不刻意拒绝什么，觉得身体内在的空间特别空阔。心中只有唯一的牵念——阅读写作和居无定所的游走，在世上每个地方住上一些日子，随心情而定，时间或长或短。辞退世间的一切职位和名号，跟自己在一起，或以沉默远离世情。

世界很大，充满神奇的地域，你就是有一千次生命也来不及一一寻访。独来独往，接纳身体内外的盛事。那一刻，看清以后可能的生活；当从地铁出口出来，一个陌生的世界在想象的旅行中展开——北国的天空异常的开阔而生动。

8

所谓旅行写作，是把地理经验内嵌为自我的延伸，将文化差异挤压为自我内部的富有意味的增殖行为。旅行写作日益成了跨文化语境下被重新激活的学术热点。越来越多的人卷入旅行或漂居的队伍。移民的激增，文化的杂糅，族群涌动的国际性景观呈现。旅行写作的跨文化性质、对文化冲突的认同、身份危机具体到写作者的日常书写，写作者倒成为文化冲突的协调人，个人文化心理的探寻和诊疗，拓展出多元开阔的文艺想象和叙事空间。

安徒生就是一个旅行写作者。一生居无定所，可不是一个普通的旅行者。在旅店里，他写着他的诗和一个个童话。在夜行驿行车上为萍水相逢的人讲述他的童话。为了写作童话他付出了代价，或者说，用痛苦孕育他深沉的爱和美。凯鲁亚克进行过他的横跨美国的旅行。沿途免费搭乘便车旅行。一个冒险家，孤独的旅人，怀抱一个愿望，期待"背包革命"的诞生，写一些忽然到来的诗，创作他的"路上小说"，探索那一代人个人的自由，把自由的意向带给所有的人。美国女诗人毕肖普大学毕业就出游欧洲，居住在基斯特，在周边海域漫游，往来于纽约和佛罗里达，此后又定居巴西多年。她的诗集《北方南方》，几乎都是旅行的诗。长诗《麋鹿》写的就是一次班车旅行，细致描写旅途的起点，途中的情景，从车内外不同情景到内心世界的漫游，直到遇见一只麋鹿。诗人用了近二十年来完成这首意趣丰饶的诗篇。每当穿行在街巷、田野、幼儿园和山顶墓园，时常想见约翰·阿什贝利，他就在移动的汽车上写作诗歌片断。诗人希尼，一个内心的流亡者，若有所思，蓄着长发，不愿做拘留者（政治运动的参与者），也不愿成为告密者，像他的精神导师乔伊斯一样，流亡在外，以他可怕的诗作来回应北爱尔兰的动荡，以灵巧和创新来逃避种种压力，寻求一个写作者的自由空间。法国新小说作家图森，他的小说《先生》《照相机》里的人物总是处在永久性的漂泊不定之中，不以任何形式扎根社会。忽而在屋顶上散步，出现在诊所、餐馆、加油站、人工湖边和飞机上；忽而出现在光秃秃的田野中间的电话亭打着长途电话。他们旅行的原因不明，也无关紧要。图森小说中的旅行者在意的似乎不是要探索这个世界，而是他们自身。

你的写作可以说是在旅行中展开。一旦写作就开始了旅行与游走，甚至移居到北方，因为写作不停地迁徙。生命中到来的旅行和词语的命运相通。从最早的诗作《宾馆104》到中期的《一个摄影师的冬日漫游》的转型，旅行改变了诗的外形与内容。《上邮局》一诗中外部的游走逃离自然参与了诗的生成，构成了诗歌多重的互动空间。《驶向旷野的那列绿皮火车》再现几十年前火车上旅行的印象细节和情景，包括途中读到的书和与陌生人的谈话，以及由旅行引发的关于存在的思悟。个人的旅行写作折射大地上寻求真相的旅行者的身姿，成了书写的样式。近作《复调》等诗加入汽车的视觉，汽车带给你新的观看和体验方式。你的诗不经意间融汇了火车站、机场、道路旅馆等意象，诗文中的旅行视角相互交错搭建了一个语言的空间。一个独自旅行者漂泊不定的生命形象在词语里穿梭不停，不知他下一刻将在哪个地方涌现，这给你的写作带来了某种未完成的不确定性。

9

近年，你开始在公寓近郊作短时旅行。不一定要到风景区去。在你看来出门即旅行。你爱上了独自驱车在郊外行驶的自由自在、无牵无挂。我们去旅行，是因为决定要出门，并不是因为对风景的兴趣。这种事情一旦开了头就没有理由停下。你稳坐在车中，自己的生活如同方向盘掌握在自己手中。在广大空间穿行有些过瘾。周围的一切转瞬即逝，好像只有你是持续存在的。你是变动不居中的固着点。车内的音乐也起了作用，播放爵士乐或者马赫、海顿，乐句似乎从你身上散发出来，弥漫到郊外的空气中，迎面而来的风物好像内心生发出来的映象，或者是内外的妙合而生的微妙景象。

春季到来。你对自己说没有理由还待在书房。很多事要你去做并可获得自在读书和写作的享乐，外面的世界在诱惑你，在室内不得安宁。当你穿行在木兰山间和通往景德寺的宽阔公路上，获得超脱形骸的放松、安宁与快慰。你发现这两种享乐形式是互补的相互加强。春天看一年就少一年了。人生在世的时间越来越少，总想多看一眼外部的山陵与平原、山中的湖泊与绿色茶园，嗅闻有着樟树香气的空气。

一个旅行者或忧伤的行者。时代的变迁几乎使波希米亚精神死掉。另一方面，波希米亚无处不在。一个旅行者是紧张的行动者，在这个世上与自己对抗，与自己老去的身体、陈腐的观念争执，与时代对峙或反向而行。向交通不发达、信息较闭塞、用户至上主义较不盛行的地区迁移，再不快点行动，那里也会变得没有什么看头了。

听说去鄂西南的恩施路途遥远，山路阻碍。现在据说当日可到达那里，高速公路已开通。这个世界越来越没有你在路上的环境和你要去的地方了。到处一个样子，被我们改造成人工的荒野。对大地的神性向往在变淡，旅资同时变得昂贵起来。河流在隐退，江水承载不了轮渡。长江轮船放弃了客运，这自然参与的交通越来越远离人们的生活。从汉口到南京和上海，你只能坐火车和飞机还有大巴，水上交通线给取消了。这黄金水道因越来越跟不上时代的速度而被迫歇业。我们慢节奏行走的体验越来越困难，不得不卷入到高铁和天空的争先恐后中去。一切都处在加速度中，世上到处都是被导游小姐牵引着的浅薄的游客。

这些不能成为你放弃出门的理由。你是否执守旅行最初的目的，它的漫无目的审美。每次出门将日常用品和充足的衣物塞在箱子里头，想在外多待一些日子，可是不几日就回来了，衣物没有动用又收拾进衣橱。看来人走不了多远，外出前有过一丝对远行的期待，终究草草提前回来。是不是你老了？一个旅行者倦于他的旅行。他陷于安逸生活中，或被世务羁绊，没有剪断它的能力。更深一点说，他对生命的热情淡薄。残存的远行的愿望没有得到意志力的支持，或者说对自由的渴望随老去的身体在渐渐退化。

你要开启必需的旅行。你的命运是外出远行，在旅行中实行自我教育。这是终生要修的功课。更新你的环境，让情感与思想处在变易之中。旅行产生惊异，旅行者也改变了自己，让人据有异乎寻常的体验。提供反观自己的空间和新的视觉，空气就不会腐败。往内部加入新的风景、人事、沉思和发现，补充活下去的能量。这是特殊的自我促进自我疗治的方式。对生命之谜的破解在时空之外，会涌现出新的体悟。培养你的好奇心，像维特根斯坦那样去看鹅掌楸的叶子，看到更多的物事。矫正偏爱美食、睡懒觉、少运动的习惯。旅途中培养艰苦与耐劳的能力，摆脱定式思维。在新的情境中审察你的生活，在无定的漂泊中重获或更新自我认知，从日常的因循僵滞、自私的安逸和种种陋习和拘囿的锁链中分离，更换你的服装和身份，置身广大世界，从人世的疏离沉默冷漠无情和自私自利的闲适中脱离出来。坐在大巴上驶往一座城市，你会有德国诗人布莱希特的反省，吃惊于自己和世界的冷漠并反对它。

你得向蒙田学习。他在晚年规划自己的旅行。一个老人，他想着世界上不同语言、天空、习俗、各式各样的人、气压、烹调、道路甚至床铺。他离开隐居的城堡，离开所谓的家，路上接受旅行这所学校的教育。他想着让自己自由自在。他出门不做任何计划，顺着一条路和自己的情绪走，他要让旅行左右他，而不是他左右旅行，他在意的是那种即兴。出门就是让自己能感受自由欢欣，此外没有什么目的。他不会去所谓的名胜，如果某一处非常著名，他就避开那个地方。一个真正的旅行者，没有什么地方让他失望。他不会是某个城市的永久居民。一个在路上的人。他是世界公民。在路上他走着，记忆是唯一的行李。对于这样的旅行者来说，死在任何地方都是一回事。如果一定要他选择死亡之地，他愿意死在马背上而非床上。

忽然忆起多年前在乡下碰见过的行者。在江汉平原四处游动，打着零工，居无定所。他没有多少钱，靠卖体力活维持自己在路上的开支。一日，我看见他背着简单的行囊，用一个半旧的床单裹着他的日常用品，到平原的另一个村落去。之前，他曾睡在庄场村生产队空闲的放杂物的房子里。在那里待了半个月，为一些人家收割麦子。田野空出来后，他就去另外的村庄，与自己过去的家、过去的亲人越来越远，几乎斩断了与家庭的联系。女儿已出嫁，儿子独立门户，他觉得自己可以出门了，挣脱了家对他的束缚。就这样，一个人在途中。春节也不回家。他待在一个个临时住所，过着简陋、清静的生活。这是残存在世间的另类旅行者。他就这样过完了他的后半生，最后客死在别人的村庄。

"旅中罹病忽入梦，孤寂飘零荒野行"，这是松尾芭蕉在旅行途中写下的最后一首俳句。这一生都在路上的词人，辞世前，患病在旅途中，梦里却萦绕着他个人的荒野。在前往澳洲小道的途中，他写下这样的词句："死于路上，这是天命。"

2013 年，汉口花园

105

孤独国

从武汉台北路到台北的武昌街，在这骑楼，著名的明星咖啡屋，停在先生曾经摆书摊的地方，似乎为了重读他的《孤独国》。

在周先生看来，诗是门窗乍开合时的一笑相逢的偶尔。我是偶然到那里的。友人随手一指，说那是周先生摆书摊的地方，人就心头一跳、一热。

就是在人来人往的骑楼和有着诗人影像的咖啡屋，一下子观视到他的孤独国，虽为暂至，刺痛般体会到他在世的心境。

咖啡屋在顶楼。骑楼过道曾摆放过周先生的地摊，他的小书架中摆放他收购的古诗词和诗人朋友的新诗集。书架旁有两个小圆凳。他和衣打盹的肖像，都退回到那张著名的照片中了。

先生的肉身不在了，诗人的影像陈列在咖啡屋一角。那个位置时常在那里，似乎在等候。骑楼过道现在摆满了各种日常用品的地摊，人来来往往的。停在那里观望，以那里为背景留下了一张照片。不见先生的书摊，在心里观望到了先生摆了二十余年的地摊。在那里，我试图通过想象复活它。

书架高三尺七寸，宽二尺五寸，架上不过 400 余册旧诗书。先生在那里守着它，那一本本旧书上有他维护修理时装订的图钉，图钉有的锈朽，书脊有被蟑螂啃吃过的痕迹。先生在每本书上用针拉上线，固定几乎快散佚的书页，这是周氏特有的记号。他在此展示他收罗的诗书，售给或送给来往的行人。行人大都不屑一顾，偶尔有人停歇购上几本，后来都成了周先生的朋友。这里成了他们的聚会点。

风吹日晒的，他在此摆旧书摊谋生。书为天下之公器，他通过它与有缘者结上缘。对卖书不寄希望也不存失望，如同心中有信仰，也不排斥尘缘。在此忙累了，他就在一个角落靠着那柱子闭合双眼休憩一会儿，或在心里打着腹稿，酝酿他的诗句，傍晚坐捷运回到租房，用毛笔以周瘦金体一笔一画地写在稿纸上。

在孤独国里，他自言自语，随看随感动，写诗的快乐即是对他的回报。就这样在摆地摊时期，周梦蝶完成了两本诗集。

那是他一摆就是 21 年的书摊，后来因为病衰，1980 年不得不收场离开。

28 岁的周起述辞别老母妻儿，在武汉坐上轮船然后随运兵船越海辗转来到台北，当他登上高雄港，念及的是《红楼梦》和《庄子》中的蝴蝶，他要为他取一个笔名。无亲无友，退役后做书店职员，书店倒闭他自谋职业，1959 年就在台北武昌街摆起了地摊。

周梦蝶怪怪的，穿着蓝粗布长衫，脚上是双破旧的鞋子。冬天头戴一顶浅色帽子，完全可卖报纸和畅销书，偏偏售些古诗集和诗友们的新诗集，一些几乎无人过问的小众读物。

我在武汉的书房，陈放着先生那张摆地摊的著名照片：诗人头顶帽子，身着长衫，双手交合着倚靠在柱子和书架上。他双眼闭合，胸前呈放着刚看过的书刊。两只圆凳停在跷起的二郎腿旁。周梦蝶以闭眼的方式望看我们。

站在台北武昌街的骑楼旁观望，明星咖啡屋的霓虹灯广告牌有些过于显明。先生刚过世两年，寻他不见。旧迹只可想象，完全被摆售日常用品的妇女们的地摊所淹没。城隍庙前有远道而来的胸前标有来自北海道的行乞的和尚。绕到三楼的咖啡屋，在先生停歇过的喝茶的那张桌子边我坐了很久，像他在世时一样，要了杯咖啡，像先生一样加了过量的砂糖（他的生活太苦了确实要多加些糖来冲淡其苦涩）。

那矩形桌子一角的窗台有先生在这里用茶的遗照和他用玻璃框装裱好的《孤独国》一诗。静静地与先生和他的诗句在一起，咖啡厅内的自动门不时地开与合，来往的人从未中断，到了然后离开，我就坐在那里以先生的眼光看门开了又合合后又开。往来的人们不知道我是和先生在一起，长时间地坐在他坐过的位置，代替他守在那里。在世时，他每次到来就拣这个位置坐。有时候我离开那个角落，在另一个椅子上坐下，想着先生的再次到来。这不可能了。但他的照片他的《孤独国》的诗行代替他在那里。就这样，我默想着他颠沛流离的身世，他守了几十年的地摊，他的"孤独国"便浮现出来。

诗人创建他的梦。梦中他跌坐在山上。山上负雪。那里的气候处在冬天与春天的接合口。这是他营建的孤独国，可以想象是他摆地摊打盹时出现的幻觉，或者说是他瞬间想象的存在，是他发现的或创造的一个属于他自己的世界，在武昌街闹市里出现了。在那个骑楼里肉身的周梦蝶虚化了，去他梦蝶的世界里去了。那里在诗人看来没有市声，只有时间嚼着时间的反刍的微响。他在街道的地摊旁假寐，时而沉思，似在入定，他身上时间仿佛定格，甚至倒流，渡尽他的苍茫。

多少是非恩怨，虽入耳，不入于心。他选择紫色，破砚、晴窗，忙人之所闲而闲人之所忙。他选择无事一念不生，有事一心不乱。来往的行人他视而不见，用他的话说，他的身体里有一个漏斗，进来的人事都流走了，就像在地摊打盹时经过的人们。他经典的耳背，隔绝生活的杂质，剔除了许多人世的噪音。

诗人周梦蝶白天卖书，到了晚上则求经。心里牵挂着他的诗句和让他欣喜的曼陀罗花。从佛堂里出来，用他的话说，人像飞一样，快乐啊，他获得了解脱，在世的烦恼一扫而空。

一个叫周起述的男人，幼而丧父，孤苦伶仃，长而颠沛流离。他生的悲痛自从接触佛法就没有了，反而觉得以前的悲伤倒是罪过。他获得了很大的福报，当他完成了一首首诗，他愿生生世世为蝴蝶。

他发现这个世界很庄严，一个诗人要隐藏自己也不成，在他的孤独国里，他的时间他的体力帮助他慢慢转化成诗句。蜗牛用唾液成就它的甲壳，诗人用语言（人的唾液人的分泌物）成就其艺术品。他是用性命来创作的，诗与他的生命成就了一个奇迹。他求助于佛经与灵修，把自己的注意力指向诗，他在不幸中得到赐福，以他活着的方式见证了东方的神圣。

我应了诗人的话：选择读诵其诗而不必识其人。停在咖啡屋一角，从窗口望过去，确实看见了一个影子，一个穿青布衫的影子。他说躺着是梦，坐着行走着何尝不是梦。他看到了生之空幻，就在这空幻里识其生命苦厄、生离断裂，在他的生命中起信与正信，摸索属于自身气性的语言，缠绕的慈悯的格调。"我的心忍不住地要牵挂你"的天真与痴情挽救了他，成为一个诗人。在纯粹的理性批评的枕下，他埋着一瓣茶花。茶花低头朝下，花期缓慢，几十年才开一次花。他写着茶花一样缓慢柔软的散逸香气的诗句。

他以其超脱的宁静孤绝在诗句间营建他的孤独国。周先生头顶长有一只眼，形而上的双眼，看见了生命的本质，他梦幻中的蝴蝶，超越他自己，飞升到孤独国里栖息——

> 这里的寒冷如酒，封藏着诗和美
> 甚至虚空懂手谈，邀来满天忘言的繁星

是的，他发现过去驻足不去，未来不来，他是现在的仆人，也是他孤独国里的皇帝。他摆地摊卖书，是他在世的行为艺术，他以这种方式与世交接，淡泊世情，孤峭而卓绝。他在这里选择不选择。在低处，一只蚯蚓自由自在。记住他心里的方向与节奏，外部世界从他身体里拿去的他不怒，施给他的也不要（把获得的奖金捐出去了），那是孤独国之外的东西。他守护着他的孤独国，不轻易向外部妥协，保持孤独国国土的干净。"施令人念，戒讼人敬，天真令人无邪"，他在孤独国写作诗歌，把最好的字摆在最恰当的地方。一个叫周起述的男人成就了诗人周梦蝶，周梦蝶就有了他的诗，成就了东方的庄子、《红楼梦》，一个他背靠的文学传统，供助他的肉身一样的诗作再次复活。

波德莱尔以他的退让甚至他的颓唐开出的恶之花来抵抗他身处的时代，他将满身泥泞幻化成金子，以忧郁为伴侣甚至以伤风败俗来抵抗，用他的话来说，我越是变得不幸，我的骄傲就越是倍增。以波特莱尔式的疯狂来写作自身之外别无目的的诗歌。周梦蝶先生则是以他的一袭蓝布马褂简素清癯身影以他的天真无邪来面对世界，一个人守着他的地摊，一面摆书摊一面读诗写诗，面对市嚣嚷轰的尘世闭着双眼构成某种反向，他枯槁瑟缩于边缘地带，一再退缩，让自己占据的空间变小，甚至封藏自己。写诗是他和世界格格不入的方式，那是沉默的温柔的抵抗。他不示好，不战斗不盲从，摆着他的地摊，在台北繁华的武昌街展示他的另类。守着书摊怀抱诗书跷起二郎腿打盹是他面对世界的经典姿态。

2017 年 3 月，汉口牛皮岭

女儿与藏书

2003 年 7 月 5 日。我记住这个日子。留存的火车票可作为印证：K77 次，汉口站到北京西站。晚上 7 点 10 分的火车。第二天早晨 7 点到达北京。我把女儿接到北京，同时带上车的还有几大包藏书。事先和女儿用塑料袋包装，混同于日常行李，把它们拎到车厢，塞到座位底下，或搁放在头顶的行李架上。女儿坐在我身旁，图书隐藏在袋中。车轮滚滚，滚滚的车轮把我们托送到北方，我们的新居。

火车上的那个夜晚，人有些不平静，不能入睡。坐在列车窗口，观望火车经过鄂豫交界的鸡公山，往华北平原驶去。远处原野村落的房子灯火闪灭。我是在真正地离开生活多年的湖北。经过几年的打拼，我的迁徙好像就要结束。女儿高中毕业到北京继续她的学业，从南方旧居书房择选的图书也随我们同行，和女儿和这些书不再分离。女儿与藏书将一同到达新房子。女儿将见到她的卧房，那些藏书将被安放在打制的书架上。她们将归属于新房子。我们不再分离，重新在一起，完整地生活。

当女儿在 Q 城某高中读书的时候，我在北方常常和她写着信，打着电话。女儿把书信藏在她宿舍上铺枕头底下。她想家，想生活到我们身边。当我回到她寄宿的学校，帮她搬运在校的日常用品，在她寝室上铺的枕头下看到我写给她的信。在北方的租房里给她写信，谈如何料理自己的生活，信中帮助她展望未来生活。那是我和她开始通信的日子。这人世间，我是她的依靠，她是我的牵挂。当你对生活失望厌倦，甚至灰心绝望，女儿的存在甚至是你活下去的理由。你把她带到这个世上，你有责任让她更好一些地生活，你不能让她像你一样孤单无靠。发现她是你的软肋，是你生命中最柔软的地方。生活中好多选择她都参与进来，或者说你的出离与漂泊、你的归来和所有经历都隐隐因为有了她。

每次从北方回到 Q 城看望女儿，从那个单元套间离开，在关上那扇铁门的瞬间，留恋书房那些藏书。那是几十年积攒起来的，它们陪我度过无数日夜。你把它们带到床、沙发或茶几上甚至洗手间里。有时它们与你同行，出现在旅行中的旅馆。因过度翻阅，它们封面变皱，破损，空白处留有你的手渍或随手写下的眉批。可以说，对它们的阅读浸透到身心的组织。它们潜伏在你体内在你的精神世界，作用你的生活态度与视野，你对生活的好恶和你对生活的选择。

也可以说，它们参与了你的出走，它们就是一个个生命，在身体里说着话，论辩着，暗中支持你离开那座小城，去寻找新生活的门径。初到京城，有时忽然想念那些熟悉的旧书。不能随手找到它们，发现它与你分离，南北相违。它们还在南方那个空寂无人的套间，如同身心分离，身体许多部位遗留在空房子里。你在北方的生活是不完整圆满的。

在那幢房子里，和女儿清理过去的书。一本本擦拭上面的灰尘。她协助我把清理出来的图书整理打包，将它们运往北京的新房子。为它们打制的新书架等候它们的入座。女儿默默擦拭书中的灰尘，用麻绳捆绑。在夜行的火车上，看见女儿在座位上睡眠。双足前是一摞摞缄默无语的藏书。我长长地吐了一口气，在火车窗口张望起伏不平的夜色，有时目光停留在女儿和藏书上面。我是在带领她们迁徙，回到我新的居所。

常常带着女儿去北京地坛公园书市淘书。似乎要把过去遗漏的书给找回。秋日的北京书市，购书的人流如织。和女儿备了好些背包或塑料袋。淘书要一个人协助。在找到久违的书时拎着它们太不方便。女儿就坐在地坛古老榆树下，和我采购的书在一起，替我照看守护。她的停留之处成了一个临时运书驿站。地坛公园的白果树黄了，一片片地落在了秋天的绿草坪。在密布的书摊前淘书，心隐隐跳着。来回走在将书运往女儿所在的临时收存点的途中，把挖掘到的书不停地运到女儿身边。女儿在散落的一丛书的中间，替我擦拭堆放，一本本放到大袋子。看到我焕然一新的神采，淘到好书的兴奋与疯癫，她受到感染，也面带喜色。有时，她也发牢骚，批评我的不节制。是啊，书太多了，父女俩如何搬动它们。

她的身体也不堪书的重负，在地铁转徙中运回家里，女儿也受了不少劳累，但她看见她父亲如获至宝，她的不满情绪也低落下去。女儿是在电视机前长大的一代，不大会理解我从小到大持续的对书的爱好。她对书的淡薄感情并不影响我爱我的女儿。我曾给女儿写过一首诗，传达出的意思是，她是我在世上的最爱。女儿纠正说，你最爱的是书。哦，我的女儿有些轻微地妒忌那些陪伴我的藏书。女儿觉出我对图书不掩饰不节制的欢喜。她说出了她的判断。想和她谈谈对她和图书复杂的感情，但放弃了，和她只是相对一笑。

在北方生活多年，慌慌张张地离开那里，又迁徙到南方省城。总是在逃离，好像到别处才能找到安稳的生活。那些年，自己满以为在北方那个宅院能住到老。那二楼是读书或闭户写作的地方，可是没有定性，被外在的人世所左右。想着世上有一个周全安稳之地，能展开自己的读书写作。我到了武汉，先于女儿和她妈在南方的新居装修，当然要打制顶天立地的书柜。女儿在北方那个即将易主的房子把那些图书捆绑打包，通过物流托运，几万册藏书运了回来。整整一百多大包搬运到新的书房。女儿协助我把书安放到书柜上——我站在梯子上，她在下面一本本地转到我手中——我们有了新房子，又一次的迁徙与重聚。

某日，在川滇铁路的绿皮火车上，天热得难受。车厢挤满了旅客。全是外出谋生的打工者和短途过境的人。车厢里沉闷得透不出气。车停顿在那里在铁路中间。一辆缓慢的快要淘汰的列车。

我把头探出窗外，忽然想念女儿，想到教她游泳的情景——我托举她水中的身体缓缓移开，让她去浮泳，体会水的柔软与危险——我爱着她，要多给点时间给她。一个男人爱她但不会像我这样持久。忽然想到那些收藏的侵占了房子大部分空间的藏书。想着女儿说过的话：我最爱的是书然后才是她。禁不住地感叹：我所爱的女儿和藏书，这最后都得放下、松手、离开——到了时候，你什么都得放下。

现在女儿成了家，有了她的男人。对她的爱似乎有一个人来替我接管。她组成了新的家庭，从我们身边撤离。这其中的经历与感情包含了理性的绝望。你几乎严苛地协助她挑选男朋友。你有过和女婿深情庄严的谈话，你把一个父亲对女儿的爱转交给另一个男人。那是一个必要的仪式。

有时，在书房发愣。当自己离世，女儿到那时已有五十多岁了。她完全可以料理自己的生活。那些跟随了近大半生的藏书，将如何存世，谁替它们找到新的主人或归宿？这些图书陪伴我，与我相依相守。每日的生活就是和它们在一起，我知道每本书的位置，在杂乱的图书中能把它很快很准确地找出来。一本书会带出众多书，像一个老朋友出现在你面前，回忆起多年前的往事——和它们的交谈支持你对新生活的选择，它们是最亲密的朋友。如何能与这些图书分离。当你在书房里观望它们，想到最后的必然的分别，心有些隐隐作疼。中断这不祥的预想，好像可以不断地推延与之分开的期限。你足不出户，同它们在一起，要和它们不停地照面。为什么放不下它们呢？你可以放下书之外的财富，你谋生的人事单位，却放不下与你生生相依的藏书。你有着你致命的执着。终日在书房里寻寻觅觅，仿佛一个死去多年的人，与一个个幽灵谋面交谈。

某日，和同事参加集体活动。女同事提及她在不断地搬家，住了几十年的房子要拆迁。她父亲在世留下的图书打成一捆捆纸包，放在即将撤离的房子。她犯着愁，不知如何处置父亲的遗物。她不想赠送给图书馆，也不愿轻易做旧书卖掉——那些书倒成了生者的负担。哦，你也得考虑这事了，一想到与它们最终分离，心里颇觉不安和悲观。你观望满屋收藏的伴了你一生随你不断迁徙的图书，如何安排它们的归宿？在不得不同它们分离的时候。这样自然想到女儿——看样子，这最后的一桩事还得委托给她。

2014，汉口牛皮岭

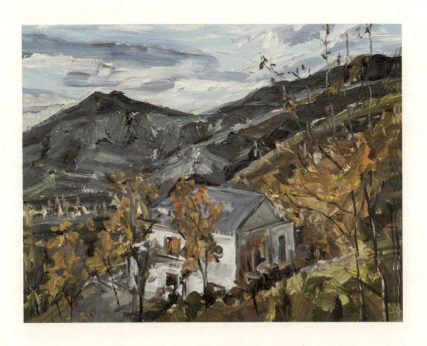

高海军　布面油彩　37.7×27.7cm

你望着屋顶的一根根横梁，山木铺就的
屋顶木板，木板上的瓦，雨声从那里传
来，也从屋外四周山顶袭来。

——《雨线与诗行》

高海军　布面油彩　37.7×27.7cm

你的写作可以说是在旅行中展开。一旦
写作就开始了旅行与游走，甚至移居到
北方，因为写作不停地迁徙。

——《你好，旅人》

高海军　布面油彩　37.7×27.7cm

一个人在公园内走动，想着距写作越来越远。写作，是我的家园啊，我想回到自己的家中，在那里找回自己的安宁。

——《在地坛》

高海军　布面油彩　37.7×27.7cm

看见自己在街坊胡同走动：谋职，找房
子，购书，参加画展，访友，诗歌朗
诵。这些年的漂泊绘制出一张属于自己
的地图，呈现游走的个人行踪图。

————《北京地图》

高海军　布面油彩　37.7×27.7cm

你一生在逃离。现在如愿逃到山野，在
这里放下最后的书桌。背离与前往，在
夜的山岭之间。

——《最后的书房》

高海军 · 布面油彩　37.7×27.7cm

忽然发现这座城市变小了，收缩成一张
地图，隐现在你的身体里。

——《北京地图》

写信的人

　　我有一个习惯，总是爱收藏一些信札、便条、火车票、留言、旅行中一张门票、早年上课用过的笔记本。一些信件，连它的信封都不遗弃。一日，清理图书和书信，发现几十年前的一封旧信，没有因了这些年从南到北，又从北到南的迁徙而丢失，替我保存着过去的时间和人事。

　　那个写信人使用的是后湖农场油脂公司的信纸。在那些字迹间想了好久，写信的是我过去的女学生，她给我写的唯一的一封信。她和另一个女同学中途转校到我所在的班级。我教她语文。她很少说话。上课低着头听我讲课。她作文写得不错，我在她的作文后面的批语写的多是鼓励之类的话语，可能就是不加掩饰的赞誉让她对我产生了信任感。我发现了她可能的作文才华。她仅仅做了我半年的学生。后来我调离那所农场中学。没想到她会给我写信，对我表示感谢。在信中还大胆地谈了她的内心生活。这个内秀的女学生把我当成了她青春时期的倾听者。不知我给她回了信没有，以后的岁月里几乎淡忘了她。多年后还乡途中碰到一个中年妇女喊我柳老师，记不起面前的学生。她热情的问候和回忆让我的记忆慢慢复活。一下子那个写信的女学生（她们是同班同学）浮现出来。那个学生叫张琼，她工作不到两年就自杀了。

　　作为语文教师的我，时常碰到一些写作上有天赋的女学生。

她们的命运大都不顺甚至凄惨。如果换一个环境，她们会出落得优秀，就这样她们一个个寂灭了，其才华没有得到充分的展示，就像江汉平原的木槿，早晨开着花晚上就凋谢了。

有一些考学出去的女学生，把她们以前的语文老师当成回忆往事的媒介，当成她们青春期苦闷时发泄的渠道。她们忽然来一封信然后不再联系，当她们生儿育女，没有了给我写信的时间与心情。她们回忆一节语文公开课。说她们如何在公开课上积极配合我的双边教学，课堂上表现得分外活跃，纷纷举手提问。她们生动的面孔让我授课的热情和灵感给焕发出来。课讲完她们情不自禁拍手叫好。不错，那是我讲得最得意的公开课，讲授的是《岳阳楼记》。当结束那堂公开课，下课铃声也随即敲响，这铃铛声好像是做假，和她们一样在配合我似的。我的双腿弹跳着离开讲台，心怦怦跳着。教书之乐在那堂课得到加强。她们又帮我再次回味它，原来她们协助了我，用她们信中的话说，让那些来听课的人也知道我们的语文教师厉害。

有一封旧信我想还给她，我的另一个女学生。现在她偶尔和我联系，为她小孩上大学的事。回家乡去时常见到她。她混得还好，在当地政府任职，但我不会找她办什么事，我们的师生之谊停留在过去那段时光，不去动它。她的作文写得好，让我对她另眼相看。当我们时隔多年相见，她变得完全不是她读书时的模样了，长得越来越像她父亲。当然她父亲死去多年。她也不去写什么文章，都快要退休了。有一次她和那个班的学生请我喝酒，我提到她给我写过一封信，这当然是在有些酒意后，但我尽量不和她回忆往事，这会让她觉得她在变老。

我会独自回忆些往事。某年，我还在北方。中秋节，突然收到她的信息，也没有签名。后来查找是她发给我的。她倒把我带入了往事，就随手在一张纸上写些有关她的文字，一直保存着，也不给她看，就像我给她写的未曾发出的信。

　　清理旧信，发现最早的一封信是写给一个叫何戎的外省男人的。他是七七年高考文科状元。从报纸上得知他的情况，我讨教于他，他从陕西给我回了一封信。我的高二的语文教师转给了我。这个从未见过面的男人用他那个时代的语言回答考学的少年。我感激他能回信于我，并给了恰当的鼓励。若不是这封信，可能早已忘掉还有这么个人。他好像至今默默无闻地活着。他活得怎样是否在世全无所知。

　　那个男学生生活得很糟。他完全忘记给我写了那么多信。信中往往是谈他的阅读与新写的诗作，在他十五六岁的那几年。用小学生写字本纸写就的信让我回忆起他常到县城我的家中来，后来往来就少了，他娶妻生子。他早年的写作梦想就像他家门口蓖麻叶上的露水消隐了。他没有想到他过去的书信至今被我保存，我也没有在多年后一次偶然见面时提及。

　　我打量面前已近中年被生活压迫得更加沉默无语的学生，一副对生活无语的样子。当他的同学把他从承包的水田叫到镇上给我敬一杯酒时，他的手指甲里有插秧后滞留的黑泥。分别时，我从车的后备厢拿出出版的书，让他有空看看。我一直想去看他，什么时候也把他写给我的信还给他，让它回到写作它的人的手中。

　　我是一个不停地写信的人，给这个空漠的人世。早年还有许许多多收信的人，我也接到他们一封封来信。一个人满怀思绪伏案给他们一个个回信。我保持着这个古老的爱好，一个老派的写信的爱好：用笔和墨在白纸一笔一笔地书写着古老的汉字。

现在，我没有了写信的对象，没有交谈的人。那些给我寄信件的人于时光中淡了往来音讯。这个写信的爱好在这个时代越来越不大时兴了。这个时代快捷的"伊妹儿"替代了那可抚摸的信函。一个人在书房里靠过去的信函回忆往事。

早年的一个诗友，我读着他不同时期写给我的关于诗艺的通信，我想和他将这样的书信不间断地写下去，但他遇到了灾变。四处打听不到他的音讯——那些曾给我写信的人，他们从生活中渐渐消失了，但那些信件还在，还在我身边。

我曾给她写过一些信。在北方某个黄昏，从地铁赶回城郊的房子。想着要回她一封长信，她在等着回信，我也有许多话要对她说。写信是我们抽象地在一起的方式。在一张宽大的桌上，给她写着长信，一笔一画的，四下无人。一口气写好几页，写着写着，人写不下去了（我爱着她，但无法和她在一起）。天黑下来了，夜色浸染到窗口，独自面对那封未写完的长信发呆。

湖南常宁一个叫庙前的小镇，我记住那个无名小镇。从那里乘车回到衡阳，转徙回到北京。在那收割后的稻田中间的高低弯曲的山路上，我接到她的电话。她说她看到那封没有写完的信。她说她读到那封信时哭了。在异地，听到她的声音，得知我的那封写不下去的信她收到了。我记住了那个无名小镇，庙前镇的田野与山岳，那个黄昏的美与伤感。

一日，在往北方张家湾邮局的路上，我拎着两个布袋，布袋里是一些信件。我怕在迁徙搬运时丢失了它们。这是她们写给我的一封封信。用一个黑布袋装好，小心地保存着。几年前，把它们从南方带到北方，又准备从北方运回南方。黑色布袋在手中，感到它的重量。将其包裹托运，先于我到达移居的南方省城。在上邮局的路上，拎着那些沉默的书信，人回到了过去的不安、专注或疯狂。写信的人淡了音讯，身处各地，留下这褪色的书信或沉默的声音。

我们热烈的情爱变成这一摞信函。边角破损，字迹也模糊不清。以它的凝重衬出我们肉身的轻，仿佛骨头与皮肉。这是我们的遗址。那从生命里逼现出来的蓝色火焰，一度燃烧过我们：忘我、献身。现在，它移置到了另一个空间。

这依附于信件诗文中的词语同写信的人分离，和我们不再相干，我也几乎成了一个老人。多年后，重温旧信。死气沉沉的肉体，会被词句中的精灵唤醒，发现自己真正生活过。时光可倒流，回到写信的某个时刻：某个早晨或黄昏，信中句子的节奏糅合了那一年桂花的香气，还有布谷的声声啼鸣。

唉，最终我们将在词语中消失，当我们完成它，成为它分散在各地的朗读者。我们消失而它还在，甚至能使我们复活。唉，这虚幻生命仅剩下这些纸片。旧信发黄破损，字迹也模糊漫漶。你还得将它们从时间的束缚中解救。爱过的她们的身体寓居了灵魂，在词句中纯粹透亮，凝聚成了晶体。我还得为它们建造坚固的安身之所。

2013 年 3 月，汉口牛皮岭

在地坛

　　没想到在读了史铁生的《我与地坛》十几年后，一个人从南方小城来到北京这个园子。像铁生一样看见那苍幽的古柏、朱红的园门和那座被封闭的祭坛，听见满园子的草木竞相生长弄出的响动。铁生说每棵树下他都去过，差不多每平方米草地上都留下他车轮的印痕。活到最狂妄的年龄，他忽地残废了双腿，一个人摇着轮椅来到这个园子，一连几个小时想着关于他的生死……我看不见他留下的车痕，想象不出他躺藏在哪片林中，躲避他母亲的寻找。那么大的一座园子，他说他车辙经过的地方就有他母亲寻找的脚印。我在这里想见他心中的地坛，我看到的与他是多么的不同。我们每个人都有自己的地坛，在这里留下自己才能辨识的足痕……

　　第一次到这个历代帝王祭地的园子，心跳地穿过朱红的南门，顺着那同色的园墙，经过宰牲亭，来到受聘的文化公司，把简单的卧具放置在那间铺有泥色地毯的房间。一个人穿过公园草坪间的甬道、石凳和店铺。白果树的花籽落了一地，我不忍心踩上去。一切不是作家所描写的那个荒芜的园子，地坛在按着人们的要求更换着它的容颜。我穿过北门，在街上配制了几把钥匙，开启这个院内的小四合院的一扇扇门。

　　在离开湖北那个家时，我把那几把钥匙交给了一个人。然后提着旅行箱上路了。多年来，我生活在那里，是写作让我保持对这个世界的想象或寻找新生活的可能。生活在那里像停滞在死水之中，我渴求流动、变迁。离开了它，迎接生活赐给我的一把把崭新的钥匙。

我又来到一个集体之中。几十个人居住在这里，操着不同的口音带着不同的长相和故事，来自不同的省份，隐身在各自的办公室。我看见自己的名字被列入公司人员分布图上。公司像一部大型的机器在运行，我成了它中间的一个有用的环节，像它的一个螺钉，每日编稿、校对，过着每天拧螺钉的生活。中午的工作餐吃得特好。五菜一汤。从长沙来的下岗职工很珍惜来之不易的工作，每日更新着菜谱，让我们乐呵呵地吃喝。我必须中午或晚上出门去，在公园走动消食。编辑部的老陈每日得跑步。他保养得红光满面，在办公室为一个汉字的读音与同事争得满面朱红，类似公园围墙的颜色。我伏在茶色的办公桌上，稿子一点儿看不进去。一个人在那里沉默着，听着公园内隐隐传来的人们练功的吆喝声和更远的市声。或站在门前，在更换茶水的空隙，呆看着园内的泡桐树落下它们的叶子，打在屋顶或汽车车篷和地面的砖石上。

那个穿青布工作服的清洁工在我们办公的空隙打扫院子。每天他用大扫帚将那些泡桐树的喇叭花收走。他看上去已有些老态，在为他递上一根烟时看见他的有着汗渍的红光的脸，其实他年纪不大。他已有三个孩子，大的姑娘已出嫁，小的上高中了。从山东到北京做工两年了。妻子在家种地，一年他只回去一次。"妻子来看你吗？"他摆摆头。来往的路费就要花去几月的工资。很多时候，他穿过公园，经过石凳上抱搂着亲吻的男女，我看看他穿着青布工作服背着清洁桶一个人在地坛公园内消失。这时候太阳把它美丽的光斑撒在绿树下的草坪中，金子一样闪闪发亮。

一个夜里从街上回来，过西门绕过那片柏树。有一个人在哭泣。第二天看到发行室的小张红肿的眼。听说小张三十多了还单身一人。她总是用笑脸迎接同事。我看见她的眼红了，听见她把哭声留在了空寂的公园内……我们都带着自己的故事来到这个院子，很少有人谈论自己的痛苦。谁会去留心一个人的苦处？每个人都过着自己的生活，在哪里都得忍受，当你脱离纠缠你的东西，另外的一些陌生的难处又来折磨你，你学习摆脱它们对你的压迫。

我和几个同事合住在一起。一间十五平方米的屋子，我占据它的十分之一。每晚听到同室如雷的鼾声。无法睡眠。下班了想在室内记点日记。老陈总是钻进来看我在做什么。我不自然地把本子合上。我来到编辑部办公室，老陈不久也会到来，拿什么东西或上一会儿卫生间（其实院内有的是卫生间）。上班的时间到了，我们一起看稿聊天，有时候稿子也看不进去。我害怕见到汉字。一个爱汉字痴迷的人，怎么对它充满了厌倦？看到那些我们编辑的书，一点感觉也没有。总是想着自己的事，这样把时间耗费真是可惜。以前到书店去看见五颜六色的书脊，人心中生出肃穆的感觉，而现在这种感觉全消失了。我们把书当成纯粹的商品。我们成了一个制作它们的人。一切都可复制，书中的灵韵或气息消散了。为了打入市场，成为畅销书头条，在编辑中玩弄花样，把广告语写得乖巧诱人。我们泡在图书馆，把旧报纸翻找出来，把许多本书翻出来摘抄组合，让它们穿上新时代的服装，去换取进入生活大门的入场券。

你来北京干什么的，为了写作的梦想？而写作又退得那么远，那么不可能。我几乎没有自己的空间，在这里能干什么？写作像故乡一样变得遥远，让你无法回去。就像地坛公园失去原貌，一切都在更改，很难看见一块泥地。人工的东西把这个昔日的祭祀场所弄得面目全非——各种各样的商品展销会在这里挂起它们的彩旗，把这个古老的园子装扮得日益现代时髦……早上的地坛公园真是热闹。各种各样练功的人：或踢脚划掌，或闭目在阳光中养神，或打坐参禅像寺庙的和尚，或随乐声练着功。特别留意一个在树下叫着的人，把双手放在胸脯，要把自己五脏六腑的毒气吐出来。我问一个长者，她说这叫练吐音功……跑动在这些人们中间，觉得自己过着别人的生活。院子充满死亡的气息。练吐音功的人们长长的吆喝声，在公园上空回荡，侵入我们沉寂的编辑部内……据说他们是癌症患者，必须把内部的废气吐出去。

一个人在公园内走动，想着距写作越来越远。写作，是我的家园啊，我想回到自己的家中，在那里找回自己的安宁。故乡越来越远，无法回返。面临各种压力的写作在改变它的元素。人们在它的身上加诸额外的重负，它不再是真正的创作，写作与人的生命隔得那么远，成了一个可有可无的东西，我们在前行的路上忘了回返家园的路。我们挣得了钱，回不到写作，就像肉包子打野狗，一去永不回。你可能生活得很滋润，在公园内通过走动来消食，分明感觉你在流浪。

1999 年 4 月 6 日夜，同事外出，我在办公室的沙发上读美国作家保罗·福塞尔的《格调》。它把人分成九等：从看不见的顶层写到看不见的底层。一个人是否有品位并非取决于他的社会地位和阶层的高低，而取决于他是否有格调。而这些又从人的日常生活中的穿着、家里的摆设、平时爱喝什么、用什么杯子、喜欢什么休闲和运动方式、看什么书怎么说话说什么话看出来。他提到九个阶层之外有一群未曾命名的群类：另类人或 X 类。这群人大都是自我培养出来的，他们当中有演员、音乐人、艺术家、有较高天赋的新闻从业人员。他们大都是自由职业者，一群没钱的贵族。他们大都受过高等教育，热爱读书，把读书当人生体验中自然而然的一部分。他们热爱自己的工作，十分敬业，工作没完绝不放手。他们爱穿牛仔，自己给自己制定规章制度，摆脱社会习俗的束缚，他们来了去了全凭个人意志。当权者看到他们的价值，想方设法网罗他们，他们不断地从网里溜出来，跑掉了。

那个晚上，一个人在院子里走动，看见满天的星光，重获对生命的真切感，再一次看清自己所要的。我决定离开这个群体。我把那几把钥匙交给老陈，一个人离开那个院门。想到刚来到这个陌生的院子时，把在这里生活看得重要。在出走的那一刻，从哪里来的那股勇气，觉得无所谓了，对所得的一切都不大在意了。在出租车上，听到圆舞曲《在波浪上》，多么好的曲子，在波浪上，一片浮动的土地，在得到的同时不断地失去。你漂着，没有什么是你长久拥有的，你在不断接纳涌向你的一切。你停留在一处，你将失去更多，所以你流动，在波浪上漂流——

你两手空空，没有了一把钥匙。它们会不断地到来，等待去开启命运中那一扇扇门。生命中有无限多的可能性。一个人没有能力知道哪个选择是最好的，他相信某个选择是最好的。他在找寻他所要的生活。每个人在一生中有一个自然的规则无法阻止，每个人朝着命定的方向走去。从那个院子出来的时候，忍不住像那练吐音功的人一样大吼了几声。仔细看了四周，没有人留心你的吼叫，谁在关心你的存在（一个人的到来一个人的离去）？那天，你的吆喝声在地坛的上空一圈一圈地扩散开去。一个人在它的下面渐行渐远……

2001 年，北京地安门内大街

出 门

1

从编辑部出门，回头把这三间房子看了几眼。在我的那张黑色桌面上，目光停留了几秒钟。一瞬间想着自己不知能不能重返这里，躲过这场灾难，重新落座那张转椅上，回到这些书信、稿件和电脑前。

夜色好像比往日浓重。路灯显得昏黄。行人与车辆几乎看不见。我提着一些资料、图书、口罩和单位分发的保健药品，拦出租车回家。出租车稀少，消息传播很快。集体性的恐慌。这座城市出现陌生的 SARS 病毒，我们不得不中断工作，放假回家，减少病毒传染的可能。据说，这种病是通过近距离的飞沫传播。被提示减少或杜绝乘坐公交、地铁和打出租车。我还是选择打车，戴着口罩。一辆出租车停在旁边。这个病是你的逃也逃不脱，出租司机说他要养家糊口，认命了。

手机短信息。外省的朋友在安慰我，传给我预防 SARS 的秘方：甘草、金银花、板蓝根、苏叶加冰糖 40 克煮水喝。感觉置身在灾区，接受着灾难到来前的安慰，和由此引发的恐慌感。车在三环路上没有阻塞地行驶。国贸立交桥显出完整的轮廓。路面变得宽阔起来。我和司机减少了言语。保持着适当的距离。

2

在家里待不住。虽然是新居，有过入迁时的激动，满意室内的设计，在漂泊生活后终于有了自己的房子，却没有安稳感，总想着出门，在窗前观望外面的世界。马路上疾驶的救护车的呜咽声频频传来。一抬头，另一个窗口邻居玻璃前变形的脸，他在偷窥我的偷窥。

我们像困兽，要从人造的屋子出去。电梯口邻居的家犬，电梯门一打开就箭一样射出去了。它在草地上用嘴不停地嗅着青草和石头，然后张开一只腿画抛物线。社区少有行人。迎面一个人戴着口罩走来，我绕过他。我是冒着可能的传染危险出门的，你会传染我，也可能传染他，我们都成了对方提防的人。"他人即地狱"。人被人排斥在外，不愿意建立关系，他人制造了我们的地狱。

马路上的行人都戴着白口罩，有的是灰黑的，椭圆的造型凸出怪异。公交车上几乎没人，但还开着，从街面上驶过。一辆黑色奥迪车开过来，开车的人戴着白口罩，这与他的黑色汽车对比鲜明。

妻子下班回来，说大北窑地铁口全是戴口罩的人。她终于也放假了，避开可能的传染。我在家里，而她每日挤公共汽车去单位，她被别人感染了我也被感染，我被感染了编辑部同事就要被隔离，与同事接触的出版社的人也要被隔离。这样我在出版社就出名了。半个月前我到外省出过一趟差，外省电视台的朋友也将要被隔离。我发现病毒紧密地把我与他人联系在一起，一个人与他人关联着生存。谁也不能像一座孤岛，在大海里独踞。每个人都似一块小小泥土，连成整个陆地。无论谁死了，都是我自己的一部分在死去。因此约翰·多恩在诗中写道："从不问丧钟为谁而鸣，它为我也为你。"

我们戴着口罩在外面走动。戴着口罩的人们在超市抢购粮食油盐。妻子让我在外面等着，奋不顾身地冲进超市。她带着我的身体冲进去了。

3

决定今天出门，骑自行车到编辑部去。坐公交车、地铁、出租车可能危险，骑车是比较安全的一招。一些邮件要处理，或者说在家里待不住，为出门找借口。城市也没有可去的地方。室内的电视不断地报告 SARS 疑似病人和死亡的人数。大街显得沉寂，路上车辆稀稀落落，店面都关闭了。这个城市像遭到一场劫难。偶尔有车辆在宽阔路面急驶而过，好像要逃离得快些再快些。

我停下自行车，双腿麻木了，活动四肢。编辑部还很远。几乎穿过整个城市。张望空荡荡的城市的天空、树木、楼房，人们都逃到哪里去？从桑拿房从练歌厅从超市落荒而逃，藏身到了何处？"人住进了房子里，那是地面上悲哀景象。"

编辑部在一座写字楼的三层。保安不让进，说这座楼有两个疑似病人被隔离了。楼上的人不得出门来客也不得上去。我说我要取邮件。他说邮件需要经过消毒处理。他的嘴唇在口罩内面嚅动着发出含混的声音，我终于听清楚了。

我想去宋庄。看看画画的朋友，电话中他说白天黑夜几班人把守路口，所有来访的人不得入内。那些自由散漫出入的画家成了村民防控的对象。他们被命令待在家里不得出门。

我想着去 A 城，电话中朋友言辞犹豫，他终于说出实情：他个人欢迎我，但 A 城不欢迎。即便来后，也要隔离检查也不得见面。我想回故乡，回到亲人中间。他们说回到故乡一样要被隔离也不得与他们团聚。

4

在屋子里，以写作来逃避、离开此地，这代替了我的出门。在电脑前哭泣，来到母亲的葬礼上，在诗中。我重新看见母亲的尸体，回到她的坟墓前，多年前的葬礼上没有流出的泪水，现在滴落在打印出来的诗稿上。我以描述母亲之死来逃避自己可能的死亡。我读着死人的诗歌，金斯伯格这个垮掉派诗人，死前几天都在写着他的诗歌，或者说通过诗歌创作来推延死期。

"如果从坟墓外/看人生，时光一瞬/其实就是全部光阴。"默念金斯伯格的诗句来宽慰自己！在梦里，我回到老家：在上小学四年级的路上，被流塘四队柳宗安同学（她在多年前的车祸中死去）家的狗逼到水里。无路可逃，跳到水里差点被淹死。但我活过来了，从灾难中。

5

煤炭总医院。栅栏路边花坛中的月季和玫瑰开得惨烈惊心。花瓣落了一地。北方晚到的春天就要过去。洋槐树撒下它淡青色的花籽。初夏就要来了。这些安静自恃的草本植物，不理会人类的病毒，不关心我们集体的恐慌，它将我们抛弃。我几乎荒废了这个春天。

被阳光牵引，我来到这个路边公园。一块滋生蝇虫长满荒草的空地，现在修葺一新。地面被铺上草坪。园林工人还在那里劳动。再次看见柳树，好像经过一场灾难活过来，静静地垂挂着自己的枝条，平静从容。四个长者带着木椅在柳树下调试琴弦，吹奏唢呐、二胡和笙，协调着演奏一支曲子。一个妇女在乐声中活动着有些发胖的身姿。几位长者在不远处打着太极拳，吐纳着室外的空气。没有戴口罩。几乎忘却死亡的催逼。

不能因为对病毒的恐惧就永远生活在阴影里。生活发生了转变，人们从集体的恐慌走入这日常的生活：等候，忍耐，害怕，歌唱，这就是生活。

要有一个这样的空间。我们室内空间无限扩大，也要有这样的公园，在天空下，看见我们的同类，各种各样的植物和跑动的兽类，在音乐声中天空之下我们能在一起。

易初莲花超市的广场。很多人出现在那里。人们摘下了口罩。生活恢复了正常。店门打开了。恐惧已经消失。世界恢复到它本来的安静，时间温和地流逝。人们不再相互躲避，到阳光中的花坛边坐着晒着太阳。我和妻子也加入他们的行列，坐在他们身边的石椅上，在敞开的天空下，一抹温煦的阳光里。一个妇女的嘴角挂着一丝笑意：好像在说我们都还好，我们活过来了，不再担心彼此隔离——这个时候，我把人当作"自然"去凝视，当作如此生动、情感深厚、气息浓郁的"自然"去观看，和他们沐浴在温煦之中，感受在世的宝贵！

6

今天出门探望死去的朋友的家属。他没有逃脱这一劫，被死神带走，抛下他的三岁孩子、妻子和新分配的房子，还有马自达小汽车。他本可以避开这场死。如果那天去开讨论会，就会避开去医院。如果那天没完成手中的书稿到单位就能听到陌生的病毒在传播的消息，就会放弃去医院。如果我将朋友传达给我的小道消息传达给他，就会避开直接的传染。他是代替我们去死的，或者说他的死与我们有关。我们参与了他的死。

我重新来到这家东北餐馆。与朋友们聚在一起，我们活过来了，死里逃生，从一场灾难中逃离。我们被陌生的病毒隔离得太久了。我们重新看着对方的脸，我们没有谈论那个死去的朋友。聚会少了一个人。那个位置空在那里。我们几乎没有感伤和愤怒。好像约定了一样，不涉及那个话题。像动物一样活着多好，打发这轻贱的一生。频频碰杯。我们似乎第一次相聚，也好像是最后一次。我们敞开了衣服，我们醉酒而归。

7

一场暴雨过后，天空里没有一丝云。能见度很好，能看见远处的燕山山脉和被燕山抱拥的京城的楼群。阳光中的楼群把天空映衬得格外的纯净。从电梯口出来，看见四周建筑物在雨水中清洗过，呈现它的本色。第一次看见自己居住地的美丽：草地发出碧绿的光，露水挂在叶面上，泡桐树的叶子变大了，笼罩着整个路面。居民们在它的下面散步。一切在安静中蕴藏着生机。停驻在雨后的天空下，打量着四周，包括面前跑动的那条狗，脚趾前一只蚂蚁，它们都出动了，在地面上，呼吸着雨后的空气。

一个梦突然浮现到我的意识，十分清晰：梦中梦见自己就要死去。我不想去死。我的姐妹说，我们都死了你还怕什么呢，还活着干什么？我与她们吵闹，我要活过来，从亲人死去的序列。后来被争吵声闹醒了。那个梦的背景，好像是老家流塘。湖水在我们老房子的四周。恍惚看见自己从水里挣脱出来，我看见自己在阳光中投下的一截影子停在路边的花坛中。背对身后的影子，在街市上忽然跑动起来。四处张望，大口呼吸雨后的空气，那丝丝薄荷一般的微甜和清凉！

2003 年，北京东直门浩鸿园

北京地图

东四十二条

和他在一个走道碰上。他去洗手间，你到楼下去取一个包裹。有时，在一个大会议室里，你们讨论读书选题报告。他早就淡忘：多年前的一个人，在某个下午来到这幢楼，找到编辑部的那扇门，推门进去；他在里面期刊和书稿中间抬起头，戴着眼镜，脸色比现在年轻。

现在，他的背有点驼了。多年前的你，从南方到北方，坐一天一夜的火车怀揣用文稿纸誊写的诗稿，他接过你递过去的带着体温的稿件，简单说了几句话，就急于忙他手中的事情。你略带失意地离开编辑部。以后和他没有了联系。那稿件一直未获回音。

那叠稿件不知流落到哪里去了。那年，没有想到会来到北京生活，甚至会成为他的同事。偶尔，和他在过道碰上，点点头。他早已忘记，多年前，一个人在他的日常生活出现的瞬间。你不提起，他也浑然不觉，甚至，说起那个细节，也无法回忆起来。你不会忘记，一个词语的爱好者走过的曲折的道路，他怀揣的秘密。

楼 顶

诗人在二十楼顶层写诗。二十七岁，试着去写作诗歌。诗美唤醒人的精神，工作之余开始大量阅读。一个夜里，读着爱默生随笔《圆》，感觉他来到室内，站在面前，指示你往何处行走，在既定的圆之外再画一个圆。

备课本上，你写下这些句子：身上的一切都是为文学创作准备的。写作，一种真正的生命活力的涌现。在喧闹的办公室，你在受煎熬，比一个陌生人还陌生。你想回到写作中去，这赖以生活的写作是幸福之所在。在办公室最后的几分钟，成了一块跳板，飞跃到你的写作中去……

"多年来我无法接受我在的地方/我觉得我应该在别的地方"。你念叨米沃什的诗句，在围墙内的校园，感觉与周围的隔离，从事的职业远非你心中所乐。阅读与写作缓解内心的紧张。总想着见识外面的世界。

一个夏日，远方的诗友来访。楼顶上，你们望着城市灰蒙蒙的楼宇。你说你不想在这里居住了，这里的日子过完了。你所在地方成了要逃离的地方。那潜伏在内心的朦胧愿望，你说出它。那时候仅仅说说而已。不隔两年，你离开这里，搬运伴随多年的台式电脑，到京城去闯荡。那随口说出的话透泄精神世界的信息。或者说，你的离开是从和朋友轻描淡写的聊天开始的。

霍桑的小说描写韦克菲尔德这个人物：毫无理由地想离开他的妻子，好奇心驱使他上了街，远远地偷看他的家。他心不在焉地走着，发现习惯狡猾地把他带到自己家门口。双腿跨进门，吃惊地退回，看有没有被人发现。拐角处回过头，望着自己的家，似乎不一样了。一夜之间，他的灵魂起了变化。他的离开和长期的冒险就从那一刻真正开始。

京纸旅馆

你和亲人分离。你把自己放置在京纸旅馆。没有了组织或稳定的单位，处在迁徙未定的状态，临时住在旅馆。来来往往投宿的人，走走停停，加剧你的流浪感（世界如旅馆。最后，从这里离开，悄无声息，好像没有来过）。

深夜大风吹刮旅馆的窗户。风向摇晃不定，就像你的心情：是留还是回？你就要过四十岁生日。你离开家人来到首都。在南方那个不死不活的单位，好像走到了尽头。你到了北京似乎寻求某种突围。

京城米贵，京居不易。生活处处不顺人意，在此却有着隐隐的盼头。对生活做出了选择，就得承担孤苦无告或走投无路。你给家里打电话，老母亲说：儿子，你在那里过不习惯吧？母亲，儿子在哪里都过不习惯，这里他的命。他没有退路。一个人在寻找出路。

地 摊

地上铺着一块布、几把钳子、一盆水、一支气筒和几个更换用的轮胎。过景山后街，碰见修自行车的老李，站在光着枝桠的洋槐树下。天气变冷，冷风透过毛衣侵入体内。他那么早就守在路口，一天能挣多少？下岗后，他凭这简陋的铺子为人修车。稍不注意，以为他站在路口在等着什么人似的。

你比他多出一些什么：两个书架，一台电脑。租房就像他的地摊，太简陋了。你得像他一样，守护自己的写作，或用别的方式维持它。

捷克作家克里玛，失去工作后做过短期的救护员、送信员和勘测员助手。谋生中，看不出他像一个作家，更像一个送信员和平常的谋生者；内心守着他的那个摊子，从来不曾放弃。作品中出现各种普通的人。那是一种沉默之后的生活，属于日常人生的一面，有很多卑微之处，但确实是实在的，值得一过。

你到了北京，在一家图书发行公司做发行员，混迹女同事中学习如何获得更多的码洋。你得忍耐，活下来，守住写作那一摊子。不能成为在生活中背叛自己的人。生命的内在联系不可中断。

斑马线上

路过东三环大北窑。想到几年前，和妻子从租房到农业银行，路过这里，想着自己不仅会有面包还会有房子。对妻子说，终于完成生命中重要的迁徙。离弃过去的单位，离开南方，置身北方的天空下，像一只鸟从南方那个校园飞出来了。一生中做得最漂亮骄傲的事是离开了那个围墙内的校园。

如果不爱上写作，会像过去的同事在那个小城安静生活。写作改变你的生活，它是精神上的远征。离开，离开你所在的地方，离开，不断地离开——和妻子走在斑马线上，过去单位的同事打来电话。你早已退出在那里的欲求，退出地域对你的限宥。生命就是不断地超越环境和地域对自我的局限，达成另一意义的生成，这是一生要做的持续的迁徙。

范肃翼

她的老公死了，两个女儿到了瑞士。一个满头白发的老人，从她长满皱纹的脸看到她年轻时代的美。看见她就想到什么叫母性。她是你在地安门筒子楼的邻居。她把她的名字写在你的掌心。你们共用电话线，就是电话打过来时两个座机都响起来。她时常送过来一个橘子和苹果。你正在写作，她就退出你的租居。我爱听她纯正的北方话，爱看她佩戴老花镜读着报纸的坐姿，更爱听她臧否人物。感叹一个老妇人开阔的视野，欣赏她对时代所具有的批判能力以及从个人生活中体会出来的真理。从瑞士回来，她说她准备老死在这里，孤单一人。她说她习惯了。她没有偏见，她不歧视外地人。她说女儿在瑞士，她在那里度假不受歧视，喜欢言语不通但和谐相处的瑞士女婿。她理解我的身世，要我到她的房间看电视。在我离开租房时她收容过我的图书和电脑。她颤巍巍地站在我面前说，你会好起来的，会有自己的房子。

一九一八年的房子

我和小肖坐在院子里聊天。破败的院子。坍塌的土墙。院子长满杂草、几棵瘦弱的枣树。透过枣树的枝叶能看见布满云霞的黄昏的天空。小肖说小院很久没人住过了，他租下来在这里画画。他爱在黄昏时分从画室出来，坐在院中破旧藤椅上，看市声退去，看世人忙碌，为虚荣所支使……我们什么时候能从无谓的奔走归附心中所愿，看穿那来自内外的事相？

从画室出来，落座在院中，傍晚时分的光影在悄无声息中变化着，大地显得异常寂静。夜色默默地归拢到这个院子，将我们笼罩。心有所动，忽然记起意大利诗人莱奥帕尔迪的诗《无限》："这荒僻的山冈/对于我总是那么亲切/篱笆遮住了我的目光/使我难以望尽遥远的地平线/我安坐于山冈/从篱笆上眺望无限的空间/坠落超脱尘世的寂静/与无比深沉的安宁……"

一九一八年的房子里住着一个一九七六年的青年画家。面前的老房子与破败的院落相处得还和谐，仔细打量，房子十分结实，青砖，黑瓦，墙壁上设有祭祀用的牌位，看上去还古雅。一幢一九一八年的房子，我望着它，仿佛看见隐形的生死，甚至看见一些消失的人又回到这个院内，出没在这幢房子——我们的生命抵不上一幢老房子。这幢房子还可以住上几代人也不会自行毁弃。

一九七六年的青年住在一九一八年的房子。在此画画，将它修整成宽大的画室。院中的杂草自个生长出来，没有人收拾它，院子破败但不荒凉，显出它特有的美趣。小肖的画就挂在那幢老房子。一幅幅油画照亮一九一八年的房子，照亮了我昏睡的眼。

租　房

通州三元村 19 号楼 2 单元 201 室。我搬进去的时候，里面贴着几张人体画。墙面有散余的挂钩。房东说是一个女的刚从此搬走。她整天在屋子里，在电脑上写东西。说她的房子不会租给乱七八糟的人。她会看相，说我也不是一个坏人，也是一个坐在家里的人。

农展馆诗会，遇到诗友汪。她问我住在哪里。我如实回答她。她说那里她曾住。我是在她搬走后住进去的，那个房子还留有她的体温，就像我穿上了她刚脱下的那件衣服。共同的租房。共同的衣服。共同的漂泊。共同的对诗的感情。租居的房子带有未曾谋面的诗友的踪影和体温，获得一种支持和勇气，以及同志般无言的激励。你们在北京闯荡，追寻属于个人的自由感。

女邻居

不知她流落何处，是否还在北京，这个曾经的邻居。丹东人。三十岁还孤身一个。做着外贸服装生意，后来被一个男朋友骗走了钱，和弟弟住在一起。某日，下班回来，看见前面有一个女的，一直跟着她。我们进了一个小区，然后进了同一个单元楼。她以为我跟踪她。跟随她来到二楼。她打开那扇铁门，我打开紧挨着的另一扇门。目光对视了几秒钟，她的脸和眼角露出隐藏的笑意。接着听见各自的铁门关闭的响声。

一次，她的门打不开，忘了带钥匙，我让她进我的租房。我们聊了很长时间的天。在浩大北京有一个说话的人难得。我送了杂志给她。听说我是作家，明显地感觉她对我的尊敬。我到她房间见到她弟弟。我们谈及在北京的生活，她的直爽还有对我的某种尊敬，让我像妹妹一样待她。后来，妻子到了北京，介绍她们认识。她们相处得很好，说到很多趣事。一次城里下大雪了，公交车走不动了，她和弟弟走了几个小时夜里转钟才回到郊区租房。那天，我提早乘坐地铁避开大风雪。

以后，知道她有做房地产销售的姐姐，姐姐有一个武汉的男朋友。她准备搬家，姐姐与一家公司发生纠纷。她把重要的东西放到我的租房。她越来越不稳定，不能租房了，可能随着姐姐到上海去。某日，和妻子出门散步，看见她正在搬家：盆子被褥和衣架散落在院子。她正要去找物业退还押金。谢绝我协助她搬运的好意，眼神有些慌乱。我对妻子说，我们快走，曾受过漂泊之苦，不忍看见他人的折腾迁徙。

逛书市

你风风火火地赶书市。从地铁出口出来，人们手中提着大包小包的图书。心开始跳动，好像淘到期待已久的书。第一次到工人文化宫观书市，各大出版社都有展台，外省市的如"译林"和"上海三联"也有展台。书市仿佛集贸市场。有的私营书店展台前站着服务员吆喝着招徕顾客。半价书，看见一些老书的旧面孔，碰到思念多年的书，一套书缺失的下册，终于在掌握中。

你率领妻子和女儿穿行在各大门店摊位。书渐渐多起来，她们就坐在文化宫赭色墙边的草地照看。你不断地把书放置那里，然后奔赴又一个摊点。一眨眼天色暗了，摊点开始打烊。你和她们背着提着挎着大大小小的书袋从文化宫院门出现。看见天安门广场上空的灰色云块。广场空阔，清冷苍茫。身心充满力量，好像自己背着书直奔向迁移的云天里去。

地坛公园的枫树黄了，飘飞向秋天的草坪。书市转移到地坛公园。在将书运往收藏地点的途中，一对男女在银杏树下缠绕着亲吻。老柏树下，你坐在一捆书上，等着家人协助搬运。地坛柏树间的蓝天安静。成队的购书人从身边走过。身体疲累了，心还在隐隐地跳。觉得自己是一个书痴，为书所累，一个永不满足的无所畏惧的家伙，愿意负担这生命中放不下的重。你扛着一纸箱书，从地下过道出来。

打卡机

我在马路上奔跑。奔跑中看见了打卡机。一个奔向的目标：打卡机。必须在八点半前跑到打卡机前。

从杂乱无章的梦中醒来，看见床头的钟表。你怕迟到。你还在试用期。脚趾发炎，你穿着拖鞋，在大街上奔跑。你不停地看手表。坐在出租车上，催促司机，车塞得厉害，马路上看不见路面，各种颜色的车辆塞满平安大道。你就在马路上密布的汽车缝隙之间跑动。忘了脚趾的疼痛，呼吸着汽车排出的尾气。单位大门前的停车场。大厅。楼道。清洁工缓慢地拖擦着过道。气喘着爬上了四楼。你终于来到了打卡机前。

打卡机无声地立在面前。你的呼吸紊乱，屏息调整呼吸，长长舒了口气。打卡机显示出你的姓名。停歇了一会儿，靠在墙角。你往回走，回到一楼的办公室，你看见脚趾流出血。过度的用力使刚好愈合的伤口再次破裂。血流出来了。同事说，你的脚流血了。你看见血线一路跟着你的身体来到打卡机前。停在那个过道，发现血迹逶迤在马路上车辆的缝隙，横亘在打卡机和出租房之间。那道血线在面前忽然竖立起来。

塔

去老家后湖农场探望亲人，见到同学朋友过去的同事。经过乡村泥土路、国道，再通过省城的铁路，回到首都长安大街上。赭黄色城墙和天安门广场、北海公园的塔顶，它们向你呈现出来。你就像人从底层一层层地攀行，来到一座锥形建筑的顶端。一瞬间，看见不同人的不同生活，和相似的共同的命运。

地三鲜

重新吃到地三鲜，和家人一起。你提到多年前一个人在怀柔路边小餐馆，一个人在路边餐馆面对它。一盘菜里有三样菜蔬：土豆、青椒、茄子。你在品咂往事。早期动荡不安的孤苦，你以它来回忆，安慰自己。精神的肠胃要这么一道菜，给你营养。生活往好处走，不忘面对这道意味深长的菜肴，它给了你生活的安慰、时间的悠远感和存在的恩赐。当你用完它，和家人满足地赶赴戏剧学院的话剧现场。

家　感

回到南方的房子，你像住在旅馆里，你离开自己的房子又回来。燕子在阳台巢中唧唧叫着。它们不在意你的离开与归来，你的困顿与收获。它们过着自己迁徙的日子，寄居于此，随时会离开。

家只是幻象。无家可归时，你才能四海为家。一旦你离开，你就没有了家，你再找不到家感。你的电脑又搬回北京。你不可再逃离回来。当你背着五八六的台式电脑路过火车站，你这样对自己低语。

旅行者

一男一女两个旅行客背着高高的行囊，里面可能填充着帐篷、鞋子、笔记本和少量的书，压迫着他们变得矮小的身体。他们在街头展开一张地图，在上面指指画画，在大地上印证他们地图上的旅行。

不能仅仅依靠地图去生活去寻找前行的道路。你必须来到现场，来到纵横街道，低头的当下和回头的瞬息看到个人生活道路的来龙去脉。况且这条道路又很快消隐了。你得凭着直觉建立自己的行走。一个人绘制出来的个人地图和他人的迥异。

北京地图

京城好像还在梦中。榆树停泊在冬日的灰色，没有转绿的迹象。从南方Q城的春天归来，身上沾惹着那里桃花的香气。北方的春天比南方晚一个月到来。连翘花开在皇城根公园的墙角。连翘花和北京的春天在一起，报告这里春天到来的消息。六年前的春天，初到北京碰见它，是它把灰蒙、暗淡的京城照亮了。看见自己多年前也坐在这823车上。我知道它的路线图——玉泉寺，西便门，平安大道，地安门，东四十条。经过工人体育场，开往东直门终点。

一个男人在马路边跑动。蓝色运动衫。他呼吸这座城市早晨可能干净的空气。一个妇女在车站站牌旁叫卖着：北京地图，北京地图。

你使用过多少张北京地图？它张贴在一间间租房里，在它面前寻找某地名、胡同和公共汽车转换的路线和地址。忽然发现这座城市变小了，收缩成一张地图，隐现在你的身体里。你能辨清它的方位——看见自己在街坊胡同走动：谋职，找房子，购书，参加画展，访友，诗歌朗诵。这些年的漂泊绘制出一张属于自己的地图，呈现游走的个人行踪图。

多年前，在北京地图前的你，在纸面上搜索密密麻麻的线条，地名和交通，胡同和酒店。永安里地铁的北出口和风入松书店的店面把纸面上的京城和实际的街道对接起来。你走过多少弯路，甚至走错方向，然后你回来，最后找到你要到达的一张桌子旁。

这未定的充满各种可能的行走。一个人在首都寻找道路，在茫茫楼宇之间找到租居，安置自己的卧具、电脑和身体。

那年，不知道自己落入何处，经过哪些房东、租房，遇到哪些人和事，能否最终在北京停落下来。你一无所知，在一个个瞬间规划，选择，行走，绘制，一张自绘的地图就给描绘出来——从六郎庄到地坛，从双泉堡到花家地南里、地安门，从地安门到通州宋庄，从三元村回返城区，来到东四十二条胡同。以后在朝阳区柳芳街找到浩鸿园静园。两年后，搬迁到北三里屯。从建国路29号的兴隆家园，经过地铁八通线回到皇木村，一个人落座到院子的两棵枣树下。一张属于自己的北京地图呈现在回望之中。

流浪汉

在编辑部，一个读者打来电话，报了他的姓名，提到多年前到过南方我过去的房子。他曾赠我一本诗集。从异地流浪路过我居住的县城。曾在我家用过晚餐。多年过去了，他知道我的行踪，电话打到我所在的编辑部。

门卫限制他进入。我把他领进来。面色憔悴，衣服好像很久没有更换过，一条牛仔裤污迹斑驳。他说他在北京找不到住地，回湖北的路费没有了。我告诉他不要流浪，甚至乞讨。我和他一起在出版社食堂用了午餐，劝他好好生活，过正常的生活，然后兑现自己的梦想。

临走的时候，给了他路费。介绍他到宋庄，那里住宿便宜。两年之后，他又通过门卫找到编辑部的电话，找我借钱，说生活无法过下去了。我让他在门卫室等候。

当到达那里，找不到他的人。四处张望打听，忽然明白他在过去出版社那个门卫室，电话是通过门卫转到编辑部这边来的。他不知道杂志社从出版社搬出来了。他不知道我们也在迁徙不定之中。可能恼怒我欺骗了他。他把我当成了可以依靠的人，而这个人因外部的变异而不得相见。

主　题

从银行里出门，往卡上注入一笔小钱。走在路上轻捷。心里不停地说，有了钱就不怕下岗，不在意他那张可怕的脸。有时，把存折取出来看看，又放到一个保险的地方，小心收藏。对钱的看重和依赖是漂泊带来的伤害，是一种病态。

A长着一张冷漠的脸。冷冷的脸面。斜视的眼睛。无论置身在哪座城市，你逃不出那张冷漠的脸。昨天收到过去单位寄来的红头文件，你离职的通报。你脱离了过去的同事，校长那张不可一世的面孔，在教师会上对同事吼叫：你们给我滚，谁不服从谁就给我走人。所有的人不吭一声。是谁让他放肆地对同事说话，是谁支持了他的口气？你对仇视人的人充满敌视。你从过去的单位逃离出来到了北方，你又被另一张相似的脸所斜视。

胡适说，世间最可厌恶的事莫如一张生气的脸。世间最下流的事莫如把生气的脸摆给旁人看，比打骂还难受。你努力爱着仇视你的人，你也是他们的一部分，你能从任何人脸上见到自己的肖像。从银行出门，走在落叶纷飞的路上，发现你体内的病魔。肖斯塔科维奇说等待枪决是折磨他一辈子的主题。一个游离者的主题是如何反抗和远离。

女 儿

星期五的晚上。电视机在播报新闻。妻子在厨房里。女儿莲子应该要到家了。之前打电话说她在地铁上。她要穿过北京城，一个人回到家的灯光中。菜摆在桌面变凉了，她还没有回来。

她终于回来了，坐在了我的身旁。她说她乘错了地铁的方向，然后在人群中回到正确的方向。我说，在北京生活不容易吧。她的泪水就流出来了。我拍打她的肩膀，笑着说，能回到家中来就很好。

偶尔在地铁出口看见女儿，一个人背着书包回到学校去，我总要和她说些话。她知道转换的公交车，摸清了北京各地的方位。她随我来到了北京，跟随我的漂泊。某日，和一群朋友相聚，回到皇木村去，碰到她，正往城里去。怔怔看着女儿远去的背影：身子变高了，像个大姑娘了。她带着与我相似的长相或血液相传的神秘。我怕自己的苦难，在她的生活复现。

八月之光

在这里，朝阳管庄工商管理局注册北京八月之光文化研究院。和家人走在路边的行道树旁，有说不出的激动。望了望天色、路上来往的车辆和和行人，感觉自己就是城市的主人。我不再是流浪者，可怜的被人小瞧的打工者。不必到人事局参与外来用工人员的培训。在这里，北京的街道上，八月之光朗照着我和妻子女儿。

风　景

我们赶往北京西站。他中断城里的零活，在六月回到张家口的老家去割麦子。麦子收完后又会返回京城，再找活计。我打听着他的收入状态，为他焦虑。他反倒平静，能有活干总会有收入的，不管多少。

我望了望他的眼睛，无力也没有光彩。眼角被深深的皱纹围绕。脸色因营养缺乏显得苍白。裤子打着补丁。布鞋。一只脚趾露了出来。

他说在城里干了几个月没有工钱。争取把钱弄到手，然后给留守在家里的妻子、孩子买衣服，供孩子上学。种田是没有赚头的，只是让家人活着。在家乡种田然后到城里出卖体力，总会让自己和家人活下去。他看清自己的处境，习惯了对生活不抱指望。他想不到生活还会有别的出路，自己也找不到什么好的招数。他脚下是个大包袱，缠裹着一些衣物。安静地和我说着，语气不高兴也不痛苦。

当公交车就要经过前门，经过天安门广场。突然，他停止和我的聊天。他把脖子立起，长颈鹿一样伸长，望着窗外，脸色生动起来。

他还指着正阳门，说他每次路过这里，总是把头探出来，想好好看看天安门广场。他脸上的表情明显地变得庄严肃穆，眼睛一眨不眨，望着缓缓退后的天安门城楼。

在匆匆返乡途中，在自己艰难谋生的空当，不忘观看自己国家的广场——祖国母亲的心脏。

美 感

你把目光停在了她的身上。忽然从她身上发现了什么。单位集体旅行租用的大巴车从太原开回北京，天黑前才能回到北京。时常在单位的食堂里见到她。把票据和餐碗伸进那个窗口，你和她有过对话，没有异性间的敏感。今天，窗外山地秋景看疲倦后，掉过头来看见她，换了服装，变了模样（不是在食堂身穿的白色外套），深色的休闲外套露出颈部，披散微微鬈曲的头发。脸色白皙散发微微光泽。眉毛若有似无地细描过。女人的美感来自她的健康、自然的状态。她的天生丽质没有过分的修饰，就像你看见的梧桐树没有经过人工修剪，不是为我们的视觉而准备在那里的，不为刻意迎合我们的审美，如同树木倒映在河里，河水的星光树影，不为取悦河水。

约翰·克利斯朵夫眼中的萨皮纳从心里被唤醒，兑现到面前的女人：懒懒的样子，朴素天然。女性天然的气息自然显现，有点不修边幅，但青春的风韵、温和的气息、天真的娇媚，从她的身体显示出来。单位那么多女性为何没有留意，反而在意这个在食堂打工的女子？

她没有受过多少教育，这来自东北小镇的离异女子。她六年前到的北京，通过人介绍找了个北京男人，日子过得不顺，又无意被人引荐到这里来做事。你总是看见她在食堂少言少语地做活。与你见面时，只礼貌地点点头，也无多余的笑。无心机，无势利，没有过分修饰后的造作（上天赋给她的姿色是怎样就是怎样）。没有因偏执生发分别心，没有对生活过分追求，没有因生存的艰难而性情变得暴戾，反倒持存悲悯心。只要活下来就行了。没有攀比，在人面前不低眉折身也不扬眉瞬目。

她的理性建立在她的感性上。她的美感来自上天赐给她的身体与容颜。这民间的女子，散逸自然母性的光晕，忽然间把你的目光吸引。你内心的美感又被面前这女子唤醒，萨皮纳在心中存活多年的形象转移到了她的身上。你把目光从她身上移开，又投向窗外太行山脚田野，抽穗的高粱在平铺开来的傍晚的光线中，折射出莫名的令人喜悦的光影和美色。

类似于雪

下雪了，第一次看见北方的雪。马路上的汽车和行人放慢。雪在路灯光中变成淡淡的橘红色。看到在公交车站点等车的女孩，忽然想到了过去一个叫姚守萍的学生，早年对她的感情就像面对的白雪，纯净而愉悦，内心柔软而美好。

雪花在飘洒。你不急于回到租房。哼起不成调的曲子，透出身心的喜悦。你看见飞雪就欣喜，喜欢上它，情不自禁没有目的。胡世美、宋彩萍，一个个女学生相继出现在雪中的记忆里。

她们多年不见，也中断联系，不知道你到了北方。下班行走的途中，一个个喜欢过的女学生在傍晚的雪中出现，她们听你授课的表情，她们的羞涩，在心里唤醒的感情重现，如雪一样到来：纯洁易逝，了无踪迹。

台　下

颁奖台上，音响师在你的暗示下启动了开关。会场的背景音乐响起来。台下的你，泪水忍不住流出来。

他们坐在主席台上。颁奖。领奖。在肃穆的音乐声里。你筹划组织，拟方案找合作单位，谈判签协议，然后在永安里地铁旁的一个工艺品店设计奖杯，空运到颁奖的地址。

这一时刻到来了。颁奖会的音乐声升起。在你不计代价、不沾私心的倾情组织中。那些获奖者似乎代替你站在台上，领受到一份写作的荣光。而你坐在台下流出泪水，抑制着复杂的感情，不让它流露出来。

在万圣书店

摄像机的镜头、话筒对准他，他坦然坐在探照灯光下。在万圣书店。这个可能的名人接受采访，侃侃而谈，从容而有风度。你在书店，旁观插入的活动，没有视听的意愿。

心里不停地说：你能从围墙内的院子出走么？你能停住走向领奖台的脚步么？你有过对建构的知识体系的质疑，以身心信靠以你的灵魂亲近它。未曾经过身体或心灵检验的智识不可从你的嘴里说出。

你是一个诗人而非一堆干枯书本知识的拥有者。一首诗的完成得融入多年累积的记忆或无意识、亲历的场景，从身体冒出来的词语，与刻骨的阅读和情感经验相牵连。诗不可能是即兴到来的轻易获取之物。诗不是意念不是阅读复写。诗是直观，是主体对外物的洞察，是非主观意念的表达。你要反驳你的发言，低下头说话或朝向无语。你要身处阴翳而不是机器投射的光照里。

身　体

甜水园图书市场的路边。我坐在一捆采购的书上等着出租。激动的身体余波未平，活跃的想法在身体呈现，身体的激动与感兴和图书有关，各种思想和建设性的直觉和生命幻觉传达到肉体，成为象征。肉体在讲话，渴求着生的意志，寻找自我主体的生活路线。在进入图书城那一瞬间感觉肉体的活跃、精神的狂飙与身体的动荡随之交织于一起。人生动起来，觉得自己在活着，活得想再活一次。

在观书浏览的空隙，一些句子冒出来想抓住灵感的精髓，你试图让动人的直觉固定下来而不被遗忘，以便日后得以发挥加以深化。思想成了肉体存在的证明，肉体成了思想的产地。尼采说，哲学首先是肉体的告白，而我的写作因肉体产生了激情，并由之产生语词——写一本关于阅读快感的书吧：它关涉到书的采购地点与身体的快乐，还有阅读它们感受理解的随笔和评论，或随之引发的即兴回忆及个人经历。一本本书如何参与到生命中来？书中的人物思想如何协助你加强对事物的理解？生命的厚度如何增加？读过的书与经历的事物之间又是怎样的融合与促进？这样的关于阅读的书会变成间接的自传也说不准。至少，它不是艰深的文论，它是一部带有生命气息的书，一部有身体味道和灵韵的作品。

特朗斯特罗姆

北大芍园正大国际文化交流中心。晚上七点。瑞典诗人特朗斯特罗姆的诗歌朗诵会在此举行。老诗人步入会场时，所有在场的人都站立起来，掌声在寂静、肃穆的大厅内响起。诗人缓缓走到大家中间，没有说话，安静坐在翻译和妻子莫尼卡中间。

深色领带衬托他的满头白发，皱纹刻在柔和的脸上，内敛的嘴，不偏不倚的眼睛。那是一张被诗歌改造过的脸。他怀中褐色的拐杖，好像其依恃的诗歌。他安静、专注地辨听着人们对他诗歌的朗诵和评论……他安恬的面容仿佛是一幅作品。

他在对话中说过：诗不是表达瞬息情绪就完了，它是瞬间背后持续性的东西。看着诗人的肖像，就像面对着他的一首首寂静的诗，安静的形象有如他的诗爆发出安静的力量……在去魅的时代，诗人用自己的诗歌维护着一种神秘。用他的话说，诗歌是来自内心的东西，是梦和手足；一首诗就是醒着的梦，塑造诗人的精神生活，揭示出存在的神秘。他体验着身边的自然和世界，缓慢地创造一首首诗，从泥土探出的花朵一般自然而神奇。

特朗斯特罗姆的诗，很少用日常套话或流行语，即便描写日常生活的小事。诗人看见"刽子手和语言在同步前进，所以我们得使用新的语言"。"白色的太阳/向死亡的蓝色山冈/孤单地奔跑//必须和优美的草丝/生活在一起……"那个晚上，与大西洋彼岸的诗人道别后，默念他的诗句，穿过明暗交替的北京城回到住所，我再次看见头上的星斗。

坚硬的北方的雪

雪在飘飘洒洒。屋子里亮堂堂的。早年读鲁迅的《雪》，想不通北方的雪如何是坚硬的。朔方的雪永远如粉如沙不粘连。鲁迅先生的观察是准确的。

它不像南方的雪一下到地上就融化了，而是在地面停留很长时间，尤其在负阴的地方。北方的雪像细沙洒落在干燥地面，不会将地面弄湿。过上很久，才缓慢消融，化成一摊积水。

一日，从城里回到院庭，雪厚厚铺了一层。石桌叠加厚厚的雪。竹子披雪弯曲。进入室内不用换鞋子。

又下雪了。雪落在寂静的皇木厂。窗子透现红光，夜的天空呈橘红色。我来到户外，看见细雪旋转着升腾闪烁，弥漫夜空。鲁迅说它是雨的精魂，是孤独的雪。他在京城西三环的院落，孤单赏雪，身边一个人也没有。他一个人在独语。

途　中

上班途中，读以赛亚·伯林的书《消极的自由有何错》。你们之间有对话。或者说，你的生活经历经验印证作者的观点。他说，人类的自由是自主的行为，让人从控制着你的因果律、外部世界的机械论、专制环境以及激情中解放出来。自由是人之为人的条件，自由是为自己制定律令，它不是外在权威。物质世界为因果律统治，在精神世界，你完全是自己的造物。世界是诗，是内在生命塑造的梦境。这个世界是自由的，因为这自由是我们发明的。

地铁转徙中，你把头低在书页间，在人群中间，内心激荡风暴。是的，成为一个人并不是去理解或去推理，而是去行动。行动或创造，它和自由同一。思想交流超出对生活物质的期盼。还有另一条道要走，那是尘世不可见的。

家 庭

停在一个路口，从一排房子的栅栏望过去，几个人站在绿色的海棠树下，身后是他们的房子。一家人停在初夏的庭院中间，在树下说着闲话。

我被这个日常的场景迷住了，不由自主地停歇在那个路口观望想象，他们停驻在一张亘古的图画中。体味一个词：家庭。家是房子，庭是空地。一内一外。四面的房屋加上中间的空地便是一个正常的家庭。

庭院，一个过滤了的空间，过滤掉了家人以外的陌生人、噪音和风沙。

庭，封闭房子外的开放空间，树木种植在庭院，树掩映着房屋和人。亲人和树木栖居在一起，过着属于自己的日常生活。

月 色

月色落在院子里，无声得像霜。柿树的影子清晰可见。和邻居李师东深夜饮酒，他串门到我的宅院，一下看见柳树映衬下的月色。我把室内的灯打开——橘红的灯光和月色交融在一起。我们高声说着荆楚的方言土语。月色和方言和同乡在一起。

月色中观看葡萄的长势。在这样有着月亮的夜里，有酒有植物的院落，生活的诗性被唤醒。酒气月色中，回到我们的故乡。

月是故乡明。儿时在树影下纳凉，在有着星星的夏日的夜里，一个人赶路，月亮给你照明。它在你前面，有时在你头顶，有时隔着楝树枝照过来。有了月亮，夜行路上一点也不害怕。月亮照亮沟渠，照亮故乡的河水。在水里在树梢间在一排农房的屋顶前，你从屋子里出来小便，月亮无声照拂整个村庄。

一日，师东从城里开车来到皇木厂。皇木厂的月色好像在招呼着他，月是那样的平和亲近，不像城里的月亮，要么高深不可见，要么远空高悬、不近人情。

我们在月色中行走，身体散发酒气，各自回到自己的院落。那棵老槐树上的月亮，钻进一大块黛色云团。你停在那里观看，夜空似乎晃动了几下。子夜时分的皇木村，在盈满酒气的月色里也晃动几下，如同你月影中不定的身影。

地铁换乘站

地铁上出现民工和他们的平底布鞋。他们和周边广告中的女郎格格不入。有的穿着多年前的那个时代的绿军衣，臂口裂开一条口子，蓬乱的头发藏着草丝和水泥灰尘。有的坐在装有他们行李的塑料袋上，张望着车内的广告和乘坐的提示文字。

建国门地铁换乘站，过道上人群密集。在这里，只能听到脚步声，皮鞋底落在水泥地面清脆的富有节律的响声。匆匆上班族肩挎着各式各样的包。看不见行人的脸。

手机的铃声忽然响起。你背着包正准备转换 2 号地铁，在环形分岔的楼道口，胞兄的电话。他的嗓音从南方家乡的稻田传来，沾着泥浆的手拿着你送给他的二手摩托罗拉手机。他从田野回来，背靠着你们的老宅。电话中的语音低沉，话语时断时续。平原布谷叫声从通话的缝隙传递过来。

你从急促的单调的脚步声撤离，接听电话的身子找寻到一个角落，集中听力捕获兄长的声音。这时候，只有兄长的声音，越过泥土经过山河到达首都地铁的胞兄的声音。你叫他把嗓门放大。你把手机紧贴耳朵，从左耳转移右耳。地铁一角，蹲着身子。那一刻，旋转的楼道和上班族的脚步声消失了，地铁消失了。

从地铁口出来，心中只有兄长的声音，迎面而来的都是他的面影。当你步行到了编辑部，才回过神来。你像回了一趟老家，以特异的方式。

在和他对话的空隙，看见地铁顶部有各种管道交织在那里，你的面前是镀银的栅栏。兄长和你的声音在那里发生回响和碰撞，又弹回到你的耳膜。以后每每经过那个换乘站，在地铁水泥钢铁世界中的人群穿行，那是和兄长通电话的地方。你又看见胞兄黧黑的脸，家乡的田野曾从那里浮现，身体在那一刻又回返南方平原。

你发现在首都的行走不是单向的，而是多维的、立体的。你是一个穿着皮夹克的农民，带着和兄长的相似的长相、视觉和胃，穿行在自己的国家的首都。你想让他把你领回，再也不要离开家乡，一直到死。

泥　雨

早晨出门，发现院子的瓷砖地面敷上点点泥浆，小区路上停放的汽车顶篷上也有。步行街的地面也是点点斑斑的泥雨痕迹。

天灰蒙蒙的，浮尘天气，没有起风，沙尘泥雨无声地落下，覆盖了我们的生活空间。

前几年的沙尘是从风中吹刮而来的，城里的能见度极差，好像起了橘红的雾。空气中流动土腥味。扑面而来的沙子侵入眼中。空中的太阳变成苍白的月亮，办公楼点起了荧光灯。今年的沙尘无声地降临你远离市区的院子。内蒙古的沙尘无声落在院子的屋顶和梦中。

你醒来，看见陌异的泥雨。对生活的城市充满感伤，对未来灰心丧气。所有的功名被这泥雨点染，你的满足感和骄傲被泥雨改变颜色。

又过北新街

从地坛南门，过环城路，沿路看见一些低矮的门面。白墙黑瓦的房子。路边的槐树。树影下不多也不少的行人。可以穿过电车的线网看见远天。从雍和宫路过，见到国子监的牌坊，被槐树枝叶笼罩，恍惚见到古代读书人赴京赶考的身影，他们蓄着辫子穿着长衫。首都图书馆藏在一棵古榆树下面。更古老的房子，一个寂静的去处。当绕出来迎着北新街往南走过几道十字路口，可以看见东四十二条，青年文学杂志社就在胡同里面。

从路两面的槐树缝隙，能见到老房子的灰色身影。哦，这就是北京，朴素的外表，一点不张扬却显出它的厚重与雅致。你对自己说，这就是北京，置身于它一条条街道、一幢幢四合院，那由电车线交织在一起的交通网线转入你的身体的记忆。

没隔几年，当你乘坐13路公交车经过这里，高楼挺起来了，榆树影子没了。地面在挖掘，被一排排绿色防护板隔断。风吹起，你要用手掩住脸试图挡住扬起的尘土。

哦，这不是你见过的北新街，看不到过去的一丝影子。经过几年的内外变迁，找不到一点点对它的好感。北新街成了一种记忆，一个词。那个多年前走在它的街道的人，眼光变得厌倦、无神。过去的美景如同幻影。

访　客

他进来的时候，我正和友人谈着事。友人吃惊地看看他，寒暄着把他迎进来。我从那张唯一待客的椅子立身，让他坐下。

一个老人。拄着拐杖，头发全白了，围着一条浅灰色围巾，手里捏着一个蓝色方形布袋。友人问他身体还好吧。他点点头，在说话中断的缝隙，看着友人潦草的办公室到处堆着期刊和图书。我在一旁等着他们谈话结束，但那位突然的来访者好像没有什么要说的，沉默横在我们之间。他似乎感觉到了一点不适。他说他要走了，缓缓起身退了出去。友人把他送到门口，回头解释说，他是出版社退休的美术编辑。社里的书都是他设计的，几十年的图书封面上都有他的名字。

过去了很多日子，忽然想到那个退休的来访者。一个退休的老人，从窄小的房子出来，想到自己过去的单位去看看。他可能没有能去的地方。工作和生活多年的单位，一生的大半光阴交付给它，后来从那间办公室里退出来了，回到了窄小的居室。他想着像过去那样每日去单位，坐那趟120路公交车，发现公交线路更换了。这个城市日新月异，他成了一个陌生的人。陌生的广告牌，新生的建筑。同车乘坐的人，听到的全是异地方言。一路上碰不上一个熟人。当他到达过去单位门前，穿制服的门卫不让他进，要他登记被访者的姓名。他停了近两分钟才写上一个名字。他在楼道里走动，见到的人都不认识。推开一半虚掩的门，里面的人询问他来找谁（都是些新面孔）。他的到来好像打扰了别人的工作。和这个还在此领着薪水的单位越来越没有了关系。一个人穿行一条条街道回到自己窄小的房子，觉得自己越来越老，越来越无路可走。前行的路没有了，回头的路也中断了。

在编辑部，见到杂志社过去的编辑。他退休几年后我才到此供职。他说是来找我的。这个突然的造访者，捏着一个方形的布袋。我像照顾特殊的客人，和他坐在蓝色沙发上谈诗。他爱好写诗，退休后重拾青春时代的爱好，这个爱好让他退休生活充实。他想以诗会友，听取年轻人对诗的看法。我照顾着他的情绪说着话，有时恭维他，让他对自己保持更多的自信和对生活的热情。他的面色红润起来，临走的时候把他的住宅电话留给我，说他多年没有这样愉快地交谈了。我目送他一个人缓缓离开了编辑部门前那条弯曲的甬道。

忽然想起多年前在南方单位教学大楼门厅和学生说话的场景。她问我还在写作没有，是否出版了诗集。那天，我说我会离开这里。我把自己未来的事提前告知了她。尼采说，说谎是无辜的，因为它是对一项事业信心的标志。那年在单位，像一个临时工，随时准备撤离。后来离开那间大办公室，钥匙都没有交还单位。办公桌抽屉里遗留我的备课本、学生和诗友的信件和部分图书。没有一丝留恋地离开那里。从南方来到北方。

好多年过去了，现在倒想回到那里去看看。那旧房子有我留下的足迹，每一个地方都收藏记忆。见见过去的同事，他们肯定变老了。在他们眼中，你也一样头发灰白。一些人可能见不到了，退休了或提前离开这个世界。对于那里的人来说，你是一个陌生的访客。

境 遇

前排单元楼的一个男人死去了。夜里听到一阵哭泣。白日里看见两个花圈放在那里。路过那里，楼道口的地面有着黑色的灰烬。听说一个男人正当中年就死了，按风俗不宜操办丧事。我不认识那个男人，或见过面但不认识，不知到底死去的是哪一个。他是众多死者中的一个。我们的房子相距不足二十米，我们素不相识。我不知道有一个叫什么的人活过，但他确实活过然后死去。他的活着和死去在我的世界不构成什么影响。我出没在空漠的世界，上班途中地铁里见到那么多拥挤的男女，你们不说话，活着的隔离甚至敌视。回到院子，院墙隔断那个死者的面影。我们活在越来越孤立的环境中，隐居在这个空荡而密集的城市。诗人奥登在他的《美术馆》中，提到画家勃鲁盖尔的画，人们看到他人遭遇灾难而无动于衷。

> 一切是安闲地从那桩灾难转过脸去
> 农夫或许听到坠水的声音
> 和那绝望的呼喊
> 但对于他不是了不得的失败。

诗用"安闲"一词昭示出生活里一边有人死亡，一边有人照常过着日子。这是人生的常态，一种无法摆脱的存在主义式的处境。诗人敏感到人生的痛苦，那个陌生的男人死去了。你有意绕过他曾经出行的巷道。

城 市

你曾见过他一面，然后就再见不到了。有的人一生闻其名未能见其面，见面了好像是机缘开始或中断。你和他见面握手，然后同赴酒宴，有过简短的对话，碰过几次酒杯。感觉到他的直率。你们握手，交换了名片。酒宴上他的脸面蜡黄。他说从天津到了北京，换了一个单位，忙得北京哪里也没有去，只去三联书店两回。他几乎把自己卖给了单位，全身心地投入工作。

那次酒宴他是迟到的，匆匆相聚你们就分开了。几个月后，听说他死了。他住在单位招待所里。冬天的暖气要靠生炉子供应，他煤气中毒死在屋子里。他要打开门闩最终手臂够不上。他就死在了门前，扭曲着身子。遗留妻子还有小孩在另一座城市。从一个城市到另一个城市，从一个出版社到另一个出版社，他消逝了没有一点声响。在生活中我们往往奋不顾身，轻易把自己交出去。这是十分愚蠢的行为，为了外在的人与事、功与名而忽视最重要的生命。这是我们面世的根基，一切都建立在这个上面。没有了它，一切都是空幻。

我们在哪里存活倒无所谓的，关键是它要在天空下在自由的空气中。事隔多年，重读卡瓦菲斯的诗《城市》，想到那个只见过一面就永远无法再见的人，我们相似的命运和有关我们活着的提醒——

> 你说：我将去另一块土地，我将去另一片海岸
> 另一座城市，比这更好的城市，将被发现
> 我的每项努力都是对命运的谴责

而我的心被埋葬了，像一具尸体

你会发现没有新的土地，没有别的大海
你将到达的是同一座城市，别指望还有他乡
没有渡载你的船，没有供你行走的道路
你既已毁掉了你的生活，在这个小小角落
你便已经毁掉了它，在整个世界

空邮箱

忽然忆起几年前到图书批发市场去，途中遇见新修的楼盘小区。持广告单随意去看看，打听这里房价。一个人把你引入待售的二手房。房子里一个女人抱着孩子。里面乱糟糟的，用大大小小的纸箱装放物品。席梦思显示出来。

他们说要回江苏去，把房子处理掉。男人找搬家公司去了。他们为什么要离开？在北京待不下去了，遇到了什么困境？你没有多问，想着自己在这里一切安好，试想着在这里找投资房源。

那年，你根本没有想到几年后也会离开这里，完全没有想到。迁徙是身不由己的事。他们有自己的房产有家室但还是要离开，把房子处理掉。偶然见到那离乱场景，似乎暗示着你的离开。迁徙是多么困难的事情。

那年，你把带院子的两层楼做了保暖包装，你想在此住到老。你到图书市场购书，将它摆放在楼上的书架上。几年后的今天，你却要搬离，成了他们的后继者，逃难般离开。你模仿了他人的迁徙，从来没有停止的迁徙。邮箱空空挂在院子的外墙

孤独的花园

2009 年 5 月 20 日下午，从武汉回到北京的皇木厂旧居。打开院门，发觉柿树在阳光下流光溢彩。墙角的新竹长出了许多，叶子茂密而青翠。北方的竹不好养。曾为一个人的院子移了几窝，一棵都没有成活。它们一根根长出来让我心喜。院子的月季在怒放。

我是喜欢这院落，它独立、安静，一个室外活动的空间。院子晒着衣物，人隐在这里过平常的日子。一个穷文人的理想生活可以寄托于此。我的孤独是一座花园。阿多尼斯把花园和孤独并置在一起，意味深长。

心跳着来到楼上。自己的书散落在那里，好像等我多时，让我去翻阅它们。真有些舍不得离开这里。几年前，黑龙江诗友参观书房，说我可以安静下来，安心写东西了。说实在的，内心的愿望是哪里也不想去，什么单位也不要，就在这里过书斋生活。可是为了外部必须要料理的事，你得违心去应对。这些年在北方生活久了，害怕南方夏日的炎热。也不愿为了挣钱在外面奔走，不愿被单位束缚。但你的年纪不上又不下，还不是赋闲养老的时候。外部的压力隐隐地作用着你。你还得采取行动，兼顾才能施善。

在武汉，想着皇木厂自己的院子，在这世上有一个暂时停歇的地方，颇觉安慰。不想在任何地方置业，南北两地跑也是一策。轻松一些过日子，房子什么的都是外在的，你随时会抛了它们，甚至自己的薄命。所以在世活着一日，不可让自己为了房子啊名利啊受苦受累，自在一点，度自己所剩不多的岁月。

一日，从三里屯编辑部出门，在工人体育场路边上候车，观望着街景，想着这一生该做的都做了，可以解脱了，不必为物质所累，可以给自己放假了。如庄子所云，可乘物以游心。即便回到南方去，那也是向自己生命长假的过渡，对诸事不将不迎。不急于得到也不刻意拒绝什么，身体内在的空阔已形成，可以与外部人事周旋。即便心中唯一的牵念——阅读与写作——也不刻意地去做，做到什么份上就到什么份上，没有必须到达的目标，随心所欲而为。人这样自言自语，焦虑、困扰或压力什么的悄然消释。

1999 年—2009 年，北京皇木厂南五区 63 号

朝　话

　　梦见自己醒来，看见自己走向教室，心动着想跟学生说话，交流心得，谈论人生。学生们似在铃铛声中聚集在有露水的操场上听我即兴发言。

　　清晨即起，打扫庭院。醒来，我在一张纸片上记下它，好像这两句蕴含着新意，或回到了它的本意，清晨即起，打扫庭院，多么好！

　　我拾起梦中与学生朝会的言辞：清晨即起，打扫庭院。我们的内心像干净的校园，没有一丝纸灰，因为我们经常的打扫。

　　为什么在梦里出现这样的情景呢？是自己到了新的单位，又回到永远年轻的校园。另外，自己想回到个人青春的岁月，作为孩子王的农场中学教书时光，那与学生们在一起的青春流逝了。怀想那一份单纯与美好。那是我的英雄时代。

　　我看见过去我所在学校的校长胡修新。他清晨一起床就拾起大扫帚在操场上从东边扫到西边。可能是从他母亲那里接受过来的。他对我一起床就拿着书在树下走读似有不满，这是在高中时期住读养成的习惯，早上起来就到河边背书（我遇上恢复高考的一九七七年）。

　　到了教书时候，也保持着晨读的习惯，在河边的路上或杉树下背古诗文，那早晨空气的清新沁入了肺腑。记忆力好极了，身体和精神充满了力量，然后在歌声中洗漱，和学生们一起早操自习。

忆我少壮时，无乐自欣豫。现在人近中年，那晨读的习惯让位于早起后的散步，时常从杂乱的梦中醒来，带着中年身体的不适，好像要有一个短暂的过渡，从不安的被人事纠缠的梦境中醒来，通过散步过渡到清明的心境中去。在小区的甬道中行走，身体缓缓舒展，精神才恢复过来，方能进入专注的阅读。这让我想念我的青春岁月，那活泼泼的年轻的身体。

　　忽然想到梁漱溟先生，喜欢他的那本《朝话》。梁先生在山东邹平办学，建乡村研究院，清晨即起和学生们上朝会。那些在朝会上的即兴发言，或论时事或谈人生，用先生的话说，在冬季，天将明未明，他和学生们在月台上团坐，疏星残月悠悬空际，山河大地皆在静默。这时候心地清明，兴奋静寂，觉世人都在梦中，我独清醒。大家团坐时静默，一点声息全无，然后随兴发言，或长或短，随情景而定，讲者认真虔诚，听者专注会心。那是一段怎样兴奋反省、思悟人生的宝贵时光。

2009 年，汉口牛皮岭

平原晚餐

平原的黄昏也是晚餐的一部分。

我们的车辆时缓时急地行驶在平原的公路上。这是被河水和树木护持的由柏油铺就的村镇公路。公路有时出现微微的弯曲，更多的时候是笔直的，连同道旁的水杉和白杨如直线向前延伸。公路的左侧是河水，另一侧为平展展的田野，平坦地铺陈在平原弧形的天空下。

这是家乡江汉平原的田野。和朋友们走在它棋盘式的道路上，转了一个直角的弯，则通向另一个平面。冬日平原的树叶几乎落光，被风梳理得仅剩下树干和斜伸向空中的枝条。路旁的杂草和田野的稻禾、棉梗已收割退去。这时节的平原变得更加开阔，越过河岸，从敞开的田地可以远望西下太阳的红光铺满田野和河塘，又弥散到倾斜的天空（你们在车内指点拍照这转瞬即逝的光影）。那同天空亲近的田野是犁过的，褐色泥土有节律地翻卷在那里，泛出微微发光的泥土的釉质，似乎要向天际的光芒漫延交融。有的田地布满稻茬，田野仿佛在休憩，但不萎靡。江汉平原的原野不同于华北平原的，即便冬天，也包含隐隐生机，把冬天小麦铺展的绿色给显示出来（而此刻的华北平原灰茫苍凉而死寂）。

我们往平原深处走去，我们去用湖边的晚餐。沿途的风景也是晚餐的一部分。我们把这段路走得悠闲缓慢，把车停在黄昏的光线里，用双眼吞食沿途亲切的风物——水杉细密的枝叶变红了，呈锥形地伸向空中；柏树一年四季的绿，和这时节的红杉比衬着给你们看；芦苇黄色的茎秆一丛丛地在河坡献出它们妥协的白花，弯曲地垂向河水、坡堤和你们的目光；白杨树灰色树干稀疏地伸向道路上的一线蓝天，顽固持守的几片叶子飘散下来，迎向你们的前窗玻璃，似乎在暗示你们，落下来，落下来，投入到这冬日家乡的醉美平原。

走向平原深处的晚餐，对往事的回忆加入进来，也构成了晚餐的一盘菜肴。这是你熟悉的平原。这道路的前身是泥土路，你青春的身影在这里栖息，你的足迹留在平原一角和你的记忆深处。一个少年向你走来，和你擦身而过。忽然，你看见路边的野菊花，一蓬蓬鲜亮的野菊花，这行走的野菊花，它们开得热烈而寂寞。发觉它们和你，依旧站在原来的地方。

一个赤脚少年采摘野菊花
为姆妈煎熬祛病的茶水

无人爱惜的少年能不怜爱它
一个少年爱上野菊花

谁会对他提出更高的要求
自生自灭又自恋的野菊花

这是我们的村庄，这是我们的平原。停在布满水塘中间的泥土路面，你们闲步着张望，平原完全没有了遮挡，上面的天空完整地显示出来。从鱼塘平静水面倒映出天空的一抹黛色云层，它的下方是微微晃荡的一排柳树的投影，在水中交融成一幅水墨。你们的身影和它们生成在一起，融入这一刻的影像。你们流连在这一刻，把这随时就要消失的风景当成晚餐的一部分（平原的美色可餐啊）。

乘着隐隐到来的夜色，你们列队走来的脚步声触动湖边菜畦地里的甘蔗的叶片，指指点点地走向湖边的房子。餐桌摆在堂屋的灯光下。灯光和狗吠声这时穿透门前的夜色，把这里的寂静加深了几分。晚餐即将备好。这是你们知晓的萝卜和辣椒，香椿和洋姜（晚餐佐料的一部分）。大铁锅中的野鸭子来自返湾湖的菖蒲水草间，甲鱼来自未被化工产品污染的湖水深处。晚餐的食材与佐料全是平原菜地和湖泊的供给。我们食用的是来历明确的不是采自超市用塑料薄膜包装的食品。你们将享用平原湖边农家低调而奢华的晚餐。

甲鱼置于桌面铁器火锅中，用平原的土法炒制。你们知晓它的大致做法（祖辈们传承的）。先要用开水烫炙（甲壳是可咀嚼的一部分）。炒制它得用本地的土猪肉一起火烹，放点平原的辣椒酱更出味道。它们在大铁锅中用柴薪燃烧的大火烧出来的滋味全然不同于天然气助燃的小锅里的味道。你们都看见了，这平原人家的厨房，砍伐好的树木燃料陈列在厨房一角。儿时我们常见的柴火灶台重现在这里（这是已故母亲曾使用过的类似的灶台）。你端坐在灶头往里面加入柴火，母亲在热气蒸腾的灶台上翻炒锅底的米粒，或在灶台一角，舀出油瓶中的菜油匀称散布锅中（那是两个人配合料理的晚餐，有时是母亲一人完成）。她一面在灶台上挥动手臂，有时弓身在灶头添柴火，把木柴和棉梗或稻草塞进灶内，控制恰当的火势。厨房的烟囱向外飘出断续的炊烟，当你从田野奔向飘扬的几缕蓝色的炊烟，你就知道母亲准备的晚餐就要做好，你和亲人就要回到方桌条凳组成的晚餐桌面。

你们依恋这平原的湖泊。家乡的返湾湖是所有食物的来源。鳊鱼，黄骨鱼，鲫鱼，菱，藕，河虾，鳝鱼，泥鳅，蒿芭和棘豆包梗子，一年四季湖泊的供给。湖乡的人们啊，一生就在湖里和湖边田地找寻食物。你的所有关于美的知识也来自湖泊或田野鹈鹕的滑翔，或伏或立的田田荷叶上灵动的水银般的水珠；来自不同角度的光影在湖水的不停聚合。英国诗人拉金说过，他如果创造一种宗教，他得利用水，去教堂，就得涉水。水在故乡平原的返湾湖制造了浩渺的神秘，童年和少年的目光如何也丈量或探究不了它。伯父放鹭鸶的鸭划子隐入莲荷篙排中。他的船舱会带来莲蓬藕梢菱角乌龟王八。它们塑造了你童年的胃口，你在外流浪饥渴的胃不断地嗅闻平原湖边晚餐食物的气味。

这是你们的怀旧得到满足的晚餐。八个人和条凳围着方正的八仙桌。你们放弃刀叉，使用古老的东方的筷子。有时筷子也不用，用十指捏着鸭子的细腿啃噬它的致密腿肌肉，甚至把手指放到嘴里吮吸余下的不忍丢失的好滋味（平原湖边最本真自然的食法）。你们用大碗喝酒，各取所需，不用劝酒斗酒，不把精力用在充满权谋的酒宴上。这啧啧称奇的晚餐中的萝卜有熟悉的甜味，妙合在鲢鱼浓厚的汤汁中。荤与素的必要的搭配。本地泡菜、本地辣椒酱拌在有野鸭肉的胃里获得中和平衡。

两扇门是敞开的。在喝酒的缝隙，看见堂屋外夜空中的星光。一条土狗在方桌下在你们十六只脚腿间和你们一同嚼着鱼头和猪骨节。除了胃口获得了瞬间满足，你们同桌亲人的面影在共餐中随即兴的话语或往事成了佐料，进入精神的胃部。在餐桌前你们起坐奉菜。你们的面影从多年前走来，你们过去的影像穿过渐浓的夜色比衬着晃动在酒桌前，你们不是一个人在此，是多个自我在这里用着时光交错的晚餐。

哦，是谁准备或排演了这爱的晚宴，是郑恺么？这个穿着皮衣围着围巾在灶前当着我们的面炒着虎皮青椒的郑恺。不，不仅是她组织了这平原晚餐（天地神人在贡献在安排和服务）。我们知道几个本地厨师在公路上穿梭。他们用平原的秘法制作了平生习得的拿手菜，就从厨房退出了身影，给我们留下一桌让人啧啧叫好的味道，深深满足了我们守旧的渴望的味蕾。

我们在平原湖边用着这穿行不同时空的晚餐，这由爱联系团聚在一起的平原湖边农家的私人晚宴，我们因了爱的因缘而聚合。在返湾湖边，在品尝中回忆，又在回忆中反复咀嚼。我们平原的亲人消失了，他们回到桌前，回到湖边夜色。平原的田野与湖泊喂养了他们，他们消失又重现，餐桌上出现然后再次走失。平原的田野和湖泊是超出了我们的存在。它的风物的贵重与稳定，是宽宏持久的存在，为我们一代代平原人供给食材，人们依恃它们而存活。现在它们继续喂养着我们，满足着我们祖传的胃口。当我们离开这堂屋的餐桌，从杯盘空无的桌面起身，步出屋子来到夜空下，星光在闪现。夜色掩护着平原的安宁。平原人家的灯光在夜色里格外明亮闪耀。掉过头去，晚餐结束后的堂屋的灯光从门窗倾泻出来，和满天的星月相关联，无声光照着我们平原晚餐后的归途。

                    2014 年，国营后湖农场

平原的夜色与白天

　　平原铺天盖地的夜色和你使用的汽车远光灯抵达平原的床铺。灯光平射出去的两柱光线穿透了无遮挡的夜色，让夜色中隐藏的道路逐一显现。你还乡的内容加入了多重的元素，变得充实且急迫。拎着衣物、从山姆超市里采购的送给平原亲人的食品，在被黑夜包围的房子的灯光里见到他们的面影。黑夜的还乡之途有了亮光，那小镇灯下的面影和夜色中晃荡的车灯光相接（没有爱就没有了家乡）。

　　平原家乡，注入了你的想象与情感。你离开却不断地回返，这缓慢持续的归乡。你不回返，生命是不完整的，是断裂的。你的爱缺失，还乡的道路就不平坦，早年消失了的人就不会重现，过去与现在就不会连接，你的酒量就会减退至无，你的生命便很快萎缩。

　　辗转弄到过去朋友的电话号码，相隔几十年后重听他失散的声音（失散多年，他活了过来），这是消失又重现的声音。这些年来，隐在平原的一角默默生息，他还在平原里活着没有走失。你充满爱意的还乡之途，让他中年的肖像和嗓音浮现在平原亮敞的白天。

　　从平原旅馆出来，在高架桥下坡路边，停在晴好的天空下。从电线杆望过去的天空，鱼鳞似的白云铺展开去。你等候她们的到来。平原故乡的天空下，天气晴朗安谧。

你曾一次次匆匆回到这里又逃跑着离开。你失意而灰心地离开生活多年的地方，你没有找到在此生活的依凭，没有和一个活生生的和你一样短暂生息于此的人发生爱情。你对平原家乡的爱空泛未曾落地，没有通过一个在此生活的人的眼光展开去观看平原。你对家乡的爱空荡而飘忽，没有根系，平原的河水树木道路田野与你是隔膜的。这就是你归来又匆匆离开的原因。

　　你等候她们来到你的身边。你观望着天色，听路边行驶的汽车轮子驶过的声响。小镇庸常的嘈杂声浪与气息让你觉得亲切。有爱存在的地方才有家，或者说，正在爱恋的地方就是你真正的家乡。

步行经过平原的河流

　　父亲柳保泽死后多年还有人在寻找他。一个姓范的老先生找到我过去工作的地方打听父亲的下落。他是儿时给我买衣服的城里的叔叔。那天他带了许多礼物给我母亲。范先生曾逃难于返湾湖，父亲将他藏在乌篷船搭救过他。父亲和古人柳敬亭有相同的地方。他也爱说书，那可是童年故乡的一道风景：乡民们围绕父亲而坐，在树影斑驳的月下人家门前，他讲薛仁贵西征、明代名妓玉堂春。中年他落下一脸麻子。父亲有一个来到我们村子做知青的干女儿，父亲的干女儿将我的大姐介绍给汉江边的一个孤儿。父亲认可木讷本分的孤儿袁某，袁某入伍当兵在北京。父亲体谅女婿，不行乡村风俗，让姐到北京姐夫的部队完婚。姐夫退伍回老家，到我们家探望他岳父。他岳父为其打制一件衣柜，让他用板车运回自己的新家。我被安排陪姐夫运送衣柜。那年我十三岁，第一次出远门。我们早早起床，姐夫双肩驮着麻绳，双手托起板车的扶手。我尾随其后，协助姐夫。同时可以看看途中的县城，还可以看看汉江，看看汉江河滩边姐姐的新居。那个少年的心里有说不出的新鲜，满眼里注满了对平原异地的想象。

　　家乡流塘口，被前湖（也叫返湾湖）和后湖（现已退为农田）包围。那块湖乡百余年前为古云梦泽的残余。云梦泽是洞庭湖的一部分。此地多河流，一条条河流相连，一条条河流消逝在通往长江的途中。我和姐夫出门，沿着家乡一条条无名的河渠，走在一条条河流的河边公路，当然是泥土路。我们那里流传一则歌谣：

> 有女不嫁流塘口，
> 流塘口路不好走。
> 雨天乱泥一团糟，
> 晴天泥干一把刀。

我和姐夫运行的板车的轮子从车辙缝隙滚行。那拖拉机轮子经过刻下的辙迹在晴天变成坚硬的刀锋，摩擦板车的底部，发出嚓嚓声响。路的右边是中治渠，家乡著名的河流，贴近棋盘式的田野和河边人家。那片田野是我时常观看的田野，读着它长大的。在出门与归来的路上，田野伴着我消磨掉步行寂寞时光。沟渠间是变化色调的稻田和冬日捆束站立的一垛垛棉梗丛。冬日雪后一望无际的麦子露出点点绿色。一片片田野中间的一排农家，农家晒台前的菜畦，是我熟悉倍觉亲切的风物。这是我们回家或出门必经的道路。缓慢地步行回乡，数着闸口，是第几排人家了，再一个转弯，看见两排水杉树，老家流塘口就近了。

我们的板车逆着回家的方向顺着中治渠往北走。中治渠北接田关河，南边通往返湾湖。田关河横向联通江汉平原有名的长湖和汉江支流东荆河，和318国道平行。我们的板车在泥路车辙间在两旁杨树护持下摇晃行走八里地就到了国道岔路口，右拐进入县城方向，从刀锋的车辙道到了国道柏油路面，我和姐夫运行的板车就轻便了。

板车背对了老家的田野，与老家越来越远了。经过后湖农场附近的田关河上横跨的拱桥（红军桥），那是平原的第一个变化。田关河水比中治渠宽一些，过了拱桥就是平原的另一个农场（高场原种场）。在拱桥头，看见与河面平行的杉树林中的后湖农场的场部，那青春时期时常出没的地方。毛泽东的塑像在场部的围墙内。那里有邮局、人民法庭、农场办公楼。院外有农场运输队、露天电影广场。这是距家乡最近的集镇（少年和青年时期见到的人变老或在那里消隐了）。

板车从拱桥下滑至高场原种场。下斜坡时，姐夫将板车扶手举起，板车尾部与柏油路接触产生摩擦，构成反作用，使板车滑行速度放缓。小小的我的身子拉扯着板车，让它在可控的速度中下行到平坦路面。很快地，过了面积不大的高场原种场（路边集镇）。紧接着，我们碰上高场闸，从此望见了总干渠。河里长满了水草，占据大部分水面，让本来很宽的河面变窄了。河面有些弯曲，被包裹的输油管道穿过低低河面。它往北通往江汉油田的机关（广华寺），再往北就是平原著名的小城（沙洋）。汉江穿过沙洋，从鄂西北流至此（进入中游）。江汉平原就在汉江与长江之间。平原河流闸口众多，总干渠无运输的功效，它是排灌的内河。江汉平原雨水多，这些河流通过闸口将洪水排放进大河。条条河渠相沟通。总干渠向南流往田关河，经过一个个闸口连结到家乡有名的返湾湖。

我和姐夫运行的板车和板车上的衣柜停在这里（闸口旁的十字路口）。在这里张望大大小小的车辆穿过。姐姐和我也曾经过此闸口。那年和姐姐步行过潜江县城，好像去看远方的王蓝姐（父亲的干姑娘）。在此看见了什么？变宽了的河流，与河水紧邻的田野，江汉油田的井架高高地耸立在那里。那年月城镇之间没有穿行的小巴，也是靠两条腿。姐姐右肩上挎着一个布袋（里面带着干粮）。我穿着母亲纳的布鞋，从哥哥身上退下来的旧衣裳。姐姐穿着灯芯绒裤子。尾随在她的后面（至今能听到姐姐步行时两腿裤料摩擦出的寂寞的声音）。在此到县城还有六十多里，县城在前面吸引着一个出远门的少年。

和姐夫经过这里时，没想到后面几十年会不停地经停这里。驾驶车辆，和我的朋友与学生，夜行与晨往，在闸口旁的十字路口转弯，隔着时光观望永不消失的路边树丛和一望无边的田地，以不同的眼光串联一个个交错的记忆。记忆被这个闸口覆盖或改写，添加在这里伸展的记忆。这里是我诗歌意象生长之地，在我看来，是平原的核心部位，对它有着持续抒写的热情。

与河滩相连的两边各有一条路，两条路两边各自站立三排树木护持着河水。略微弯曲的柏油路和布有水草的河水通向广华寺，那里有街道与广场、水杉公园、儿童游乐场、五湖四海会战到此的石油工人、高高的井架、上下起伏的抽油机。田野边缘的两层楼房让我好奇，齐齐整整的。路上走动的人们的形貌与我们不一样，有的脸上架着眼镜。妇女们的衣装和气质非同一般，肤色细致白净。你向她们问路，她们的态度普遍友善，她们的普通话新鲜好听。那是建筑在我最初的想象中城市的原型（那里有公交车，长长的几截相连的车厢组成的公交车晃荡着穿过平原，和输油管道一起，连结着广华寺、向阳、五七、红旗码头，它们各自独立又构成一个城区的整体）。十七岁那年，第一次坐公交车（五分钱的车票）从东到西从红旗码头到广华寺，在车上游荡闲观。我们逛油田城，羡慕油田的人民在平原荒地建立起人间乐园。和同学采购人字形拖鞋和缕空背心喇叭裤回到后湖农场执教的中学，和同学骑着自行车经过总干渠的公路，在闸口停歇张望。

以后到了县城工作，也常来这里游逛，不接受县城的文化，喜爱这里的公园广场和小集市，还有穿行在这里的操持不同口音的人们。油城的气息是开放的，透出与县城风格迥异的气质。常到这里去访友，置身在他们有暖气的房子，站在河中的铁桥上观望，进入文化宫旁的酒吧和电影院，经过十字路口的创意雕塑，从公交站牌的缝隙，远望被油田千里马拖拉机改造过的平展开阔的田野。

和姐夫在此停歇了十几分钟后，我们的板车继续沿国道直行。从树的缝隙看见了田野林立的井架。那年318国道路两边站立着梧桐树。树身粗壮挺拔，它们的枝梢交织形成绿色穹窿，我们就在这绿色通道下行走，太阳的直射被拒绝。路面和心里布满了温馨的绿意和斑斑点点的光影。在路的右边，我们缓慢前行，接近周矶（油田的总机厂），就停在路边的梧桐树下（姐夫抽着大公鸡牌的无过滤嘴的香烟）。我就在那里观看平展展的田野，泥色田野，完全没有遮挡，一直远接天边的地平线。

周矶镇是平原城镇与油田总机厂杂处的所在。那年和姐夫穿过这路边的信用社和三层楼的商场。油田单位的门牌上字迹工整讲究。处处看着顺眼。细细回忆起来，我和姐夫将板车停在路边油田某单位的食堂，在门店前讨了一杯水喝，停歇了一个时辰。我们的板车上的衣柜格格不入地停在这里。姐夫说，快到了，到潜江县城走了一半的路程。

姐姐穿着到北京探亲时穿过的灯芯绒裤子，在这里她得转一个弯，顺着这里的兴隆河，通往汉江旁的红旗码头。她放弃走国道过县城，借助汉江轮船可节省体能但延缓她到达的时间，在轮船上要过一夜。她独自步行在此转弯，向红旗码头走去，坐轮船在汉江下行到泽口码头，上岸步行到她的新家。

三十年后，我和朋友寻访红旗码头，眼里跳出姐姐孤单远行的身影。她肩挎一个布袋，布袋里装着母亲给她放入的炒米糖，途中饿了就吃上几块。我和友人在红旗码头观汉江，忆往事，看轮渡缓缓驶来，将此岸摆渡的人们托运到对岸江汉平原的天门皂市小镇，我仿佛看见姐姐蓄着长辫子的身影也穿行其中。

跟在板车后面，我随着姐夫又出发了。推运板车上父亲给她大女儿的嫁妆。它就要去填充姐姐一贫如洗的空房子。现在能清晰记得衣柜的颜色：淡红色。由家门前一株老杨树打制而成。一个同乡木工的粗陋手艺。油漆也没有使用，仅用土方色料轻敷了杨树的纹理，斑斑驳驳的（多年后，在姐姐的屋子还能见到这个衣柜，在父亲死去多年以后）。我心疼姐姐，我女儿的姑妈远嫁他乡陪伴她的唯一的衣柜。她在她的娘家干到二十五岁，拿着父亲积攒的给她的三十元人民币，坐火车到北京完婚，回来在遥远的异乡开创家业。在二十世纪七十年代中期，我们的父母我们的家族实在是再拿不出什么支援我的姐姐开始她的新生活——我的姐姐在他乡和身为孤儿的姐夫一起养育了两个儿子。演过阿庆嫂的我的姐姐能干无比，把两个儿子拉扯大，帮助他们建立自己的新家，振兴人丁不旺的袁氏家族。她的儿子以他们的蛮力来改变其贫困现实，努力把自己的生活过得像个样子。

我们运行的板车过了周矶小镇，上行七八里后面临一个上坡。我们来到著名的东荆河堤。东荆河的斜坡很长，爬坡的板车和上面的衣柜让姐夫和我不得不弓下身子，几乎贴近地面用力推行。姐夫的身影被板车上的衣柜遮挡，只听得见他的气喘和断续的吆喝声。我在板车的后部紧张地用力推车。我俩把力量集中在一个点。不然，板车会反向下滑，或侧翻到坡旁长有杂草的水沟。

多年以后，路过这里的坡地，除了观望东荆河宽阔的河床，思绪跳荡出和姐夫于此匍匐推车变形的身影。我们推行的板车终于缓缓到了桥面。东荆河桥面两边装有路灯，这是我早年见到的最长的拱桥，长近两里，横跨在由滩地和河水组成的东荆河河床上。我们的板车可有可无地走在桥的右边，过往的汽车不断地向它迎来或从后面超过它，扬起桥面上的灰尘。我们把头低下避开那有些嚣张的快要靠近县城的尘土。

东荆河，江汉平原重要的河流。汉水的支流。它流经江汉平原腹心地带的一个个小镇（熊口、渔洋、毛市）。那里有微妙的坡地，坡地上长满绿草，水牛在那里吃草和闲卧。乡民们用南方的木船将路人摆渡到河对岸。有的使用柴油发动机突突地穿过清碧河面。

东荆河两岸有多少个村庄和渡口？我想步行走完东荆河及周边的田野，考察平原人家的习俗。从汉江与东荆河交界处出发，一直向南，弯曲的河流经过不同的村庄与集镇，跟随它进入另一个县城（监利、洪湖），一直到武汉的汉南区（江汉平原的起点），观看东荆河如何把汉水和长江相连结，将两条古老的江水沟通，如何在这里把平原冲刷形成。

我这个随着家乡的中治渠流转到田关河，从田关河又转入东荆河，从长江转入黄河，在北运河边生活多年后又回返江汉的平原之子，试图在余生探测平原的河流的水系（交错的走向）。江汉平原的河流，它是平原的血管交织在我们平原的身体里。这故乡的河流，流经我们生命的河流。

我和姐夫和板车紧张穿过东荆河桥（没有时间和心情观望河滩沙渚与曲折河床）。从西边桥头的毛泽东的头部塑像到东边的五星红旗的造型，板车又将面临漫长的下坡路（下坡与上坡一样困难，充满了变数）。一个少年跟在板车后面跑动。一个中年男人没有一丝放松，紧张地抬起把手，板车尾部摩擦着路面，不可阻止地滑行。淡红色的衣柜轻微晃动，麻绳也勒缚不了它，好像随时倾斜出离（我跑动的身子在旁边试图阻止它的出离）。半小时的紧张过后，我们的板车靠近袁桥村，路面开始变得平缓。姐夫擦拭着脸上的汗珠，说，潜江县城快到了。

在接近县城的西门，我见到从来没有见过的绛红釉质酒缸。我们的板车和衣柜停在哪里，和姐夫去干了些什么，那天到县城时是什么时辰，都记不清了。好像太阳偏西很久，在县城停留的时间也短。不容许有过多的耽误，必须天黑前赶到姐姐的新家，从县城到汉江边的姐夫的出生地还有三十里的路程。是的，到达县城的记忆退到模糊地带。但有一个细节倒是逼真，不断地浮现到记忆中来，那是胃记忆。我和姐夫吃了一碗平面。这碗平面引发出县城的十字路口（繁华地段），在个人的时间里幽幽浮现——多年后，到县城工作，过十字路口，偶尔回忆早年和姐夫停歇的地方（过十字路口上行就是新华书店）。路口的面馆现在变成服装店。塑料模特停在玻璃封闭的店面里。那年某月某日太阳偏西，主街的路口，热气腾腾的面馆，人来人往的喧嚷中，你和姐夫站在面馆旁，吃了一碗平面（八分钱一碗）。这是姐夫在你即将到达他家乡前，对你一路颠簸劳碌的犒劳或慰问。那一碗平面是怎样的味道呀，它抚慰了那个少年的肠胃，刺激他十三岁的神经。那是，他第一次吃到面条（湖乡长大的娃哪能吃到面条与馒头啊）。细细的面条卷曲在大碗里，酱油使汤面的颜色呈酱红色（他的胃第一次接触到酱油），酱油陌生的味道让碗里的平面变出全新滋味，那撒向面丝上的点点绿葱加强它的美味（这碗平面至今让你独自细细回味）。以后你走南闯北，享用过北方不同面食，没有在平原家乡吃到的这碗平面来得隽永悠长。多年后和少言少语的姐夫提及那碗平面，姐夫只是笑了笑，没有参与你对河流往事的回忆。他可能早已忘记那碗平面。

雪原葬礼

1983 年岁末的第一场雪下得前所未有的大。那场雪下到我的梦里去了。在 Q 城某小区的单元房里醒来，对女朋友说，我的外婆快要死了，我要赶紧回去。外婆在梦里给我报信。她在叫唤我的乳名。

地面厚厚的积雪。女贞树和柏树披上了雪被。风雪好像停歇了。亮晃晃的天地。匆匆出门，我要回到六十里外的出生地，回到外婆的身旁（见她最后一面）。汽车站。车辆顶篷上厚厚的积雪。所有车辆暂时停运。只得步行，从县城大转盘绕向西门，转入 318 国道。车辆印辙交错勾画雪地，不见柏油路面。车辙里疾行，不时掉头张望（看有没有客车开过来）。道旁的梧桐树变白了，积雪有时散落几块正好落在头上。沟渠和河流被雪填满，持平，和田野混淆。一望无际的白，衬出冬日平原天空的淡灰色。

老家的贮藏室有一个矩形的婴儿床。木制的，四个扶手上雕有四只狮子的图案。那是我们家最讲究的类似文物的器什。母亲曾指着它说，你们四个都在中间睡过。姥姥就是用它将你们带大的。姐姐出嫁了，有了儿子，那个摇床被运到平原边缘一个叫汉南的小村，姥姥跟随这摇床远行，帮姐姐抚养大两个儿子。上初中时，姥姥在我们家消失了两年，被一个远亲请去照看小孩。我的姥姥，她这一生带大了多少个孩子？

到汉口儿童医院去探望产后的女儿和她母亲怀中的外孙，一

185

瞬间，想到了我的外婆。怔怔地望着外孙，仿佛看见我的外婆抱着我的模样。六十岁的外婆布满皱纹的脸望着我，推动摇床，哼叫我的乳名。在那间挂着布帘的产房里，婴孩出生时清晰的叫声从过道里传来，加强这里的肃穆的寂静。外婆无声地向我摇晃着走来。

兄长将那黑瓦的平房改造成两层楼。外婆和母亲都不在世了。我电话里提醒他，把那摇床存放好，不可废弃。每次回乡，拎着行李上楼，看见木制的摇床陈放在楼道转弯处，它变小了，灰旧了，木质纹理在时光中剥蚀。文物式的我们家族的摇床，这是外婆的遗物。她没有遗照。心中住着她的形象，她的小眼睛她的发型她的因牙齿脱落而变形的起皱的脸。我们供奉这变小的木制摇床。

外婆的家在出生地南面不远的村子。六岁的记忆里，外婆的房子是一间小屋，在叔伯舅舅高大屋子的旁边。外婆的两个儿子在中年病逝，抛下她一人。五十岁时她被母亲接到我们家。时常记起她的叹息：唉，我这个孤老。父母到田里去了。外婆在家里料理我们的一日三餐，带着小孩还要喂两头猪。大姐说，我出生后，母亲住进县医院。姐姐那时还不到十岁，一个人走几十里路到城里看望母亲，姥姥料理家里的所有事务。我出生时候太阳刚上树梢，一头花猪在菜畦里滚土，我在外婆怀里啼哭。上高中了，我回到家里，还和外婆睡在一起。夏日，她用大蒲扇给我扇风。她用左手将我的头揽着，右手把持那把大蒲扇，慢悠悠地晃动。睁开眼，它停歇几秒又开始摇晃，整夜外婆手中的扇子从未停止——在那间有些暗的靠西边的偏房，和她常睡在一起的地方。外婆叫唤：仙儿，你过来。我看见她手里捏着一块灰布，低头一层层地打开来。她布满皱纹的手，手指甲缝里还有猪菜的残余。最后一层打开时露出包缠着两角或五分的纸钞。她将带皱褶的被过分使用的人民币塞到我手中，然后，站在屋檐下望着我背着书包离开。

河边的杨树孤零零地立在河床沟渠边。河渠结了一层薄冰，冰面上敷设一层白雪。我在往出生地赶，奔向老家的田地，我们家的黑瓦的房子。外婆她不再站在屋檐下等我回来。在奔往外婆身旁的途中，看见东荆河宽广的河滩上的小麦被雪压住了，不见往日的绿意。河床中间唯见一点深褐色河流，河水变细了，在雪的侵占下。这是在奔丧途中至今清晰的印象。那年我的心里想着的是快些到达外婆的身边，能见上她一面，让她临终前如愿见到她呼唤的外孙。

十七岁那年，某天从学校回到老家度假。外婆年纪大了，走路颤巍巍的。她裹着小脚，拄着拐杖，从泥地的堂屋到房间，用小脚摸索着不平地面，趑到我读书的桌边。她想跟我说话。我看见老人家的眼睛布满翼状胬肉，她的视线变得模糊不清。脸上密布纵横交错的皱纹。嘴里的牙齿落光了。她看不清人了。我握住她的手。外婆多么孤单，她抚养的人长大了，不需要她了。一个人什么事也做不了，在屋子手持拐杖悄无声息地寻找我们。

平原雪地的广袤衬着孤身一人。我来到了东荆河下坡的地带。我离开车辙，踏向被风抹得平坦的路边雪地。一辆客车开过了，给它让道，同时陷在路边的雪中向汽车招手。当车放慢车速，移向车辙，几乎强迫让车停下来。慌张地对司机说：我的外婆快死了。车上挤满了人，穿戴厚厚的衣帽，有的唇须上沾着雪粒。

望着雪中通往家乡后湖农场的公路，只有一个意念，缓缓行驶的汽车开快点。红白相间的客车经过田关河的拱桥，转了一个大弯，绕过后湖农场的西边的岔路口，一会儿在分场靠近国道的岔道口，我跳下客车，向南步行。

路面变窄了，没有车辙和人迹，动物的印迹点点斑斑。中治渠河面一片白，路边的粗壮不规则的杨树在雪的披挂中露出褐色树身。渠水细细泛出冷冷的深蓝色的水浪。

我分辨出了道路和一个个岔口，数着一个个闸口，眺望熟悉的田野，它在雪里变了模样。熟悉的一排杉树随河水转向流塘，又转了一个弯，过一个闸，再直行，望到了田野前面一片人家。黑瓦不见了，家家户户屋顶着雪。我来到菜畦跟前的石板桥，看见老家的屋檐，红砖墙在雪的衬托下冷飕飕的。

跨进门槛，外婆一身黑衣，她细小的尖尖的小脚朝上，平躺在堂屋的木板上。

外婆是老死的。她没有生过病，她的身体没有病魔。一生不认识医院。外婆八十三岁的身体滑下床铺，被扶上床还会嗳嗝。冬日睡了几日，呼吸渐渐微弱。她叫唤我的名字。最后，她吃了我母亲给她煮的两个鸡蛋，闭上了眼睛。

外婆娘家的人——我唯一的叔伯舅舅——和父亲坐在她身边。我插坐在他们身边。姐姐也从婆家赶回来。我们在一碗菜油的灯下守着外婆。那年二十来岁，第一次相信通灵，外婆临终前叫唤我，传到了我的梦里。"曾母啮指，曾子心痛。"我相信亲人之间的第六感应。不管你身在何处你们之间心是相通的。外婆躺在我们身边安静、无声无息。我对死者的身体从未有如此的亲近感，一点儿也不害怕。

平生看到过的最明亮的葬礼是我外婆的葬礼。我们送外婆入土，跪在雪地。所有外婆哺养的人都来为她送行。太阳出来了，雪野晶灿灿的，亲人的双膝沾染雪粒，我们跪向雪野，跪向外婆的遗像和她的棺木。这太阳和风雪参与的葬礼：严肃而明亮，美丽而忧伤，寒冷而温暖。

这是我见到的最美的葬礼：雪霁时辰，乡民和亲人迈向田野，田野覆盖厚厚雪被，外婆的坟地耸立在雪野，白茫茫雪野与蓝天相连，阳光普照天地洁净无尘。

最早的爱的教育在外婆的怀里和夏日一张大蒲扇的护持下形成。外婆没有用语言来表达爱，只有一把蒲扇。

外婆给出了她生命中对我的关爱，超出了我一生的愿求。我像外婆一样将来自她的愿望传示给同类，如同外婆用她的生命传示我。她给出，不计一切。对一个具体的人充满感情，转而传达于世。

在我的精神世界，外婆就是神，忆念中，她已转换成可触抚的爱神。当你心里有了爱，你什么也不惧怕，即便面对外婆尸身。她的灵魂转化成无所不在的不受肉身束缚的灵性存在。我在异地的梦里听到她的传言，让我在雪中听到她，奔向她，风雪无阻。

在临终中阴里，外婆叫我的乳名。外婆正要投生转世，离开她的亲人，这个由生到转世的间隔时间很长，她在等我的到来，让我停歇在她临终的中阴里。她以她的临终现场给我开示，让我知道她不是外婆，外婆只是一种五蕴的集合体，所以在实相上究竟上，她不是我的外婆，我也不是她的外孙。她以其死开示我，让我得解救，让我知晓我处在幻觉中，在死亡前学习，别害怕死亡。外婆在这中阴的时间稍长，她停歇了几天，等我到来见证生命中重要的时刻，让我陪伴她，在一盏菜油灯下，转身虚化成神。

多年后的某个黄昏。兄长打来电话（他在外婆生活过的地方走访亲戚）。我的同胞兄长，一个人去参加老表七十岁的酒宴。我们的亲人小脚姑妈也早已去世，但她的儿子还在，带着姑妈的长相或与祖父相似的容貌。那可是最后的相聚，将和亲人一样，隐入幽冥。但那里的原野还在，亲人们的后代，方言与风俗保持在那里。我想念外婆，看见外婆夏日在我面前摇动大蒲扇，那就是爱。外婆是不死的，在我的身体时常显灵，我在故乡的雪野奔向她。

过 年

　　过年啊，图的是那个气氛那个滋味，那童年的等待、温暖与喜庆。江汉平原乡间的春节其实在腊月初就开始了。腊月里人们开始杀猪，就能嗅到年味。每家杀猪，都要请亲戚去喝汤。某某家杀猪了，我们要跑过去观望。一年到头，乡民的年货来自养了一年的猪。随之而来的是杵糍粑、熬麦糖、切米糕、开油锅。每户人家备有一个或几个酱色坛子，炒米、油饺子、方形米糖都陈放里面。坛口有棉絮布块蒙上，上面压一个圆形石器，防止透气。这一坛子炒米糖要吃到来年的初夏。那是你牵念家的诱饵，饥饿的童年在那里获得无比满足的美食。

　　腊月二十四，农历小年。农户人家开始扫除屋尘，以沐浴、理发来除旧迎新。新桃换旧符，门楣张贴上郁垒、尉迟恭等门神。一年终得祭众神。五谷皆熟为有年，过年即度厄。人们在草垛准备赶茅狗用的火把，或在田埂燃起茅草，举着火把奔跑，和野火一路啾啾地燃向荒天野地。

　　除夕，夜里全家人围炉夜话，所有的灯得通宵亮着。家家户户灯火通明，除旧迎新，新年在等候中到来了。邻村玩龙灯的纵队过来了，然后是划采莲船的人群。乡民们参与年的喜庆，化了妆成了民间的表演家。家家备了鞭炮欢迎，还得以烟茶钱粮相赠。玩龙灯的要到每家堂屋梁上取红。所谓取红，就是在堂屋横梁陈放几包烟和少量的钞票，用红布包裹，让玩龙灯的人搭成人梯取走。那一刻，家门前和堂屋聚集喜庆送恭贺的乡民，那是怎样的活泼怎样的跌宕自喜啊！所有人家的狗都串通开来，钻到任何一家的桌底嚼吃剩下的骨头。牲畜也感染到过年的气味，变得生动自在。

过年，你爱哼唱戏剧《白毛女》中的唱词——雪花那个飘啊，北风那个吹……人家的闺女有花戴，你爹我钱少不能买，扯上了二尺红头绳，给我的喜儿扎起来——那可是最早的人伦情感的启蒙。过年，穷人的节日，显出富足的人情味。正月初一，新上门的堂兄嫂端来红糖水里的四个荷包鸡蛋。初三以后，村子人家前走动着拜年的队伍，穿着新衣裳手上提着年货。你等候着伯父发放压岁钱。那是过年庄重的仪式，压岁钱按等级来分发：姐姐最多，一元；哥哥五角；你和妹妹只分得三角和二角——现在，前辈们都走了，你开始给晚辈发放压岁钱了。

没有了父母的年在你看来就不叫年了。没有了过年的心境、气氛与感应，没有了鞭炮声中赶回家乡的急迫与紧张。没有了父母的春节年味淡漠了，尤其是女儿离家独自生活后。你的春节开始漂泊不定，在哪里过年无所谓了，甚至过年时愿望独处。你喜欢过年的孤寂胜于过年的热闹。过年的热闹气氛压迫着你，反衬着你的孤寂感。父母双双逝去后，你断续在兄长家过年，过年的心境变得复杂。回乡就是见见在世的亲人。他们在打牌，喝酒，人就觉得安慰。他们与你共世，同时在变老。从邻居家的小孩，想到他们前辈在世的肖像。一代代有如落叶。

2016年，在胞兄家过年。之前，从武汉回到县城，在女儿的出生地，按本地乡俗嫁娶，为其举办小型婚礼，然后就在老家过节。女儿第一次和我们分开，在她婆家过年。那种不适应感在老家得到了缓解。一家三口第一次分开过年，内心敏感，年过得慢。牵念女儿在他乡的种种不适应。正月初二，早早安排侄女婿用车将他们接回来：这是她爸爸的老家，也是她的。她们乘坐的皮卡车进入河边公路，出现在村口的石板桥，女儿从车上下来步行。她的红呢子大衣照亮了我的眼。我急切地从楼上跑下来，人的心不知为什么剧烈地跳动。兄长按习俗燃放鞭炮，女儿在鞭炮声中回到娘家来了，回到了她父母的身边，回到列队的亲人身边，她伯父屋檐的灯笼下，大门前的红对联前。

我们兄弟二人未曾得子。兄长生了三个女儿，他想要一个儿子的愿望最后落空，将其三女婿以乡俗入赘。和兄长吃团年饭的时候，侄婿为我举杯。他说得先为我敬酒，然后是他的岳父。他说，我是这家的客人。我愣了愣，觉得也有理。父母早逝，兄弟独自成家，回到胞兄家就是客了。兄长有此上门女婿举杯相敬，不可再维护从来没有分家的幻觉。他们又是一家人了，你就是客人了。我举起了酒碗。喝，一口饮尽大碗里的白酒。

无论如何，年还是要在农村过。某年，从城里赶回到老家，沿途在集镇添加些年货。车顺着河边的公路行驶，转弯直行到一户人家门前的马路，看见家家户户门口的对联贴在了大门两旁。团年饭的鞭炮声此起彼落。乡村过年的气氛或记忆给唤回来了。我们这把年纪的人，是从农村一年年过过来的，年味还是在乡村里来得有趣味。一个生长在乡村、如今生活工作在城市的人，不要在城市过年。每到春节，所在的城市变空了，像一只飞走了蛾子的空蛹，你会感到人在异乡的寂寞。你拒绝在城市过年，不是说拒绝城市文明，是发现新年到来的时辰，城市是一个不断被异乡人踏中的陷阱。什么是节日呢，用德·皮柏的话来说，节日的本质是"生活平安、期待和热忱的结合"。城市过年的滋味是什么呢？按家乡的说法，就是让人感到生分。一种冷漠、被遗弃的感觉。灯光辉煌，长街空寂，城市越来越空洞，以至于越来越陌生。哪里有自在、热忱、温暖的气氛！

而在乡村，农历的春节绝对是自在、热忱、温暖的，人们充满着欢愉，这种欢愉有些盲目，却不影响他们心中虔诚的祈禳——为仍然可能是充满艰辛和苦累的一年祈福禳祸。除尘清扫、敬神祭祖、杀猪宰鹅、斗酒划拳，他们敞开欢乐，这种欢乐感染每一个人。而城市的春节，其欢乐则是隐秘的，它令人感到生涩、单调和枯燥。除了至亲好友，城里人在春节里的大多数时候闭门不出，也容不得陌生人的搅扰。把节庆变成了一种自娱，他们并不参与欢乐本身，而是退避在一边。在同样格局的客厅看电视，手持遥控器在几十个频道找欢庆的歌舞，滑稽幽默的相声小品——就像春节的一个旁观者。某年，你在城市的街道闲逛，没有人知道你逛什么，只有自己知道你的心是在往老家的路上走，你想回家过年去。

车经过一个节制闸，望见兄长一身黑衣站在家门口。他在张望我的到来，那是熟悉的身影。团坐在方桌前，在吃团年饭前把鞭炮点燃放响。兄长的身影有些弯曲，背有些驼了。忽然间，我看见了逝去多年的母亲。多年前，她也是站在那个大门前，张望等候小儿子回家。在那个世界，有个人的心跳，曾是我们的心跳，有个人的血液成为我们的血液。我们蜷缩在她的体内，而今，我们的姆妈在哪里？

近些年，每到过节，要问候一个在北方的朋友，问候他的年在哪里过。他是和我一起过年的人。在北京生活那些年，每每过年，就想着南方老家。在皇木厂过春节，除夕早上，听到密集的鞭炮声，走出院子，小区的道路都炸红了，全是燃过的鞭炮的纸屑。据知情人说，小区每年过年要燃十万元的鞭炮。但我感觉不到多少年味。

有一年我和他没有回老家，都住在小区的两层楼里，我们想念江汉平原的亲人，在北方的天空下过年虽有安慰但索然无趣。京城过年看庙会，也没有多大意思。你觉得那是在异乡，没有一点过年的气氛。我们离家乡越来越远，把在京的朋友聚在一起，把正月初一的酒桌转移到围墙内的院子，在北方阳光的照临下，虽有暖意有异趣，但阳光还是有些虚薄。面前的酒好像喝不动了，身体发动不起来。团坐在西餐桌前的面影沉默着不动筷子。

我把和我一起过节的人记在心里，一个人独自过年时会回想起来。父母不在的年可以在任何地方过了。父母不在可以远游，可以在任何地方把这年打发掉。和你团年的人变得多起来，和你过年的人变成和你没有血缘的亲人。

年总要过下去，与你自己和你的亲朋。某年，她来到你的身边，拎着一个大箱子，在地铁转徙。她带来超市的食材，最后从箱子取出两朵玫瑰花。花照临你眼目。那一刻，你的心忽然变得柔软。两个人面对几碟菜，两个人举杯，没有多少言语。在春节的鞭炮声中，你们用着在异地他乡的团年饭。又一年春节，一场小雪过后，从菜市场跑回独居的房子。她来寻访你，在屋子协助你收拾家屋，指导你过节时如何烹饪土鸡火锅，穿着罩衣的临时女主人在厨房忙碌，陪你过了农历小年。她牵念你的饮食。你把年过得无所谓了，但有一个人防止你的消极。你开始爱你的每一个新年，你的年越过越少了，不多的年可要正常地过。和你过年的人越来越少，即便你一个人，也要把这年过得有滋味。

某年，在海南海甸岛，你在友人的别墅过了一个年。家里人因故不能随往，自己就独行，想着避开武汉的阴冷，贪图海南的暖和。人有着强烈的独处愿望。单位放假，人油然生出解脱感，一个人飞往海南。在三层楼中，独自料理自己的饮食，潜心读写，却被异地的鞭炮声纠缠，这人世的喜庆那么执拗。散步到海边，它也追踪你，甚至响过一浪浪涌来的波涛。正月初五，离开海口，坐高铁到三亚，你和朋友们相会，那是跨年独处后与友人的相聚。你们穿着夏日的短衫，频频举杯。你记得他们的名字：李少君、薛舟、阿西。你们在一起，过了农历马年，也可能是最后一次一起过年。

　　你理解国人在春节倾注的与生俱来的感情与记忆。岁末年初，神州开始大迁徙。古语云，人入新年，形容改从新也。不管有钱无钱，剃个光头过年。再穷的人也有自己的年，要把这年的喜庆过出来。穿上打补丁的干净衣裳，好吃好喝，又唱又跳，出屋拜天地，进屋拜祖先。那种天然的与生俱来的感情如何得以消解？父母不在了春节还在，一代代人要把年过下去。一个民族共同的节日，这节气与祭祀合二为一的年。

　　早年过年，你和父亲在除夕吃团年饭前到田野一角的坟地，为先辈的荒冢培土，然后为其点灯。跪在坟头打碎祭祀的钵碗，米饭和菜肴散落于坟前。觉得早逝的祖辈和你们一起过年，一起在除旧布新。

　　你和父亲走在回家的田埂上，回望暮色苍茫的田野。坟茔上的油灯点点晃荡，和家家户户彻夜不眠的灯火相呼应。生者和亡灵笼罩在古老的年的光影里，处在梦幻般的现实迷离的化境中。过年，人们倾注在世的欢喜与感激。对家国的情感，就是这节日给培养出来的。"王者之民，浩浩如也"，中华民族的天才性情被独有的节气与祭祀合一的年给塑造出来了。

山房挂在山坡上

连绵山岭之间的山道弯曲，当车路过楼房高低错落尘土飞扬的小镇，柏油路上两边的山冈铺展开去，高低起伏于峡谷两侧。少有直路，多是 S 型山路，遵从山地形貌。越往里深入，山岭益高峻。从山涧蜿蜒而至的溪流出现在探出窗外的视线中，绿色树林层叠，涌动在密布的山冈和云天下面。你发现这里的空气湿润，掺和草木的气息。夏日路过时，温度比经过的小镇低好几度，从汽车的仪表显现出来，你的心境随之变化。你在向无名山地延伸。有时，山道近旁是险峻的陡坡，长满灌木和矮树。另一面，透过树的缝隙和水库的清碧可以望见山腰人家，云气在那里蒸腾变幻。

这隐藏的国土美丽，超凡脱俗。山地似乎知晓自身的美丽和宝贵，也不招摇，处在安静自持的天然状态。这就是一块飞地，在到处是卡车轮子扬起尘土、挖掘机张扬铁臂的现实里，这片山地呈现它的绿色与宁谧。你用爱惜的目光打量这未被破坏的山水、草木植物、路边人家和一片片山石。这样想着，车渐渐驶向一个高坡，然后，俯冲滑入渐缓的凹处。你将右脚离开油门，车在坡地滑行。山道呈现其全部的柔曼弯曲的线条，夹道的樟树随着路的曲线也俯冲向下。车在这里描画出一道弧线，晃荡在山路树影的斑点中。

车滑行到平缓的道上时，层层梯田牵引你的视线，随之而上直抵耸立在天空下的山峰。当春日路过这里，你要将车停在路边的空地，在这里拍照，将这里风物地貌纳入颤动的镜头。山地油菜花不像平原的一望无际，一垄垄攀崖向上，到达山腰的坡地。油菜花的运动与层次显豁，好像要开到天空中去似的，给晚来的春的山间描绘隆重喜庆的金黄。

初夏，半月形的水稻田蓄满了泉水，如一面水镜，山的倒影投映其中，你从车上看见山水间形成的水墨画卷，三三两两的山民在这幅图画中插秧，他们后退插秧的弯曲身影是画中的特写。到了初秋，这里金黄稻田与山间黄枫构成色彩的响应；而到了冬季，雪铺盖在这里，则是另一帧静雅黑白照片。你就这样走在四季不同的画卷里。在其中，你归来与出离，心情和风景相契，柔和而欣悦。

每每在一个岔道处转弯上坡，车开始有些吃力地爬行。之字形的山路盘旋绕曲而上，迎向转弯处的巨石，在此能看见自己的山房：三角的屋顶，柱廊挺立在那里，灰蓝色的墙体背靠山头，云彩下的苞茅环护房子。第一次在此看见它，是你从城里返回建设中的山房工地。停在这里，它们在绿色草木之间，灰色裸砖墙砌了一半，房子还未成形，还在建设之中。一次次归来和离去，你都会在这转弯处的大石头旁停观。山房挂在山坡上。

冬日，草木凋落，山房无遮挡地显露全体，坡地的护栏、房子的柱廊和墙体在阳光中发亮。夏日，山房显露一角，隐居草丛中似的，融入山体。

山头下岩石草木草丛间的房子，是你的新家，你寄身其中。这是你在世唯一亲自盖成的山房。你归来，听见心微微跳动，山房在等候你，在那个山头张望你归来。

某日，一位画画的友人驱车来参观山房。你步行到此处迎候他。你指给他看，那就是山舍。他未熄油门的四驱吉普车在身旁轰响颤抖。他说，住山的人不是高人就是匪盗。我领着他经过一棵百余年的老樟树，下行通过洼地和另一处从山坳石头边流出来轰响的溪流，再一次开始陡峭地爬坡，一直斜插而上。又一右拐弯，避开结满果子的柿树，车像驶往云层之间，一阵陡峭的紧张的爬行后抵达院墙前一块平地。白云下的房子，庭院出现在他的面前。

山舍庭院拥有辽阔的视野，当你和友人走进院子，可以看见山坳和山坳对面起伏的山峰。向东则可俯视抵达山舍的弯曲公路。山坳对面山峦起伏，山腰间有与你的山房对望的房子。向南仰望别一处山头，那是山房附近的另一处山峰。你常在回廊和院子悠然见到它夏日的青碧、秋日的黄色锦堆。到了冬天，那里的积雪比你山房附近的雪融化得要缓慢些，长时地保持它的霜雪的起伏尖顶。

你和家人弃车步行而上，寻访山房附近最高处，且登且歇，沿途观察自己山房附近的地形，高岭的走势，水库的位置，瞭望更远处的层层群山间生出汪洋似的白云，向你们所在的高处飘荡而来。"荡胸生层云，决眦入归鸟"，杜甫的诗句好像是从这里生发的。你还要到何处云游？你就居住在风景里。当你俯瞰山房屋顶蓝色的波浪形的瓦片，房子整体处在阳光的山岭的中间。褐色水泥瓦，柱廊与墙体，庭院中的石路，石路边的黑瓦平房，平房前的池塘，清晰可见。从那里将视线缓缓挪转，平时在山房院落见到的水库完整地显露，在山岭之间阳光中镜片似的发光。云天开阔，山地安详，轮廓分明，高地互衬。大崎山在天空下，你的山房寄于它的群山中一个独立的山头，与另外山头间的人家相互呼应。你们的山房就是这天地之间的一点。某日，一位擅长风水的友人来访，于庭院观望山房的风水，言及它处在山的环绕之中，如同太师椅稳坐在弧形的山坳，背靠的山体平和地垒叠而上，经过一片林地之后朝向更高的山头，耸在天空下面。山房的地形险峻又平和，你在室内探出头或关闭窗户的瞬间，看见房子背面的矮山通向远处叠积的高山，这仿佛塞尚描绘的风物，他的圣维克多山绵延到这里。

夏日夜里，夜空星斗映衬下房子的柱廊耸立。房子的线条轮廓整洁大气肃穆。屋顶之上的星月在轮转。你走动在院落，它们跟随你移动，山房也处在星月的光照里。观看它们成为你的功课，它们统治了这里的晨昏。它们是这里的帝王。你只不过是它们投射的影子，借助它们的光而暂时移动。在这里，你与山峦对视对话无语，云生于山峦之间，向山房的回廊庭院铺展过来。有时云雾填满了山坳，山房与对面的山峦形成一个平面。人世脱离了，只有这云气的主宰。当云雾退去，山坳恢复其原形，山脚下的人家和道路在你的俯视之中。你的山房还在人间，与之构成呼应，平视对面山体间的房子、电线杆，甚至听到那里升起的炊烟中的鸡鸣。燕子或喜鹊还有众多无名的鸟在前面盘旋。一只鹰正在天空下飞过，在池塘的上空，它时飞时敛翅滑行，赶往另一个山头。鸟扩宽了山房的空间，你把山坳人家的屋顶和远处山头的云朵纳入视线。你喜欢山房的方位和高度，在群峰之间又在人烟之上。

你陪来访的友人前往对面山岭间的人家。下山，穿过熟悉的山路，向那山地驶行。路当然弯曲，不过倒平缓。绕曲抵达那隐藏于山间的湾子，水塘丛竹果树围绕的人家。平和的山峦在这里静息，环绕不离人间烟火的村落，你的车到达这里成了一个事件。村民们出门围绕你们闲话。他们不用空调，也不与外人间隔。他们可以骑着摩托弯曲下山，走访亲戚，没有人事打扰他们。你对他们说你住在另一个山头，是他们看不见的邻居。你向更高的山头行走，在一个坡地，隔着山坳平视辨认你的山房：高耸的山头下面的山岭，你的房子变小了，几乎混淆在山体之间。你们继续搜寻，用相机的潜望式长焦镜头把隔着山坳的另一个山头间你的山房拉到眼前，山房毕现，坡地回廊中的桌椅甚至走动在庭院的珍珠鸡显现出来。你建设的山房在山之阿，它是天空下山岭的点缀，你的一件行为艺术作品。

秋天到来了，我们去摘柿子，来到一户平常人家。她的院子坐落在公路另一旁的水库边。女主人拿出柿子让我们吃，且吃且送，不可推却。好像说，这不宝贵，山里有的是。好像在说，她富足得很，如同盛产的柿子，生活甜如柿饼。她把我们当成城里的人。我想对她说，我是她的邻居。在她家的庭院，闲闲地观着这里的山景，葱绿的山村，秋给这里染上不同于夏日的色调，可谓层林尽染，色彩斑驳，阳光也明亮，一并无声渲染着山地的静谧、平和与富足。我在那里转悠，越过一脉山岭，望见另一座更高的山岭山房隐现，目光停在熟悉的柱廊上。忽然明白那是自己的山房，灰蓝的屋顶和北面的白墙，柱廊只看见两根。观望中退远了似的，成为另一帧图画，挂在那山岭之上的山腰间，那么亲切的山房在另一个角度被看见。我们和女主人挥手。是这样的，我和她同居这片山地，从她院子的柿树下，可以看见你隐藏的山房。

每每经过溪流之上与公路混合一体的桥面，沿着栗树竹丛苞茅的坡地延展向上，能看见山房的轮廓。路过这里将车速放慢，视线探出车窗，窥视它灰色的轮廓，几秒钟就不见了。夏日，山房被层层丛林草蔓遮挡，你只能见到它的一角。三角屋檐，像一个守望塔，它在那里望着你的离去与归来。

你就在这里穿行，经过平常的僻野村落，发现你和它发生了关联。这里有你的家舍。外人路过这里，打量平常的山地村落，不会和这里发生关系。一个过客不会在此停留。一个过客会忽视这里错过这里，在后视镜中留恋它的远逝。你曾在世上寻觅，一颗心不得安歇，总想找一个隐藏之地。城市不是你久待之地，你总在山林平原河边，流连观望幻想，一颗心无处安放。路过这里，没想到迫近晚境的时辰，安营扎寨于此。这里隐藏着你熟悉的村民，山岭之上有你自筑的房子和庭院。这是你一生漂行、最后归来的地方。

丙申冬日，从城市回返这里，将车停在村民院落。步行上山，回到白雪之中的山房。雪铺满山路和层层梯田。雪中山泉依旧流淌，发出轰鸣。你不停地用手机拍摄道路，梯田和披挂雪衣的板栗树。野蜂窝如长形瓢显目地挂在天空下的柿树上。耸立的雪山奔驰在转晴的天空下，柱廊撑起雪霁之后的云朵和红瓦屋脊，从无到有的山房挂在绿色山坡上。这从多年前的愿望里生长出的山房，出现在大崎山确凿的无名山地。这是你在世流徙祈祷隐身的山舍，一生经营的大地作品。汽车的引擎在抖动，梦想变成客体。象形宅字，正挂在山坡上。

最后的书房

你的一生都在打造书房。从城里将转徙的图书运往地下车库，从武汉走高速路到大崎山舍。一箱箱搬上二楼，然后一本本摆在书架。樟木打制成的书柜散逸天然的木香，混合书的油墨气息。你一本本擦拭书封面的灰尘，你要把它们带到床上、沙发上，拥抱在怀里。

这些年，它们从江汉平原的县城火车托运至北京。十年后，又从北京物流运到武汉，你的藏书和你的身体一样在迁徙。初到北京，痛苦的是你与书的分离，在南方那套三居室向南的房间，它们锁闭在那里。当你有了房子，匆匆将它们从南方的书房运往北京新居。

从北方回武汉，书和你暂时分离。它们在物流途中，尾随你而至。将它们安放到顶天立地的书架。以为武汉的书房是最后的书房。殊不知，现在它们随你迁移到山房。

你一生在逃离。现在如愿逃到山野，在这里放下最后的书桌。背离与前往，在夜的山岭之间。

丙申岁末，你和家人托运一车书上山。一箱箱图书随同你迁徙。这词语间的颠沛与流离。以山为归，你的写作生活将在这里开启、完成与终止。你如愿造就祈愿多年的山房，你把这山野院墅当成自己的家。

翻过山岭的太阳光线平铺过来，照亮书房，在此涂上暖色调。在这里，古典的诗章是记忆的立柱，你背负自己的活动之家，如蜗牛背负甲壳守护它。

从城中公寓将它们搬运到地下车库，于楼道转移时，想到为它们找到最后的停居地，随着主人的流转，在这漫长而短促的人生。车停在山房院外的山头。一箱箱书，从私家车后备厢挪移到背上。如同农民销售粮食，将车上的一袋袋稻谷弓身背负运往粮库。低驼着身子，走在院内的石头路上。一本书从纸箱掉下来了，滑落在一块石头上，那是友人吕德安的诗集《适得其所》。山中日出照亮那一排面墙而立的书架，书脊被照现斑斓的色彩，那可是山房最有生机的画，还要其他画挂在这里干什么。在书桌抬起头，看见窗外起伏的山岭曼妙地守候在那里，一年四季变化它们的色彩。在书房，环顾四望。你的一生都在建设自己的书房，这是最后的书房。

　　在你看来，山房的核心就是书房。山房如一个人的身体，书房即是身体的心脏部分，其他所在是服务于心的，或心统领了它们的运作。筑山居时，你把注意力集中到这心形空间的营建，似乎所有的其他空间是为了书房而展开。楼房第二层，皆是读书的空间，即便在洗手间也设有一排书架。

　　你的书房有着水状的漫流性质，漫流到客厅沙发洗手间床头，你总是收敛它克制它的流动。现在，为它们的流动找到宽阔的空间。平房的炕上，也为它准备了停泊的位置。山房就是一个书空间，你为那些流散的书找到最后汇聚的空间，如同往事和写满这大半生记忆的身体，它们要回到这里。

　　北京时期，你只把部分书运往新居，因为书房的空间有限，书越积越多，随着时间的堆叠。武汉的书房，有些书被藏封，无处可陈。在县城的书，因房子出售，部分放置于胞兄乡间的楼上，有的则临时陈于岳父家。在山房，流离的藏书获得它们的团聚，山房有足够的空间让它们漫延流动交汇。

阳光透过窗子照进山房内有节瘤的木地板上。暂时离开书房，写作的空隙散步于室内。心情很好，因为你正在写作，觉得活着安稳、充实而快乐。你走在自己建筑的房子，在空空的大厅观望山体映落地玻璃窗，把远处的山拉近。山就是室内一块不变的画布。你忽然真正栖居于家中。你确实是一个作家（坐家），坐在家里的人，外面的世界一下退隐了，或转换于你敲击显示在电脑荧屏的文字中。

一排排图书在你的身旁停驻。在躺椅上观看书脊，不同颜色的书脊织入那面壁画，山风随鸦雀的叫声入室，书房新鲜的空气在荡漾……

你归山房做的第一件事是让自己钻进与书房比邻的浴缸。图森小说《浴室》里的主人公爱停在那里不出来，以此抵抗外部对他的挤兑。你把那个空间弄得足够大。躺在孤立的浴缸浸泡，观望与之比邻的书房，那由不同色调组成的图案。这里就是躲避外界的一个庇护所，一个避难处。

童年，一个纸箱就是微型书房。那里收藏从小镇上用黄鼠狼皮换来的钱买到的连环画册，陈列在童年偏房。家族没有读书人。你无来由地建设自己的书房，成了一生最大的愿望。你想要一个空间，一个独立的空间。一个农民的儿子，没有自己的房间，如何有收藏书的空间？你将纸箱放在和奶奶共用的房屋。

当你成为孩子王，有了和同事共用的教工宿舍，你让木工打制书架。那个木工从未打制过书架，也没有见过书架样式。他塞给你一个类似橱柜的玩意。哈哈，你总算有了一个放书的地方。

一些书摆放在那里：《李白与杜甫》《第二次握手》，四卷本的《约翰·克利斯朵夫》。当调离农场中学，在县城单位分配的房子，拥有了单独的书房。

书让你走向远方，引领你走遍所有城市。你对一个城市的好感来自一座城市的书店，对一座城市的记忆来自在那座城市买到过好书。因了那些书，你从生活多年的县城来到北京，迷上北京那么多的书店。在租房的书架前，想念南方的书房，那些与你分离的书。后来有了房子，恢复独立的书房。书架立在地面和屋顶之间，占有那有限的空间。榻榻米的床铺下面也可以陈放图书。几年后，为了拓展这个空间，在六环边张家湾购得带有院落的两层楼。二楼客厅成了书房，同层的两个房间也摆放书架，一个像样的书房建设成形。

至今，记得那书架摆放的位置。可是你的漂居无法在此安身，它最多只是让你心静的场所。几年后，你从那里撤离，北京的书房瓦解了。那颠沛流离的图书流转至武汉。装修房子时，你让来自黄梅的木工精心打制顶天立地的书架，收纳从北方运回来的书桌和几吨藏书。现在，它们大都转移至山中的新书房。

山居何寂寞之有。日日面对由山民以樟树打制的书桌，一排十个樟木书架伫立在身后。你从宽阔能看见山岭的大厅走向书房，面壁而立的图书静立在那里。有时夜里上楼，也不开灯，经过暗中大厅，书房的杉门倾泻一方光亮，这是你日日朝向的空间——"诗书敦宿好，林园无世情。"你退隐到写作中来。你把写作当作成就自我的事情，以此为安身立命的所在。一本本书，参与到生命中的回忆与重温，书中的人物思想协助你理解宇宙物性，你读过的书与经历的事在融合与促进。你想写一部此生关于阅读的书，它不是艰深的文论，它是一部带有生命气息的书，是一部有身体味道和灵韵的特异作品。

你把一本新书插入书架旧书中，它改变了书房的格局和色块。书房充满新鲜的空气，随着一些新书的到来，自身的摆列顺序随着阅读的节奏改变。我的书房充满了民主精神，所有的书都有可能被摆放到醒目的位置，在阅读记忆的不同时间涌现。我的书房充满了活力。散乱混杂在一起，从它们中间伸手就能拿出所要的图书，好像存列于身体的某个部位。

我的书房没有锁和展览性的门。我不把书房当成装饰。一本本书让我抵达一个个城市或人事、生者和亡灵，协助我记忆的保持。我的书房没有限宥，它就是整个世界。没有国家种族的限制，它是万有世界的藏身处。

家人在城里，在空调房子里不出门。街道上行人稀少，地面暑热蒸腾。他们打来电话，想念山居的风的清凉。我和他们处在不同的气候里。我最大的愿望是不住有空调的房子。山房足以对付武汉的暑热。城里越火热，在这里在自己的书房的日子过得越清净。在此写作可以不受外在的打扰，保持这里的紧张的静寂。

当太阳从西边的山头消隐，山中的植物很快收尽太阳的热能，凉风从栗树、芭茅的枝蔓或花序间吹拂入山房。在夜色中的回廊间闲坐，星空闪耀，山风抚摸身心。从书房移开享有的另一空间，它是书房时光的延续与回味。一个无形微妙的词语的空间，世界得以依恃，得以归从。

请不要动我的书房，就像不要动我的身体。我在我的书房擦拭书上的灰尘。喜欢一册在握的享乐。世界的喧嚷退去，只有我与语词的私语。纸质的图书是有生命的，是活着的语言。在这个世界没有生离死别。我热爱书房里一个个寂静而生动的肖像。生命中的大部分时光都在书房。雨天在书房，那是什么感觉？走投无路的你置身于此获得多重光阴。书房是一个静心的地方，望它一眼就能获得安静或福报。

我把打坐的蒲团安置书架前。书房如镜照着你的肤浅浪荡。我的书房是最好的自我教育场所。此生最大的骄傲是我的书房从未停止建设，书在涌入或清除。书房的空间没有限制，书房总是满足不了你对它的想象和渴望。书房寄托了你的深情和理想，如同妻子在意她的厨房。一生将待在书房，这是我的领地。我不知如何处理我的藏书，尽量不去想它。我建立个人的书房，很少使用公共的图书馆，对后者的想象渐渐缺失。或者说，在这里，你建设逃避死亡的避难所。

冬日，你守着书房，这是山房温暖的地方。安放在书房的壁炉在燃烧，传递热量。壁炉下端摆放木材。一节节杉木陈列在那里备用。你就着壁炉读书，有时候也把所读的书放在木头旁的柜子。

书和木头，是协助你度过冬天的方式。你用它们来取暖。壁炉的火噼啪燃烧，你不停地往里投放木薪，让木头自己去燃烧，让词语自己去言说。你只是一个点火的人，助燃者。词语让这里的火势不减灭，它把你也变成灰烬。你永远得不到足够的热量，所以你燃烧，因为冷而烧成灰烬。

2019 年岁末，于大崎山舍

不弃家园的鸡群

2019 年 12 月 5 日傍晚，在炕房闲卧翻书，听见从隔壁柴房传来熟悉的声音——鸡群挤在一起的喈喈细语。

前一日，从山民处购得，临时放置那里。有了这些鸡，这空阔山宅有了家舍的感觉。山房不再空寂，因为有了它们在这里生息打鸣。

山民告诉我，只将它们关上一个星期，就会以你的家为家。是这样的，很快，它们成为这里的成员，出门散漫于山岭野地，傍晚归来，潜入为它们打制的鸡舍。

公鸡的叫声从平房旁小屋传到北边二楼的书房，夜里听来清晰明亮。你在它的叫声中醒来，然后沉入夜的睡眠。白日，一只公鸡带领四只母鸡散漫在庭前后院，随处可见它们的身影。有时，在院内的石道走动，它们认出你是它们的主人，知晓你要为它们喂食。

那只骄傲的公鸡停下，伸展长颈，红红鸡冠颤动，迎着无拦遮的天空打鸣——这无法控制的传统的鸡叫。

你怔怔地站在空荡荡的阳光下的庭院，突然看见父母，站在故乡黑瓦屋檐前，在鸡叫声声中。一瞬间消逝了身影如同鸡叫。环顾四周，发现山居变得格外荒寂。

鸡叫声从妹妹后院传来。

某年晚春，回返平原家乡，借住妹妹家中。辰时醒来，妹妹后院传来一只公鸡的叫声，短促、稀稀落落的。孤寂的啼鸣隔一个时辰叫几下，又被黑夜吞噬，没有回应地融入乡村的夜色。

忆起童年之家，我们尚小，鸡笼就在堂屋后面的厢房，鸡和我们住在屋檐下（可能是防止盗贼或被黄鼠狼侵犯）。睡梦中，我们家的公鸡率先打鸣，声音从后屋响亮地爆发出来，紧接着，隔壁邻家的鸡，被唤醒似的响应。一排人家的鸡就这样叫起来了，此起彼落，演奏寅时的大合唱。月光照着平原田野上升腾的白雾，鸡叫声一浪浪缠绵回荡在童年的平原。

鸡叫声中，乡民获得安稳的睡眠。天将摸黑，鸡栖于埘。他们夜里要赶回家中，为饲养的鸡开笼给食，为圈养的猪喂菜。这些家禽的存在让他们牵念家园。有了这家禽的院落才叫家，正合于古老汉字的象形会意。

在妹妹家忽然听闻，惊喜又伤感：这鸡鸣稀落冷寂，它们在远逝，乡村的败落荒凉如同稀落的鸡叫。永逝的亡灵和童年的老屋，老屋门前的月光和傍着菜地的河水，河水清澈，掬水即饮，这一切随着鸡鸣消隐。

你在异乡建造山房，把山泉引入庭院。庭院鸡叫声声，这是你要重返的生活。春日到来，从镇上购得雏鸡，买有如鸟的珍珠鸡，让它与土鸡杂处，看着它们长大，在草坪上啄食青草，在平房门前，坐于石头上，它们也不避开你。从它们的身影望向远处熟悉得如同朋友的山岭和山岭之上的云影。

在关上院门回城的空隙，鸡在一棵樟树下叫，几只母鸡在水塘边以足蹼刨食。你暂时离开这里，它们替你守护山房，在荒山野岭叫鸣，仿佛主人还在那房子里饮茶，写字。当你归来，打开院门，几只鸡停在槐树上。鸡鸣桑树颠。陶潜的诗写不虚。你把收藏的鸡群的油画挂在山房，它们十八世纪就进入欧洲画家的笔下，现在复现在你兴建的庭院。有时，在户庭内外搜寻它们，在山坳坡地，在矮树蔓草间，找到它们藏身之处。足不出户的隐居者，它们还在这里，一个也不少。不离家舍的鸡群，在此享受山野的宽阔。一只只自由幸福的鸡，声声都叫喊：这是我们的生活。

黄昏，它们无声地从山坡下缓缓涌向草坪。你站在石头上，阻止它们进入最初栖身的鸡舍，令其退回山坳新的鸡屋。它们可不听从你的安排，鸡有自己的记忆，它们在厢房住了好些日子，傍晚如常从山林归来回笼。它们保持着农民一样的作息制度：日入而息。这是它们顽固的记忆，就像早年田园的记忆深入你的身体和血液，你要回到你早年的家园，回到院落菜畦树林之间。

它们把庭院当成自己的家。那只公鸡率领四只母鸡，在青草里水池边缘觅食嬉戏，打发时光。公鸡围绕着母鸡打转示爱，没有公鸡，母鸡下的蛋不能育出小鸡。

那两只珍珠鸡没有本能的害怕，它俩伸长好看的细脖子，翅膀也没有被主人剪掉，有时任性即兴地飞过水塘，把它们的身影投映其中。珍珠鸡在长大，它的叫声紧促急迫，从面前飞起来，然后落在你的视线。它们知道主人回来了，簇拥在主人的双腿旁。你手持装有谷粒的瓢，口里念念有词，像母亲早年的叫唤——咯咯咯——鸡群就跟着跑向鸡屋。

咯咯哒咯咯哒。母鸡下完蛋后也要这样叫几声。循着母鸡的叫鸣，你从鸡窝捡拾几个鸡蛋。蛋残余着母鸡的体温，淡红色，清纯，有如婴儿的肤色和眼珠。有余温的蛋从你的掌心瞬间传递

211

至体内，这是家园的温暖。你手持几枚有体温的鸡蛋回到山舍。

鸡鸣从山坳水塘边传来，穿过坡地和树丛，它的声音有些遥远。似乎听见它们的嘱咐：起床！不要做梦了。在日常的白昼或深夜，你倾听体内的生物钟。闻鸡起舞，这是你们共契的感应时辰。有时，你在书房打字的空隙，它的打鸣声清晰传来。山中只有这鸡鸣和你敲击键盘的响声。鸡叫声声渗透入字里行间。

咯哒咯哒，母鸡下蛋前要叫几声，然后待在稻草窝里，你经过它也不动。它在下蛋，一只要下蛋的母鸡多么孤寂。你别去打扰它。它体内的蛋下出来了，它咯咯哒咯咯哒地叫几声，好像报告它的同类，就像写作者写出了东西，要找到同类分享。

"鸡栖于埘，日之夕矣，牛羊下来，君子于役，如之何勿思。"山房鸡鸣声中念及《诗经》，鸡鸣声声可闻。"女曰鸡鸣，士曰昧旦。子兴视夜，明星有烂。"捧读诗书，鸡鸣声声可闻。山房安静，日照庭院。听闻鸡叫声声响在户外坡地。

你下楼，散步于庭院，即兴入鸡舍，看见黑母鸡守在鸡窝一动不动。这些日子它总是停在窝里，同伴外出觅食，它独自待在这里。这只要孵小鸡的母鸡，你和家人为它准备十来个蛋。它昼夜以双翅罩在那里，那沉默持久的专注，没有别的目的，孵出小鸡来就是目的。必须守着必要的时间：21天，以它的体温让种蛋里的小生命一个个醒来。

每到五点醒来，你醒来，听到鸡叫从庭院下方池塘旁的鸡舍传来。它的叫喊没有回声，只有你的呼吸倾听。独居在山房，它就是你的陪伴。这是初冬，在这个时刻醒来，它们在叫鸣。小公鸡的声音参与进来，短促稚嫩。那只老公鸡不再孤单。它们此起彼落地响应。黑夜的山野只有这鸡叫。难得世上有能听闻鸡鸣的黑夜。这古来的鸡鸣与此世代不大相契。你是这个时代的鸡鸣倾听者。

某日早起，阳光把窗子染红。你在回廊观日出，本地的日出。太阳还没有翻过山脊，青光紫光红光交汇在山坳间和之上的天空。你拍着视频，喜欢这日出前的山岭，起伏山脊之间色调丰富变幻。你听见雏鸡试声，它们在长大，声音短促生涩，掺杂在公鸡打鸣的声波中，纳入你拍摄的视频，在你视听中呼叫山居的寂静和朝阳。

山泉作为礼物

私车上备一个大的矿泉水桶。离开山居时，将桶里盛满水，带回城里使用。水在车里晃荡，发出波动的声响。到达城里公寓的地下车库，得拎着它扛上一楼的电梯口。有时候，桶装的山泉水会运到学院的办公室。这如同图书一样如影随形的水，有时，我送给同事一桶，他品茗常购空运过来的矿泉水。他到山房寻访我，用山泉水泡着本地的野茶，尝出了这水这茶的韵味。

这泉水，从山壑溪涧里以管道引入塔中过滤，然后再流入庭院和用水空间。起初，不忍如在城里使用自来水一样使用山泉水，小心翼翼的。山民说，你不用它，这水也是从山石间流走了。我如何能不爱这让人珍视的泉水呢，这使山居生活提升了品质，或者说我来这里住着，就是冲着这山泉而来。朋友取泉水拿到省农科院测试，被认定是国内的超软性水。国内软水还算多，超软水稀少。水质钾和锶的含量高，而钙、钠含量很低，这可是充满灵气和活力的泉水，它是从溪涧石间流转而来的。山体蓄积渗透过滤出来的水汇聚到溪涧。山泉长年这么流淌着，一年四季不中断它的溢出。到了雨季，山间就是山泉在石间的冲击发出的流转轰鸣。你用这样充满活性的软水沦茶，沦出来的茶汤鲜活，和着本地山间采来的手工铁锅内炒制的野茶，口感当然殊异。人们论茶时，忘不了评水。水确为茶之父。古人许次纾在《茶疏择水》中就说过："精茗蕴香，借水而发，无水不可与论茶也。"

沏茶之水，何为佳水？在陆羽看来，山泉水为最好。饮山泉水，要拣石隙间流出的灵动之泉水。这山泉水富含各种对人体有益的微量元素，经过山涧沙石逐层过滤，水质清净晶莹。

从城里回到山房，第一件事是让自己钻进那个浴缸里，用山泉泡澡，觉得太奢侈了，想到了图森小说《浴室》里的主人公就是爱停在那里不出来以此抵抗外部对他的挤兑。你把那个空间弄得足够大，你躺在孤立的浴缸内浸泡，有时观望与之相连的书房内书架上的书脊，那由不同色调组成的图案。这里就是躲避外界的一个庇护所，一个避难处。山泉润身，从浴室里起来，身体也是滑润的。泉水滋润了你，不仅仅是身体的各个组织，它也滋润了你的精神和心灵。

山民领我去看水源，这泉水的源头。秋末，山间的植物转衰，蔓草偃伏不再遮挡山路。我们沿着溪涧弯曲前行，在山岭之间。这是没有路的路，山民们从中找出可以攀行的路来，或者说这去水源处的路是他们探出来的。他们沿着山涧溪水找到那流下山麓的山泉源头。一路上听到水向下流泻冲荡的轰响。平时在山腰见到桥头的溪流是从山头流了十几公里才到那儿的。我们上行探源，要走向几十里的无路的山道。家里的泉水就是从那里铺设的管道运输牵入的。山上几乎人迹罕至，是野山羊和野猪的领地。在山房听到它们在这里发出叫声。杜鹃花和各种野花散布在石崖间。石头横卧在崖谷，我们绕开它再往上行。苞茅成片长在那里，然后又是一片竹林，我们在石头苞茅皮筋草的缝隙穿行。竹杖在手，喘息，停在那里。泉声在闻。松树间俯瞰山下的房子变小退远，有时候看不见。身处荒山野地，担心无法回返，被困在这山岭。山民告诉我他心里有数，他记得下山的路径。

我跟在他的身后，有时候他将我提携，在一个陡峭悬崖边。从来没有这样登过山，根本没有山道，对于生长于平原的我来说，是真正体验到登山寻源。山民于前，他寻着山泉的轰响。我们在山涧边掬水而饮，水沁凉入肠胃，一丝甜味留在腔齿间。山泉从我们视线中奔跑而下，山泉声在我们上行的脚步中变小了。

我们快到了山顶，牵着葛藤踩踏一块块石头，从一块巨大石头缝隙间看见了一汪水塘，水塘被石头包围，如天池汇聚山体渗透出来的水。这水清亮可见下面石的底部。泉声在这里止息，漫溢后从出口流出，从山涧冲击而下，水和石制造天然的泉音。

山民告我，这就是我们用水的源头。水管铺设在石间缝隙，伸向池水的里面被一块巨石控扼。

山间一夜雨，树杪百重泉。山头的天池的水满溢出来冲向山下，经过山坳间的村子，流向平淡溪流，形构小型瀑布，穿行流转于山坳之间，奔向山间水库，流向小镇集市，当然沿途有人为污染。为了吃上山中净水，得住在听到泉水流转的山中。你有时于石间取山泉，你依恋这高山。饮山体流泻的醴泉，以你的肉身感受母语：鹓鸰之志——非醴泉不饮。

我用了大半生成为那只鸟。河水被污染，或断流。然而，人还活着。你离开家乡离开城市的原因之一是水的污染。记起小时，父母亲从门前菜地前河里取水，长大了担河水入厨房。那年月是直接可以饮用的水。什么时候用上自来水，使用了矿泉水？但我留恋早年家乡的水，多年在外回到家乡，痛心于家乡河流污染变黑，发出异味，再见不到可赤身游泳的河水了。

前些日子，家乡的亲戚打来电话，说她一个星期在超市买矿泉水喝，因为自来水管出来的水有异味，烧水做饭完全不能使用。前些年，在汉口小区凭卡在小区购水使用。你远离了城市，投奔这有山泉水的庭院。你望了望绿起来的远山，它贡献给你山泉与野茶。山体草木涵养的水渗入溪涧，溢出的部分顺溪涧流入梯田稻禾。当你在回廊藤椅躺下，山峦随之仰卧，如女人身体的凸凹，我们在吃山，吮吸她的乳泉。

　　某日，友人打来电话想见我。我说我住在山里，平时很少回城。他说他想我，我得去访他，人活着活着就看不见了，得珍视这在世的日子。我去见他拿点什么作为见面礼？毕竟这么多月没有见面了，以前见他是送他一本书什么的。这次送点什么给他？他住在东湖边的别墅。他家里什么都不缺，可以说是过着富足的日子，过着志得意满的日子，总得送点什么给他，这个礼物有意味，他会在意。忽然想到车内随行的桶装泉水，这拿得出手么？想来想去，我们的感情到了不送什么也无芥蒂的程度。但总得带上点什么，那桶装泉水正好供他泡茶。当我到达他的茶室里，他热情洋溢地为我泡采购的普洱。我说，你用什么水泡啊？他说，从超市买的从天子山空运过来的泉水。你不用买了，以后专供你泡茶用水。他高兴得很，用我车上的泉水泡茶。他说他什么都不缺，就缺这作为礼物的山泉活水。

山民手记

> 我是一个山民，山对我来说是最合适的地方。
>
> ——阿多诺

茶之书

平房烟囱升起蓝色炊烟，一缕一缕从黑瓦上方向春日山间飘散。

她们在屋内灶台前炒茶。妻子和山民：一个在锅前，一个在灶口。她们说着话，交流采茶和制茶的事情。厨房的地面和桌上，摆放采来的茶叶。有的炒了一个轮回，颜色呈现焦黄，等候第二轮的续炒。之前，她们揉出茶叶里的水分。

鲜绿茶叶是她们上午到山头采摘的。从窗间回廊看见她俩分散在山头，戴着本地山民用的锥形芦叶草帽。春日，采摘野地的茶尖。早年这里曾是茶场，后来停业了。茶树还在山头生长。无人料理的野茶园。她们赶在清明前采茶。她们采了半日，竹篮盛满绿绿的茶叶拎回屋里。

她们在炒茶，土灶锅台前。大铁锅里的一撮茶叶，在她手掌的抚摸间转动。用手指将其翻转，继续以手掌抚摸茶叶转动在锅内，来回地梭动。灶膛内的木薪火势拿捏要好，不可过旺也不能微弱。绿茶叶在来回划动中渐渐炒出水分，其颜色由绿变褐。她俩轮换着炒，一锅茶炒上四个小时方能完工。我进入室内，屋子贮满茶香。那是茶叶、木薪火、铁锅以及她们手掌共同化合出来的香气：人性植物的芳香。

山民的腰部抵靠灶台，身子偎依那里。右手在锅里将茶叶梭转，她的腰身也随着右手晃动。那样子慵懒倦怠又曼妙。几个小时重复锅内的炒茶得让她的身子有一个依恃。她身子的晃动和茶叶梭转处在同一节律里，裸露出一截腰身时隐时现。她身体的热能通过手掌转移到大铁锅里的茶叶，体香渗入了炒制的茶。这全然没有机械参与的手工茶，迥异于机械炒作的茶，后者生硬且苦涩，哪像手工茶入口平和、甘甜，葆有人性的气息或灵氛。

喜爱之屋

在院子椭圆形水池边建一个茶室。烟囱冒出炊烟，闻到茶香。

茶室不宜宽敞。进去的门当然要低矮，来者无论什么身份，得低头进入茶室。通往茶室的窄门前，得有一条曲折的坡地。那是进入茶室的调适时间。让手机静音，身心闲静。通往茶室的甬道上，专注于足前的石头、石边的竹子和不起眼的花草。要有这条甬道，经过心境的转换后，进入茶室。

茶室没有多余的陈设。用本地竹子做隔断以芭茅铺设屋顶，地面使用山地黄土加稻草丝和白石灰混制的夯土，茶案是本地废弃的带有铁器木雕的木板，木凳是此地树苑衍变而成，茶碗要用本土砖窑烧制出来的用过多年的被重新利用的粗碗。

茶水当然得用从山涧导引下来的软性泉水。土炉上，用栗炭烧开泡制的野茶汤，是用妻子和山民清明前采来的在大铁锅内以手炒制的人工茶。市面上那叫得很响的来历不明的贵重名茶一律不入芭茅茶室。当你饮一口主人泡好的茶汤，静默不语，即便夸赞也不必。竹窗外的池塘弥散淡淡茶香。拟将这茶室命名为喜爱之屋，但不题字也不挂在茶室的任何地方。

两件作品

2018 年，一边编辑诗稿，一边盖着房子。无线电波连结山民少权。你们的声音在山里和汉口的市声中穿梭。你和汽车穿过高速路和山间弯路来到他的面前。他在山间的碎石水泥灰和散步的黄牛间等候。回到城中公寓的书桌前，你把散逸的词语片断编织成章节。那是几十年来采撷的与身体交感的意象和事件，它们独立又相互关联。一本诗集的架构在你的摆放组合中渐渐形成。

编辑电脑内的书稿有着类似山间看见山房的欣喜。山房在生长，渐渐露出毛坯形状。如同搬运砖石水泥，你使用着汉语词汇。你在两个工地穿行，在不同空间移置身子。

石头。水泥。黑瓦。樟木。有时，它们被你移置于词语的空间。有时，放弃先前的计划，即兴改变墙体的色彩。在伏案写作间，把陌生的词加入句子。有时丢弃一些诗章片断。你把图纸的结构最后改变。诗的草稿和山房的毛坯有着某种类似。

工地有时出现停顿，它有自身运行的时间，不可加入你的意志，你需要停下来想想。

山房所用的材料是多年前的，甚至带有你的体温，从山地民间获得。你低下身子抱着一块石头把它安置稳妥。你将落地窗朝向不移的山头。松木打制的大门朝向东南方的阳光。词语要及物，开门要见山。词语的空间吸纳空无，和无形精神相沟通。

兴冲冲地，你从书卷中移出身子，直往山中的工地，把腹稿加入它的构造。山房既是本地又是异域的。建筑的能指与所指重合，拒绝意义的表达，只表达它自己。遵从房子自身结构的要求，它自我生成，你顺从了它的意志。

你被某种力量推动，在两个空间转徙身子。你建筑了它，不如说，顺从它们的生成。当你经历这大半生，发现你完成了两件作品：一本诗集，一幢山房。它们都将用来居住。

竹帘重现

十多年前从北京运到武汉的两扇帘，安放到了山屋的炕房和用餐的客厅。

挂在那里恰切，仿佛那木窗在等候这两扇窗帘，竹帘和木叶卷帘。它们随你从北方迁移到长江中段的汉口，封闭在阳台上，连物流的包装都没有拆解。你喜欢这两件物品，在北方挂了多年。你喜欢它们的质地品相，你的审美融入其中，暗示你的喜好和追求。

迁移到南方，没有合宜的地方，就存储在那里也不动用它们。这些年，你在拣择，似乎在为它们找寻安置的空间。现在，竹制窗帘挂在炕房一角，大小合适。铜色的木制百叶窗帘与古旧的窗户相映衬。它们出现在这山居，也挂在你的回忆里。北方早已易主的带院子的两层小楼重现。两扇窗帘挂在此时此地，也垂挂在过去的时空里。

这如同你喜欢的词语，在纸面安放它们，带有你投射的情感与记忆，留下的印痕与体温。辞章的生成组织中，它们参与经历了你的生活，你拭擦它们上面的灰垢，小心安放。作为一个意象，诗性空间添加了情味，营造一种氛围，不可或缺的元素效力于作品。一个创作者协调这些元素，词语参与作品的组织。这是你安身立命的居所，一个写作者营建的空间诗学。

美 学

落地玻璃窗像一个画框。外在的山虚化收缩入室内。自然之山经过窗框和视线合作生成幽深的空灵感，这可是自然与人的共创。山尖不高不矮正好处在窗框内。自然的山不是外在于我们，而是纳入了我们的室内。各自独立又以共在的方式相融。窗外的楸树和苞茅一并汇入这落地玻璃窗的画框间。

坐在两把藤椅上，正好见到山体含融窗框内。你还要挂什么油画国画呢。知"物哀"，就是能感知"物之心"和"事之心"。你把对美的理解融入这幅"窗画"的营建。山房轮廓渐渐显现时，从城里回到工地，看见夏日青山从裸露的砖石框了进来，怦然心动，即兴将朝北的一面墙改变成落地窗，把山岭含融进室内。

落地窗择选半透明的竹质卷帘。屋顶的原木屋梁和木板隐约在幽暗空间，抵消白日的强光。没有竹帘透出的光影朦胧，就没有幽暗中的美的观感。一种难以言喻的阴翳之美，潜于物与物产生的阴翳、波光和明暗。窗竹帘折射出逆光，玻璃中的山影不再一览无余，也透显出一种逆光。玻璃窗中锥形山体仿佛罩上淡淡山月光。

正是你要的效果，当携着书本走过大厅，望它一眼，神秘隐有禅味，那种空寂而深远的静默美感，正是物哀中幽玄境地。默然中退而求进，隐而求知。有时，停在那里静静地凝视"窗画"。

筑居之思

你知道它是时间中必然毁掉之物，但你倾情筑居。就像你有死期而且越来越紧迫，你要积极地活着。你和你的房子不在了但它的影像还在，以你的创作保留生之痕迹。你的作品保持谦逊，寄托对未来的热情和梦想，在虚空世界注入劳绩。

是的，住成空。万物要经历这个轮回，顺应它，看空而不住空。你写作于空荡荡的空间获得在世的安宁。你将古老《宅经》相宅术转入房子方位和形制的确定；将土和稻丝和着石灰水泥混合铺设为地面，放弃瓷砖；你以竹子作为房子内部的隔断，不让现代的甲醛进入居室；你打制八仙桌，东南西北正方地摆放在堂屋，就餐的每个人与桌心的距离相等，和院落一样演绎古老的家族关系。

这院落是家具化了的四合院。流水般地游逛在自己打造的院子。曲廊里，步移景异。日月是这里的统治者。你只是它们投射的影子。房子的形势，借助或顺应了大地山河的来龙去脉。天地融入宅院成为这里的一部分。

甜菜园

今天，从菜园将成熟的西瓜搬回院子中央，小心翼翼剖开它：一声脆响，红瓤显现。味蕾传达久违的甘甜，弥留在你的口腔和身心，汇入对它的记忆。哦，菜园是甜的。

有了甜菜园，你可以不入市场，山居可以足不出庭院。顺天而食，感受上天的配给。践行古老的不施肥不用农药的自然农法。真正的真善美在自然中发生。你追求什么也不做：菜地不施化肥不打农药，植物显露自然的禀赋，随四季流转。身土不二。随着季节流转，享用山地时令菜蔬，这才是轻省的生活方式。

从书房跑向菜地，拎着竹篮，从那里摘菜准备午餐。从山坡弯路下来，进入池塘旁的菜地。打开木棍支撑的菜园门扉，进入菜畦，弯腰摘取低垂的紫色发亮的茄子，棚间如面条亦如诗行挂在那儿的豆角；转弯处，苦瓜藏于叶片之下，西红柿如早年一样在光阴里变红了。将它们一件件摘取移往厨房。你能吃多少就摘取多少。蛾眉豆隐在簇拥的叶片之中，层出不穷，以为摘光了，从另一个角度惊喜地发现另一丛。没完没了的，从任何角度获取它，一直供给你吃到初冬。你坐在餐桌前食用它们觉得可口，尝到儿时的味道。翠绿山峰列于窗口，菜园在大门前。

这日子过得安足。农民不弃乡土，不入可疑的市场，因为他们有亘古至今的菜园。你成了一个地主，或半个山民，顽固地保有早年的生活形态。南瓜贴地生长，根系牵连着土地，开出喇叭形黄花，渐渐由绿变黄由拳头般大小长大，躺卧地面。红薯出现于山房坡地，你是看不见它生长的，以为藤蔓下面的黄土不会出现果实，它们确实在成长。田垄在膨胀，田垄隆了起来。顺着一根藤刨下去，一根根须牵连着一个个惊奇的红茗。

某日，不小心砍断南瓜的根系，很快那爬在地上的藤蔓萎黄了。人的生命不可失去与土地的联系。这样深入地里的根系，不可被伤害中断。巡视菜园，你如一介山民。夫万物芸芸，各复归其根。在山里返还早年的生活形式，如同花零入土，叶落归根，万物回到它的根源。

亚里士多德说过，循环的圆是最完美的运动，它的终点与起点合一。你在平原水边长大，靠水吃水；晚年居山，靠山吃山。当你从山民手中接过以泉水灌溉养育的大米，吃到从树上落到岩石的亮柿子，拾回落入草丛的板栗剥壳煮食，你体悟着靠山吃山这句俗语。

大自然给予人的回馈难以想象。天地无言，万物无言生长。凿井而饮，耕田而食，帝力于我何有哉！念念有词入书房，含味默咏古诗词，汉语之甜来自土地的馈赠。

山　民

铃铛系在黄牛的脖子上发出银器般的声音。山民顺着它能找到放养的牛吃草的位置。声音是一根线索，把牛和山民牵连在一起。你和山民身上也系上了一根无形的线索。他们是我的邻居，我也是他们的，比邻而居。一下子融入他们的生活，因为他们是我的穷亲戚。你们都长着朴素的面容。他们在你的面前写着歪斜的汉字，不识字也不影响他们智慧的显露。他们和身处的山体水源一样，感情和心灵未曾受到污染，原初的人性和本能情感、伦理道德为其保有，从岁月长河流传到他们这一代未曾丢弃，如同他们的木工雕刻手艺和方言被承继。他们的肤色保留山野阳光的痕迹，如同高更抵达塔西堤，那里的土地风俗处在原生状态，未被所谓新时代风化一如挖掘机到达不了险峻山崖。你和他们说话就是接受一种教育，有着回到童年的恍如隔世。童年养成了对人的情感态度：人与人之间要有忠诚和信任感。你迁徙到山地，就是为了成为他们的邻居。你知道他们住在哪个山坡，他们的房子前有几棵樟树或柿树，房子背面有几片竹林，猪圈里的猪是黑猪还是白猪。他们一生遭遇的灾变和喜庆，家庭人口以及分散地图你都了解。他们从山下如履平地登临叩响你的后门，进入院庭，送来新米：自加工不施化肥以泉水灌溉的大米。他们站在草丛照射的太阳逆光中，根据散养牛羊的叫声辨其位置。大崎山野容纳他们的牛羊和你的避难。书房内，时常放下书卷聆听牛铃叮当，你和它们吞食山野的寂静。在溪涧跳荡流白的巨石旁和它们相遇，以凝视另一个自我的目光瞅着它们，对望，直到它们调头转向远山。

屋顶视角

　　山房后面有一条人行小道，你时常拄着竹杖出后门绕山房行观。路旁的苞茅和刺槐草蔓隔开路和山房，形成自然隔断。从抽花的苞茅缝隙见到蓝色屋顶、瓦楞的水槽、避雷针线和壁炉的烟囱。你往前走，可见平房黑瓦的屋顶，它们在陡崖下面，你看见它的屋脊。屋脊中间和两头以瓦片制作的造型，一如儿时家乡见到的老砖黑瓦屋檐的平房。几乎复制了过去的民宅，满足你对过往的念想。从平房檐下过本地山石走向有罗马柱廊的西式建筑，就像从童年乡村走往世界。

　　屋顶不再是危险的，变成可以被观照的意象。那个少年站在家乡屋顶上——

　　　　木梯搭接屋檐，一队人倾斜
　　　　的身子，将陈年破损的瓦
　　　　挑拣替换。他刚到能拿起

226

一片瓦的年龄。镶嵌在
成人的队伍，把长形带槽
灰瓦，递送另一双手中

在倾斜陡峭的屋顶
前面的表兄的身影化入
云天。屋顶上漂移的人

瓦槽对接凹线，雨水流泻
下屋檐。表兄啊你要帮他
建造未来的房子：他弱小

不知如何生存，站在危险的屋顶

你看见了那个屋顶上的少年，他的不安和无助。战胜了最初的恐慌，你的漂泊让你建造最后的房子。一生想象的房子就在身后。当年近晚年，早年对人世的无助感和害怕消解，你获得无比的安宁。

绕着山房观察屋顶，深蓝色的瓦片排列在云天之下，与从屋顶望过去的山岭构成呼应，处在同一起伏波动的节律之中。这是你用一生的梦想建筑的房子。那个少年还站在屋顶，他已长大，时间让他变成一个长者。

这个屋顶不再是危险的，而是可以被观照的物象。你的房子是你更大的身体，它在阳光下耸立，在夜的寂静中入睡。有时做梦，发出呓语。

雪霁。你在屋子里读书，屋顶轰响。冰雪从屋顶整体移动的喧哗，这是静寂回忆的喧哗。你在山舍周围跑动，从不同角度打量屋顶，从山脊照过来的太阳光线打在屋顶折射光圈。

屋脊的两端，过去与当下，阴阳与生死，不调和的事物组合在此，交汇于山地空间。一个词与另一个词发生关系获得意义。这屋顶成了聚集地，又是观察点。你看出它们之间的关系，拥有新的视点，一个屋顶的存在。身体置身屋顶，拓展的视角发展到宇宙的屋顶。你拥有了辽阔的目光。

燕子，燕子

山民尹少权是我的山居生活顾问。他是捕蛇者驯狗师，曾经的山木商打工返乡者半个猎人，有上海户口和房子的儿子的父亲，享有美妻烧饭的丈夫。他银行有储蓄不汲汲于富贵有着酱色的脸。因了他的这一张脸，让他代替我料理山房。

2018年5月，在汉口的书房看见他从山里发来视频。他说燕子飞来了。在房子砌到二层时，五只燕子来探看，在山房上空画了一条弧线，在半月形的水池边绕行离开了。哦，燕子是最早的客人，山房还未形成，它们就来参观。它们的来访在你的心里形成涟漪，就像它们从池塘上掠过泛出微波。令人百感交集的燕子，它是我的，我是它的，我的燕子啊。

二十五年前，江汉平原，单位分配的房子的阳台上，燕子停在楼房前的电话线上。阳台一角，出现了泥丸。燕子来我们家阳台筑巢了。你和母亲女儿在房间窥视，它们飞来飞去，衔来草丝泥丸，抖动尾翼，以尖喙和口水将泥丸细密黏结，垒成皿状的巢。当它们的巢完成，呼朋唤友，燕子排列成行在弹跳的电话线上，即兴演奏它们夕光中的晚会。我开始写我的燕子诗。

燕子的唧唧声，渗入谈话的缝隙（人可不能总想着失败的生活）。夜里，你为妻子擦去泪水。燕子在叫唤。它的赤足被白色丝幔困缚，身子倒悬；另一只焦急不安地声援。你用一根细小木棍将丝幔折断。燕子飞离。你出门，拎着一只漂泊的箱子，到了北京。

一日，在筒子楼过道内走动。安置好租房，来到阳台，闲望灰蒙蒙的天空下的灰色建筑群。忽然，一只燕子飞过来了，在你面前绕了一个圈后飞走了。下意识抬头看看楼顶上，发现在一个破损的顶灯四周，一个燕巢。

也是五楼。忽然想到南方家中阳台上的那个燕巢，燕子呢喃声中的母亲妻女——燕子啊，伴随我的迁移流浪。

十年后，在武汉三角湖的校园，忽然发现模拟湖水波浪的屋顶下，水泥瓦与钢筋支撑的地方，一个燕巢。

燕子飞入，穿过这里的空荡荡。燕子，它们就像你的身影。

当你住山多月，冬天过去，春又到来。在读书缝隙，听到熟悉的声音。你跑出大厅，来到回廊上，看见了燕子的身影：尖长的双翅，尾羽展开的叉状，腹部那撮熟悉的乳白色。山中的燕子，和去年的和多年前的那只相互辨认。它们在庭院前的水塘上面飞，画着弧线，唧唧叫唤，它们迎着围栏前站立的你，也不回避。

这是平原阳台筑巢的燕子，跟随你迁徙到北京筒子楼的那两只，是母亲临终前在阳台上唧唧呻吟的燕子——现在回返山居，选中书房窗前回廊一角筑它们的巢，像多年前，它们飞行鸣叫衔泥掺和自身的唾液，一点点将泥丸点啄到回廊一角。翻飞穿梭在山间柱廊，它们参与了你一生的流徙，与你为邻。

燕子啊，你是我的我是你的，那首燕子诗从江汉平原写到北京又写回武汉，现在到了最后改写燕子诗的时候了。燕子在山间飞来飞去，这里有足够大的空间让你们回旋伸展。这是你们曾经拥有的家园，长途迁徙，也不忘回返。

寂静之地

老木工打电话来说来看我。问他有什么事也不说。

这个协助我装修山房的老木工可能有求于我，参与他的营销活动。他是某茶庄的会员，他想把我纳入他说服的对象，加入他们的阵营。当我为他开门，让他进入院子，打开也是他制作的客房的门，坐在他打制的八仙桌旁。他的来意印证了我的揣测。

他在说明来意时，随我在院子里转了转。然后进入平房内的茶屋用茶说话，围着八仙桌。进入石阶掀开门帘，望着室内的竹子编成的隔断，本地椿树打制的窗台，绛红色的纹理耐看。忽然发现了这里的安静，没有一丝声音。屋子的摆设在这里各位其位，无声地停在那由草丝黄土白石灰混合而成的地面。

这寂静中有一丝贮存的阴凉。门帘和走廊将窗外的阳光过滤掉了，让这房子里的东西处在阴性之中，透出它们阴处的宁静，传递给你内心的恬喜。你打量这里的寂静，用发现者的眼光看着这里的一切，寂静之地是有几何形状，是被需要被理解和再发现的地方。你在探究这里，你是这寂静的测量师。

木工在你身边忽然不在了似的，他也不言语。似乎一个人瞬间落在这寂静里。过了很久，老木工才说，这里好安静。你看着他，才知道你们在一起，从那寂静脱离出来。

忽然念及伊壁鸠鲁。他在雅典城外盖了一个能望见大海的院子，他要为这个世界留下一份沉静。1959 年退休的海德格尔，避居在家乡黑森林的山间小屋，只和很少一些最亲近的朋友一起讨论哲学，揭示关于生活的简单朴素的事实，以及这个时代的弊病和通往自由的途径。

你没有和这个老木工说这些。想着给他送上一杯茶，从冰柜冷藏室取出茶叶，用瓢从缸内取出存储的泉水，将它装入铁器的水壶，将没有使用过的杯子洗了洗，让水煮沸，缓慢地递给他一杯茶。

你对他说，只用这本地采摘的野茶在自家大铁锅以手工炒制。你说你不入市场，不相信也不依赖它。还对他说，他参与的是传销，对这种经营模式你知晓，亲戚曾陷入里面。你没有时间参加他们的活动，劝他也不要套了进去。

继续做你的木工手艺吧，带一个徒弟，把古老的技艺传递给他。

你这样劝告他，他无声地向你笑了笑。你们看了看他帮你打制的窗棂，带有风钩的木窗。山风正从纱窗渗入这黑瓦檐下的房子，传递着凉爽。

他朝你笑笑没有说什么，似乎默认你的看法。送他出门前，对他说，以后山房有木工活再请他过来。他应承。你将他送出院门。他将摩托车的引擎踩响，转身坐骑在上面，摩托车沿山路消隐了。

不一会儿，山房恢复了它本有的沉静。

凉风暂至

在回廊的躺椅上闲着。山中凉风吹走暑热。云在面前移动变化，山色青碧。心情忽然欣悦，忆起陶潜《与子俨等疏》中的句子："五六月中，北窗下卧，遇凉风暂至，自谓是羲皇上人。"

自入山居，总是情不自禁地重温他的诗。"池鱼思故渊"（当你把鱼放入水池），"鸡鸣桑树颠"（你养的鸡站在院落内的树头过夜）。他的诗文书写了你的生活与性灵。陶潜的文字是在他的生活中自然呈现的。他的写作、日常生活和他的天然性情是融在一起的。他往往从日常提取诗学材料。在山中读他，总是情景交融，可以说，你是受你的身世阅读修养的支配来到山里的，这条道路与古典文学发生关系。你这个幽人是文化的副产品。在书房挂上草书的陶潜诗："诗书敦宿好，林园无世情。"在你的生活复现他的高山与深谷。陶潜并非所谓的隐士，沉醉于自己的隐退耕读饮酒和亲朋的相聚。写他者的死亡，也是自祭。他活着时用汉语写下自己的遗嘱。几乎刻意留下为后人解读他的线索，为后人对他的阅读提供旁证。

前　贤

黑塞在堤契诺山间耕读写作三十五年。他把每一天的时间分配给书房和园事。后者适合沉思默想，是他读写的延续，有助于心智的融合贯通，引导人孤独地去做。他将堤契诺视为注定的生命中的故乡，以为所有的住处都比不上堤契诺山房的美。他有着对堤契诺的忠诚，他和那里的居民维持着和平、友善的关系，对堤契诺充满了感谢。是的，诗人是世界上最知足的生物；在另一些方面，很苛刻，宁死也不愿放弃某些要求。我们无法接受生活周遭缺乏根本的内涵及真实的风景，无法忍受住在现代化都市里，住在那实用光秃秃的建筑中。

在我居住的山舍，开门见山，野山羊叫唤。萤火虫不是在想象中，真实地出没在周围。你过着及物的生活。燕子就是燕子，也从过往的岁月飞来，连结着数千年来的文化和传统，如同你使用的雕花木床和依靠的那块褐色花岗岩石头。你坐在黑瓦下的走廊望见青山，"满目青山夕照明""山雨欲来风满楼"，确实如此。当山中刮起南风，雨水很快就会落在院子。这些诗句因了山间自然恒久的物事而保有持久的生命力。如同黑塞的《堤契诺之歌》让你重拾对古老居住艺术的感动与温习。

雅各泰可以说参与了我的生活与写作。这个异域的诗人生活在法国德龙省的小村庄格里昂。我像他一样找到了渴望的生活方式。我们都喜欢步行，在山间。是这样的，选择一种生活方式意味抵达写作的可能性。我们把生活方式当作孕育写作的源泉。困难的不在于写作本身，而在于用什么方式生活。写作是从土壤里自然萌生出来的。我们在诗学里相遇：叙述又是抒情，选择意象删繁就简，经过内心过滤，达到真正的简洁、内敛与幽秘。面向事物本身，关注具体细微。用迅猛精确的方式把握事物，用即刻的深邃捕捉物事。对时间的体验有着某种类似的倾向，从早期的话语诗到后期的瞬间诗，让诗接纳现实本身的宽广和深度。写作的俳句式的断片，局限于零散笔记的书写，诗意的瞬间透着悖论式的明澈。人的缺席让位于生动盎然的风景。东方式的空白与无墨，隐与显相成的美学是你们的共识。

归山图

四岁的外孙上山如同进入乐园。他带来了钓鱼的竿（他要钓鱼池里的金鱼），带来了他从小镇上买来的小白兔（他要让它和那些鸡成为邻居）；他弄到了捕柿子用的可以收缩伸展的网（他要亲自捕获山里秋天的亮柿子）；他也带来了自己常玩的小玩具汽车坦克和写字板，但他基本上不用它们，丢弃闲置在他的小房间里。他要出门去看蛇和山里叫鸣的麂子、和鹅游戏看鸡下蛋。他要在山里和他的爷爷过及物的生活，那不是画册上的动植物。他吵着牵着我和他妈妈的手，去看天上的北斗星，去看萤火虫。

月亮照亮下山的坡路和我们三个人的影子。我指给他看头上的月，地面的我们的影子。我说这是月光。我们携带竹杖，他拿着短小的专用的从市场买来的舞棍。山风阵阵吹，我们到达小桥溪流处，那里有更多的萤火虫。萤火虫向他飞来。他学着他妈的手势，小手捂住了一只。萤火虫发着光，透亮他的手掌。哦，这是你儿时常见的萤火虫，它们漫游到山里。停歇桥头，山泉流泻在石间发出混响声，溪流石涧两旁的植物含混在那里成为墨绿色。月光很淡，它们把暗处照明了。萤火虫发着光，在月下在山泉的响声里。

外孙好像获得了巨大的满足，我们回家。他牵着我的手说，爷爷，我听你的话，你要我干什么我就干什么。这是有条件的，他要你带他出门散步看萤火。在楼上书房看书，他赤脚上楼来到房门口："爷爷，下去吃饭了。"他不让他妈在楼下叫我，要上楼亲自叫唤。看看这书房，他少来的地方，这是为他设定的禁区。他偶尔会戴上竹笠，站在书架前摆姿势，让我为他拍照，变了一个人似的，温顺地坐在沙发上和我听着音乐光碟。有时兴致来了，让我和他一起在乐声里跳舞，像林怀民那样练习云门舞，一起在地板上爬行起身仰卧蠕动。

我们在平房草地的石头上闲坐。他坐在我的身边，指着天上星星说，妈妈的奶奶在天上。吃惊地看这个小家伙。死去多年的母亲，她在天上看着我们。某日，书房读书的缝隙，窗外的鸟语夹杂外孙跟随外婆诵读古诗的声音。放下手中的书，探出头，他们高低坐在院子草地的石头上。此时的光亮映照二楼的书屋，书架中五颜六色的书脊组成的图案格外明澈透亮。外孙的童音在喊叫着再次传来：

> 树下问童子，
> 言师采药去。
> 只在此山中，
> 云深不知处。

我带着外孙去散步。我说你就是童子，我们在这棵松树下，有人问爷爷到哪里去了，你就说到山里采药去了。我们去采药，别人看不见，因在这个山里，云很多，就看不见我们了。他说，是谁问爷爷呢？我说，昨天来的一个城里人。小家伙说读懂了，在前面大声又背了一遍，指了指我们前面的高山。

我们往回走，在接近山房围墙和院门时，门楼前有一块陡坡。有些喘气，我不走直线，走S形，节省筋骨直接的冲力。外孙体力好，如在平地奔跑，朝向走在他前面的妈妈。跟在他们的身后，看见他追上妈妈，正在接近打开的院门。

几只白鹅交项低头迎向他们。小外孙嚷嚷地喊着"鹅鹅鹅，曲项向天歌"。声声鹅鸣中，我扔下竹杖，掏出手机拍摄这转瞬消逝的情景。童音和鹅声交织三代人的归山图。

一　夜

夜里突然雷电交作。不懈地在房子四周轰炸。在自己建造的房子，你有什么可以害怕的呢？君子坦荡荡，雷声何以惧？而激动人心的雷声让你失眠。让你念起过往的充满激情的生活。你没有恐惧感和在世的不安，反而是欣悦的回忆，一个人在空的山房里，在一张床上，每一次的闪电瞬间地出现，不重复，如同你在世的一次次的经历的唯一。你就是闪电，就是雷声，像闪电一样充满能量，迅疾而短促，像这雷声充满活力，度过了你的一夜和一生。

两个瞬间

心有些慌张，无法安坐在办公室和城中公寓的书房。对自己说，安静些再安静些。你发现身体有很多条腿在跑动，心早已脱离了这身子，到达才分别几日的山房。你的身和心此时已分离。你在城中不得安静，慌慌张张的。这里的一切都在你推脱的范围，你要回到山房，全身心地陷在那里。这里的会议室、广场、广场上偶尔的行人和你无关，你的视界只有你的山居。它的大门等你去打开；院子后面的山路久违多时要你去丈量；园中菜蔬已挂果，茎秆弯垂无人采摘；鸟似的珍珠鸡叫唤着跑动啄食青草；楼上的书卷等候你去取下，读取其中尚未读完的片断；山风吹动着大门前的美人蕉，红花落了一地；山月啊蛙鸣啊全被虚掷。你羁留在这里。归山的欲望压迫你，分身为多个自我在城里逃奔，朝向山房的方向。

送家人回城从小镇车站返回山舍。一种挣脱束缚后的喜悦浸透身心。汽车如同身子变得轻安，再次感受涌向身心的独处的愿望和激情。一个人和自己建造的房子在一起，乐意独自摸索自己的饮食。空空的院子，仿佛无人。这是你最后的领地。当车转过熟悉的山头，看见另一个山头的房子，山房翻动路边的芭茅，瞬间想见自己的死，一丝满足的喜悦满浸身心。你没有不甘和无奈，坦然无悔。你和山房分离。身边没有人，对人世淡然无牵连。在这里安静无声地离开，当你做完手中的事情。陪伴你晚年的房子空在这里，在星光下风雨雪的包围中。你使用过的衣物、图书、家具、楼道遗留在这里。饲养的珍珠鸡可能飞走寻找别的主人。荒草侵上台阶。书房挂放的油画掉落于地，发出无人听闻的一声闷响。

连结字里行间的山路

这条荒寂的羊肠山道是山民们走出来的，闲置在那里。窃喜于自筑的山房紧邻其山道，可以用于晨昏的散步。从电脑前离开或放下书卷，打开北边的院门，它蜿蜒在那里。一年四季，好像是为你晚年的读写生活准备的。这条山路在未识之前就在这里等候多年。这些年的南北迁徙原来在通向它。

僻静的侧向山脚草茎中的路，有时芭茅侵占它，你拨开草叶前行。有时停在荒山野岭，听到麂子的叫声，嘶哑短促。吠叫着在山岭游动，它听到你的脚步，隐遁于另一个山头。你和它共处大崎山岭。这里没有人力的介入，没有挖掘机的身影。是的，路是走出来的，不是事先修理出来的。走在有草茎或树木枝叶蔓延的山道，隐约想到大半生走过的人世，似乎经历的道路也交汇于此。每个人有着其隐约的路径，唯一的不可复现的路径。

你嗅闻到本地草木花香和无名鸟鸣，把沿途所见和内心所思糅进一个个词语。它展示有限的生存场景，又披露内心无限的风景。你在写作中途离开伏案已久的书桌，出门，朝向这山路。思绪从字里行间漫涉到这里，写作似乎中断了，但它们还在继续，于山路延续。无名的鸟雀在啼叫，远处山尖的曲线曼妙涌动。你收听到心里跳跃出来的词句，匆匆回返书房，改写或增补到纸上。

身体在山居，精神游走在平原、北方、武汉，在不同的时空。你的经历交错通向这里，奔赴这山地高处。或在不同的空间自我打量，个人时间中呈现的意象在呼应交织，如野菊和燕子、故乡与异地、河流与山石。回望你的词语生涯，余生用来开掘和丰富它。你写下的片断式的文字，看似互不关联，各自独立，却隐在沟通。它是生命的呼吸与运动，语词有着它自身的生命。不只是把字词排列在纸面上，语词有着其行动力，作用于写作者的身体意识和生命择选。一个写作者也将其语气语调甚至经历与思悟融于语言的组织之中，这是他和语言之间的合作。或者说，生命被语词改变，归宿于语言的劳作。

野花依附于那块摇晃的石头，一株褐色的以为死去的老李树居然爆出一树花朵。你进入写作的晚期。随着年岁增长而成熟，在死亡来临前达到繁盛，达到新的层次。你匆匆归山，迎向这个时刻。写作风格的晚期或颓废与内容的原始风格奇异地结合，与山野风物混合一起。你重新改写早年的作品，自我颠覆或自我修正，成为自己早期美学的反对者，冲撞自我的局限。写作现场的转换来自语言自身变革的要求，你的自我放逐也用在你纸面的语词的排列组织，晚期的遗嘱性的作品渴望被写出。

你孤单地有点悲剧性地站在孤立的巨石上，观望山脉的走势，那线条是神造的美妙，如何也相望不厌。真理往往来自对自然的观察。所谓的伟大，存在于被人忽视的细微。低头细察山桐子树花落在无人出现的坡地，从平常甚至卑陋中探求物美。你向山野深处走，那应接不暇的景观，像山涧溪水向你涌现。山野的宁静不能挥霍，不是多余的，恰如其分地沉寂累积，化成一种伟大的无言之境。

你的词语生涯走向这孤寂的没有人烟却充满生机的原始自然，这无意识存在的全部。如阿多诺所言，你也是一个山民，在此安排自己的生活。层层叠叠的山岭将你提升到宇宙整体的高峰。

2018 年—2020 年，武汉，大崎山舍

登大崎山顶未见山舍

我在山舍附近走动，试图找一个出口。秋日的杂草绊着双脚和裤腿，背离长年寄居的山舍庭院，于山中登山。山外的山从视窗可以想见，一层层累积而上。更高的山峰在吸引你。

你在变换一个个视角，那被遮蔽的随着你的攀升涌现于俯视之中。你看见了山舍屋脊，它的阴阳两面。芭茅包围了它。攒动的山岭同它保持同一节律。或者说，灰蓝色屋顶呼应山岭的涌现，它们在同一节律中动荡生息。

转身看过去，群山低矮下去。山坳对面的人家收缩变小。山脊之外的城市似乎可以望见其烟尘。我的视线里没有人。依靠一块石头，坐下来，俯瞰山野，它不理人类的欢笑庆典或伤别哭号。

你对身处山地的依赖感在增加。大崎山是可感激的，它接纳了我的逃离，容许我在它的四周走动，并登高望远。每高升一步，景色迥异。梯田在描画它微妙的弧形，其弯曲的形状类似于山脊的蜿蜒，如同躺卧的女人。山体间不凋的藤萝植被的绿意呼应着远山柏树苍翠，令视线从枯槁灰暗脱离。

山地沟壑的边界显露。登高和登高所见的不同的视界变化心境。可以说，你是在自己的身体里登高，一步步遗弃从前的自我。山舍不见了，只能想象它的大致方位，它融入本地山野，它是这群山万物中的一个点缀，镶嵌在无名矮山的某个坡地。你的视界越来越扩大，要把天地纳入襟怀。群山提升或抬高了你，扩充了你的视野；你得以俯视，因为你已升高。

你这个浪游的登高者，不再爱平原。你的性情气质曾为平原所塑造。从无遮挡的平原到达贴面入云山岭陌生的陡峻或幽深，山地平衡着你的一览无余。你是在两种地貌之间穿行，内心的版图被构成。这是你的语词生涯绘制的诗学地理。大崎山，一个用来征服的地方，它敦促你往上走，你是在自己的头顶攀登。

我到达了山的绝顶。

身处在横亘的巨大的岩石上面，众山莽莽涌入视野。山风猎猎作响。层云动荡胸襟。我全然不是从前的自己，我变了一个人，心跳着不安地在巨石上来回巡视，无言的激动，或坐或卧。那交错鸟鸣的啾啁似在营造或渲染登临绝顶的心境氛围。你细察山地走势，它的阴阳烟景，沟壑或褶皱，被松树芭茅无名花草覆盖，其间凸现出裸露的片片岩石。你在以相机镜头和目光分辨交叠观看。

你望见了这些年你曾历经的盘山路弯曲的线条，你的逃离和归来的路途。此时俱在俯视之中。挺立在石上，这是你的节日，一个值得铭刻的时刻。你自我解脱，到达绝顶。你不再是从前的自我，你获得了新的自我，拥有了新的视觉——攒动的群峰匍匐于你的脚下，向你涌来；一个个山头婤连在一起，它们成为一体。你不再纠缠它的局部，峰顶与深渊同时纳入你的视阈。

这是你山舍寓居的广阔空间。吸引你注意力的山舍瞬间消隐。曾从不同的方向打量自筑的山房：从山民的宅院，或另一个山头深情远望它挂在向阳山坡上的柱廊和屋檐。或在下山途中回首，或上山归来观瞻。你脱离狭窄的视界，自恋山舍的感情被超越。对自我过分的迷恋，最后会因这过分的迷恋而生病。

在绝顶，隐身其中的山舍，有如一个疑点，被广阔的山野收藏，如同麂子隐藏的洞穴，自怜的叫声听闻不到。鸟群敛翅，滑入丛林巢穴。忽然，发现在庭院日日熟视的山脊线，那个水库的镜面在折射光亮，那盘旋如故人的弯曲山道，如常通向山坳炊烟人家。发现自己站在山房北面山头之上的至高顶。你在俯瞰从前深陷的自我，那日常厮守的院墅，融入天地的神秀灵韵，被脚下的无名山遮隐了它的形体！

月光曲

　　从竹里馆的客房醒来是凌晨四点。酒意也消退，夜间无杂梦，头脑清醒，山中静寂，有花草香气熏染梦境。打开门，哦，院子敷设银白月光，石头与芭蕉可见，竹影晃动在老砖墙面。一时兴动，乘月光回返城里。车停在山腰处，步行过去十来分钟，便悄悄掩了院门，也不侵扰主人。山路弯曲铺陈在月色里，也没有丝毫不安和害怕。缺月挂在樟树上，投影于山地，还有自己缥缈身影。

　　东坡曾谪居距此不远的黄州，他的诗词便多了月色。初到定慧院寓居，时常月夜出行，观江云有态，竹露月影如泻，踏月饮村酒。某春夜过蕲水，乘月行至溪桥，解鞍曲肱而卧。独行途中，心境与古人同，仿佛复现诗词中的情景。身影混着山影攒动，溪涧泉声里夹杂两三声狗吠。是啊，一溪风月，不可踏碎琼瑶。

　　多年前，从北方怀柔山民的暖炕上，起身开灯，去后院的茅厕，也是满院月光。朗月浮在山间杂树丛林之上。"早服还丹无世情，琴心三叠道初成。"子夜念着李白的诗句，也是混着不可打扫的月影。那些年，在北京东郊兴建庭院，古老的月色复现院落。打开院门，月色无声如霜，柿树影子照映院墙。常和邻居师东夜半饮酒。月色中行走，身体散逸酒气，回到各自的房子。村子那棵老槐树上的月亮，正钻进云层。一大块黛色云团下，夜空似乎晃动了几下。子夜时分的皇木厂，在盈满酒气的月光中也晃动几下，如同你月影中不定的身影。

月是故乡明。儿时，和亲人在村庄月色树影下纳凉。夏日夜里，一个人赶路回家，月亮给你照明。它有时在你前面引路，有时掉落到身后，隔着楝树枝照到旁边的河渠，水中的月亮伴你走动。有了月亮，夜行路上人不胆怯。吃惊看到月色浮在平原田野，和乳色薄雾缠绕在一起，掺和阵阵鸡鸣，那美感啊，沁入你少年的感官。走在大崎山群山之间，山月伴行，多少月夜在浮现。熟识的月光照着归途，溪涧在月色中跳荡，发出响应的轰鸣。月色招引你，要你成为竹里馆的邻居。

山民尹少权的宅院建筑在溪涧经过的山腰，梯田和山路与之比邻。他协助我兴盖山舍。最初就住在他家的楼上，望得见山舍地基的方位，为一个山头所遮挡。半夜醒来，月光照亮山脊。站立的露台和山地轮廓明洁，萤火虫一明一暗地飞在月色里。从附近草丛山岭，金银花的暗香传递过来。天上星河安静发光，地下萤火游荡；天上星月无声，地面草虫嘶鸣。月从山坳峡谷之上铺展过来，往身处的宅院涌来。借着月光你看见未来于山舍观月。多么奢侈，不敢想象，世上还有这样的飞地！有这样遗迹般的月色庭院。那些日子，你忘记关心手机微信，过往的城市人事退去很远，以前看重的事变得可有可无。想起斯奈德在沙斗山瞭望时写到的诗句："我已记不起我读过的书/二三友人，但他们留在城里"。

丙申年十五月夜，从平原老家独自赶往山舍。盼着能看到去年的中秋月。赤裸着身子在院子洗澡，淡泊身形在月光移动中可以辨认。月光如去年那般笼罩山岭，却没有去年的柔曼。他们不在这里，月也没有去年的美艳，月之美是需要邂逅和发明的。那停在心中的一轮月，可是生活中的奇遇，那可是从我们的聚饮里召唤出的满月。从我们心里逼现出来的月，在细长的高脚红酒杯碰响的银器般脆亮声响中升起，这是你平生见到的最美的中秋月，你和友人在山舍初成的月下回廊所见。

四个男人在山坳间山民院落喝酒。妇女大妈在禾场空地跳舞成为背景音乐。月从电线杆上照过来，越来越明。忽然发现正值中秋。乘着酒兴，你们要登山观月，要到毛坯山舍的回廊观月。从竹里馆取得红酒月饼，高脚酒杯移置了空间，脱离平常的身份和习气，酒和月改变你们的心境。月夜登高，从各种束缚解放出来。敞开的回廊，桌上陈放月饼和红酒。你们将细长的高脚酒杯碰响在月色里，抬头望一眼仿佛为你们而停驻的山月，在你们身体抹上一层平时见不到的光辉。

那可是平生邂逅的最美的中秋月。你明白古人何以中秋赏月，要在夜的庭院安放供案，摆上瓶花，焚香燃蜡，对月行礼叩拜；妇女们盛装出游，清风良夜往还于月下。秋季中期，北方干冷气流使夏季回旋上空的暖湿空气向南退去。空气中水汽减少，天空云雾少了，秋高气爽呈现出来，如洗的夜空衬出月之皎洁，山脊的曲线衬出月行的曼妙，身体的酒意让这月夜有了情味。月色里的酒香改变你们的视听，抽象于感性世界的欢愉。夏安平、蒋圣虎，我们在一起。平生最美的中秋月是我们发明的，酒杯碰响的细脆声声在银光月色。我们身体和面色披着神迹光亮，脱离尘世的模样和说话的腔调。它在异域光照我们，内心之光与它相映。

差点遗失这个月夜。出门，碰见满院子的月光。月从褐色云团间挣脱出来，身影在地面晃动。池塘晃荡另一个月亮，如同早年平原湖中的月在窥看（它是另一个自我的影子）；忽见萤火虫，它飞行的光亮变弱。山脊的曲线漂泊无声。

　　好几个月没有见到尹少权了。身边只有白鹅和栗树的影子，掠过竹枝，月统治山间坡岭。回廊的影子排列于过道。独自停卧躺椅上，小院闭门风露下。月色下的明暗凸凹。山舍屋脊被月光洗白，樟树的一团黑影投映老砖墙面如陌异鬼影。坡地草蔓从视线里跳跃出现。正月十六的月，天黑一个时辰才翻过山岭。月没有去年的明亮。你独行如幽灵晃荡在月下庭院。

　　而月出是你的心跳。某年，和妻子室内闲语，从窗子望过去，山头燃起火焰，匆匆上楼于回廊窥视。哦，冬月十七的月正在翻越横卧的山梁。月翻过了山梁，如火光射向夜空。一会儿，月的圆脸停歇在山脊。那解放出来的自由月光被你们捕捉。那一刻，山坳传来牛铃铛的银器声声脆响，如一根明亮的线索，把牛和你牵连。月照山冈，牛铃声声，在这里它们漫游不离山野。它们结伴逐食于返青的山岭，不理山外的人世风云际遇。某日，月夜归来，溪泉跳荡流白于巨石旁。脖系铃铛的黄牛停在月夜柿树下。你和牛的影子在月光山路。你用凝视另一个自我的目光看它，对望中，你们调头转向星月下轮廓清晰的远山剪影。

　　又一年中秋月夜。家人在城里。你独居山舍，料理自己的饮食。回廊观月。如月色分散在各地。不可复现那夜的月色。这短暂虚幻之身，看见永在的月照亮山河大地和人心，照临我们和月下的墓碑。月脱离了纠缠它的云影，露出圆镜般的面容。它不因观望的人而升起，不因疫情流行世上停止转徙，皓月当空，它迥出尘表，不与"万法为侣"，但它的光覆盖每个人和每个角落，没有分别，普照一切。它是这山地的主宰，我只是它的影子。忽然，听见院子有步履走动的簌簌声。我对着那声音叫喊：谁？起身凭栏探头：一头牛正步行庭院。它漫行山野，乘着月夜撤除我设制的栅栏。这是你的庭院，也是它的。今夜月照着发白的秋草，牛在逐食月色。

平原家乡的月夜。楚地夜空中十六的秋月如同美人，从体内上升到家乡的满月。我送她回到她的房子。沿途从水杉锥形树顶，看见波浪状的云絮，蓝天在云的沟壑显露。地面上我们的身影在迷离的树影间。月夜无眠，来到旅馆露台，矩形月光从蓝色屋顶切割下来。院内的草色、我的汽车和电线杆清晰可见。平原秋收后的田野，正平躺在银色月光里。现在想来，爱让你看见月亮，它变化的形状和情境。月让你还乡。爱和月光，给粗粝的世界抹上明净月色。

山月转徙，你睡眠在月里。常在如厕小解的空隙，发现孤寂的月。是你把月亮关在门外。一个个月夜提醒你：青年的活力与疼痛，它永不再来。但在别处，有人在月下双双行走。爱月近来心却懒，中宵起坐又思眠。你辜负了照临你睡眠的月。无处不在的月为我们照明。月下人影不会重聚，月依旧敷设净洁光亮，永恒而短暂的美轮回照明。"那片黄色有如许的孤独。/众多的夜晚，那月亮不是先人亚当/望见的月亮。在漫长的岁月里/守夜的人们拥有古老的悲哀/将她填满。看她，她是你的明镜。"博尔赫斯的《月亮》是送给他的爱人玛利亚的。多年后，当博尔赫斯从世上消逝，孤独的玛丽亚望月。没有他，她说她不会理解自己曾生活在无限爱的天堂。

回廊又是人头攒动。朋友们来此看十五的山月。月如愿出现于深蓝夜空，在起伏柔曼的山脊之上，将它的光亮无遮挡地敷设山舍庭院回廊和我们的身上。我们渴望在月下与人和物结成姐妹。天地间的一切交融于月色。石筑路面你们的影子和树影在晃动。楼上书房响起德彪西的《月光》，从室内传递到户外的月色庭院。月光和音符，飘荡于庭院前的池塘，生发多重的光谱。反复观看和聆听：看厌的十五的月，如何也听不厌的月光曲。德彪西的钢琴织体与音符生成的委婉旋律的和声。上行的琶音轻盈，与主属音交替延伸，在一连串和弦波动中复沓回旋，如山月光播散荡漾。自然与艺术合成出交织的月晕，我们身心的波动与震撼，在摇荡朦胧光影的月光庭院。我们听着月光曲，月光和音符渗透到庭院内的池塘，水面月影和音符在跳荡，散行在月下的我们如飘忽不定的音符。是的，哪怕你是乐盲，也能在乐声里触摸月光。人性和神性的美产生了艺术，舍此，我们便是没有生命和精神的骨架。这自然与艺术永恒的美让我们保持观看与聆听。"有一种美在异域，引领我们/在世上观看，发明并保持赞美"，忽然念及早年写的诗句。让我们把头抬起，拎酒登高，身披月光。山月高高在上，异域播散的光辉，停驻在生动的酒杯。我们的杯盏为它而高举！

2021 年，阴历八月十五

冬 日

昨日有雾，傍晚风雨大作。今日立冬。天晴了，气温突降。早晨，太阳从山坳出现，平敷至山舍庭院、回廊和室内。这阳光来得猛烈又虚弱。橘黄色，让人亲近依恃，寒意却丝丝犹存。初冬的太阳有如老者的面色，气息虚弱无力。到了这个年岁，更喜冬日。天空全无浮云，明净纯粹。你在冬日的拂照中。其光照出现在室内墙面，投下熟悉的窗框复影，亲切温驯平和。有时，从有些冷意的室内挪身，闲坐在回廊上，曝背。那份暖意从体内渐渐复生，侵入骨髓的酥软，暖暖的。冬日的亲爱的阳光，你依赖它，因它的柔和体贴、短促而弥足珍贵。夏日，它的光焰太过猛烈令你远避不喜。而秋日保持夏日的蛮力，干燥烦热，它有着未完成的使命——"再给它们几天秋天的阳光，使它们成熟，把最后的甘甜酿入浓酒"——而冬日出现，有了驱逐世间寒意的职责，让人活下去，进入生命最后的冬眠。

冬天的早晨最好。清少纳言在《枕草子》开篇如是言。春天的早晨亦是，破晓时，渐渐发白的山顶，紫色云彩横在那里是有意思的。在我看来，冬日早晨呼应着春日之晨独异的美。日日早起，见山坳出现红光，太阳正在翻过山脊，起伏山岭浴在一片静光中。天光明净，空中无一丝云影，似在等候冬日出场，残月也挂在白泛淡蓝的空中。

冬日出现时的半圆最是可爱，然后缓慢显现它可以贴近的柔和的橘红色。你往往对着冬季天空，沉默少言，或冬夜，打开灯盏，等候天亮，听到冲破黑暗报晓的鸡鸣。日日早起，打开书房窗子，接纳它的光芒，敷设书桌。打开的书页也染上暖色调，敲击键盘的手指沐着它温和瞬间即逝的光芒。

乘着冬日向连结北门的山路走去，路面草丝枯黄。你恢复中断多月的散步。夏日发疯的草浸没无人行走的山道。秋末它们渐渐橘黄，到了冬日，山路给腾空出来。山地简练荒寂。几枚柿子挂在枯枝梢头准备越冬，枫树迎来它叶子的绛红，美丽的银杏将其扇形透黄叶片抖落，比衬柏树常驻的绿。手持竹杖，阳光里来回走过。身子骨暖和过来，时常停在巨石前，凝思远望，从太阳光线捕捉隐现的往事。在这个年纪，爱冬日就是珍惜所剩无几的光阴。你的目光被附近显露出来的墓碑所牵引。春夏秋季，它被草丛遮挡是看不见的，现在它豁然逼视你。阳光也照着逝者的墓碑。麂子游走时发出短粗的求偶呼叫，现在听闻不到。蛰虫伏藏，万物始冬眠。麂子入了洞穴，备足粮食度过它的冬天。你在冬日朗照的院落劈柴，准备烧炕和壁挂炉的燃料。

庭院池塘的水面收缩贫乏。夏日山中溪涧的轰响听闻不到，枫树绛红叶子落下最后的一片，银杏树不染尘泥的落叶被最后一阵风收走，一切在从有变无，万物的生命经历一个个时节，到达这轮转的岁末。世代如叶落，一代代人变身不现，从大地上消隐面影。你看见了落叶，你就是一片落叶。冬日猛烈而虚弱，它消逝着轮转，从山坳出现，翻过山脊，照临无人的山舍。你消逝不见，庭院的杂草生而复死，死而复生。你用尽一生心血建造的房子终会倒塌，或如废墟遗存在山地，阳光敷设在它残败的柱廊和瓦砾，而附近麂子的叫声会在春日持续。万物行进，万物消逝，万物又回来，万物以消逝的方式重临。你听到歌德在 1813 年 1 月 25 日参加友人维兰德的葬礼上的发言："我确定这一点，当你看见我在这里，我已经在这里一千次了。"在诗人的晚年，他追寻过的生活，值得完全重复一次。他活着时体验到他的永恒，思考着他的不朽。他的身体消亡，灵魂不朽。

　　我的目光又落到北面山坡成排的柏树常驻的绿，它们朝向天空奔走。新的春天将流淌在枯树枝条，似乎听到山中叶子发出的欢呼。我要活下去，回到孤寂中，回到最后的书房，如同麂子藏身山洞的孤独。壁挂炉内，木薪燃烧发出噼啪声，响应你敲击键盘发出的明确声音。你不断地往里投入木薪，你就是投放炉中的木薪，燃烧自己以取暖。大雪覆盖房子屋顶、地面和周边的山体。我的空间缩小到了以壁炉为中心的书房。壁炉的火在噼啪燃烧，给这个空间辐射热能。温度计的数字在往上蹿，与室外的温度构成反差。

　　我走进冰天雪地不觉寒冷，这是心里温暖的原因。我有我的壁炉和写作的一摊事情。寒冷在退却。冬日照临充满白雪的庭院和身影，没有惆怅忧伤。幅员宽广的晴朗冬天，像蓝色钟罩覆盖大地之上。冬日将逝，春日亦随之。山地百花重开不败，叶落重返枝条，天地之间写满宇宙回返的秘密。双脚踏入雪地，深深的足印出现，如同电脑前写下的一个个汉字。我以汉字刻写生命。浮生因了写作似乎有了不可抹去的印记。我看见一朵花岗岩石透露它的黄红色，光润洁净，在雪的衬托下。它在呼吸，从雪被中探出身来！

2021 年，立冬日

作文简史

　　十七岁那年，我留校当了中学语文老师，将读书时对作文的爱好，也落实到对学生的作文训练上。在农场中学砖砌的讲台上，望着学生们在课堂作文。启发他们如何捕捉个人心理现实，如何书写视听布局谋篇，他们的情感经验被调动起来之后，教室安静下来——听到他们的钢笔在纸上划动的声音。自校园周边田野吹过来的风穿过水杉树林，从窗户灌入凸凹不平的地面和课桌之间。他们低着头，或支肘望着窗外构思，或低头急促书写。有的抬头，脸望着坐着讲台上的我，视而不见，凝神的表情又从我的视线挪移，他们找到想要的字句，搜寻到要写的细节。

　　作为语文老师，让他们知道个人生活可以择选纳入作文素材。每个人皆为个已生活的观察者、捕捉者、欣赏者和书写者。通过作文获得审美的教育。你不指望他们成为写作者或作家，却要有作文的经历，获得自我教育自我愉悦自我探索的经验。以此出发，热爱我们共同记忆的母语。这正是一个语言老师要做的事情。

　　我的初中语文老师徐超雄，曾在他学生作文的篇末用红笔写下大段夸赞的评语，还在作文的字里行间，用红笔标示出好的词句、精彩段落，并加以眉批——这让我得意于对作文的挚爱书写。评讲课上，他出乎意料地将那青涩的文字宣读——让我在同学之中喜不自禁又羞怯不安。他超出意外的赞美，让他的学生情不自抑，颤抖的笔尖在纸上跳动着书写一篇篇作文。

二十世纪七十年代末，在县城考场，面对高考作文考卷，写下得意的作文，字数超出了限定的格子。可能得益于作文，到异地求学，修习中文。在期盼的写作课上，一个叫丁江的老师出现在讲台。听说他是一个有会员证的作家，后来下放到国营农场，后又谋到大学的教职。他的授业仿佛写作，是他从事创作的经验的归纳与传习。写作课上，我将他讲的每句话录音笔般记录在笔记本上。整个身心在接受他的呼吸吐纳和灵思表达。

哦，那年二十一岁，从他的课上获得作文或写作的知识，照着他的授意串联感官经验感知生活境遇，尝试遣用汉语词句，成为拥有技艺的写作者。隐秘的自我被他唤醒，成为一个作家的雏形愿景由他授义催生。自我成就的道途在多年后生成。

潜滋暗长的秘密得以展露：二十七岁那年，正式写诗，旁涉散文小说创作。一个语文老师对作文的偏好发展成终生的修习或类似于准宗教的信靠。在一个个围墙内的校园转徙，孤绝的环境里做着似乎不正当的事——像一个"地下党"在校园神出鬼没，搞着自己的"革命"；有点类似卡夫卡想做的"地窖人"或孤独的死人，为自己制造纯净的氧气。发现身上的一切都是为了文学创作而准备的。在布满灰尘、喧闹的办公室，灵魂受着煎熬。渴望回到写作中去，把自己的脸埋在真正愿望的工作中……

"多年来我无法接受我在的地方，我觉得我应该在别的地方"。在江汉平原写诗的十余年，总想着要离开。写诗让我逃离。后来，背着五八六台式电脑，带着自己的手稿，混迹在北京地铁进城打工的人群——他们乱糟糟的头发藏着灰尘，有的坐在装有行李的塑料袋上，张望车内的广告和乘坐的提示符号；以皴裂的指甲缝有泥土的手扶着吊环，高原红的脸观望着窗外不动声色的北京城的楼宇。

我的灰色旅行箱里面放着几本书、几摞文稿、一个孕育多年的梦想。过国贸地铁斑马线，随着密集的人群交错的脚步，发现人会像一粒沙子被风吹散。写作把你带到国家的首都，如果不写作，像过去的同事在县城围墙内的校园讨生活。热爱的写作让你出门远行。那是精神和身体的远征——你要不断地离开，离开你所在的地方，离开，不断地离开。

在地安门筒子楼十五平方米的单间窗前，你摆放那台电脑，像早年那样作文。发现写出的字是可以换钱的。没有别的谋生能力，你想着在京城守下来。反对自己成为"枪手"。你是一个写作者。你怕将写诗的笔写秃（诗是娇怪脆弱物种）。你将对她的爱移置内心一角。为报纸写稿领取稿费，度过短暂的为稻粱谋时期。一旦成为诗歌编辑后，旋即放弃随笔写作。

2001年某个黄昏，从租居的三元村坐938路公交车到北京站。车过北苑，在京通快速路上远望云层中SOHO现代城，想着在京东拥有一套如伍尔芙的一间自己的房子。多年前，在湖北书房读苇岸的散文，想着自己能从三联书店回到郊区住房。2005年，如愿移居京东五环边上的皇木村，在此安顿藏书。从京城到这里要一个小时车程。罗伯特·格里耶就住在距巴黎百多里的麦尼尔乡村城堡。一个写作者想把自己安置在边缘，身处在自然一些的环境。我看好这里的闹中之静，残余的树木，隐约有乡村气息，虽然被污水环绕，但还有防风林，有散步的地方。带院子的两层小楼——你把运河漕运码头遗留下来的村落，当成可能的写作之所在。

254

2006 年某个夜晚，和友人驱车前往天津后，穿过华北平原的灯光回到京东自己的房子。从天津图书大厦买到散文集《漂泊的旅行箱》，怀揣新书，心隐隐跳动。多少人事参与它的问世：造纸厂的工人，电脑照排人员，编辑，印刷厂的工人，电话前的发行员，图书市场穿行着的售货员。书中描写的场景、人物原型、参与到生命中的人：你爱过的男人和女人，你的亲人，故乡，田野，还有影响过你的图书、前辈作家和诗人，甚至那年写作时的空气和阳光，以及天暗下来的黄昏的光线——它们作用于作品的产生，为作品的诞生而效力。你创作的作品不属于你。一部作品的完成缘于存在的馈赠。现在，你把它归还给知名和无名的人们。你发现在北京受到的颠簸屈辱焦虑都是为写作而受的。一切遭遇是为了让你能写自己的作品，从外在的浮华虚荣回到一间自己的屋子，回到写作本身。

北京十年，在谋生缝隙写作。做编辑的同时兼顾妻子的出版公司。外部生存环境经营得可以了，却与潜藏的愿望相冲突。首都表面平缓运行，内里节奏匆忙，如地铁换乘站密集的脚步声。身心分离的你转徙在空阔的京城，想着能安坐在书桌前——你决定举家南迁。

2009 年秋日，汉口，在公交车上想起平原老家一个文学写作者廖广茂。在那样的环境里，他写作小说，让你看珍稀动物般打量他的与人不同之处。是谁要你成为写作者的？家族几辈人都是农民，不知世上有作家。一个农民的儿子想把自己塑造成作家要付出多大代价？单位也不愿意你成为如此角色，要把你铆在一部机器的某个部位，成为流水线上有用的零件。你是自己成就了一个写作者的命运。

　　一个人是要有点英雄主义气概的。必须做自己的主人，要有自我锻炼出来的坚韧，从身边泥淖超拔出来的能力。你来到世上是有使命感的，写作是我的志业，不可卷入身边人世的纠缠，转入外部的惯性运转。必须高度地自转，不然会被别的力量吸引而去。张爱玲曾说她在小处是不自私的，不在意物质上得失，不贪得计较；在大处是非常自私的。她所说的大处，就是她来到世上所承担的写作天命，必须维护自身的独立与自主，一切用来服务有救赎意味的写作。我们挣扎着在虚空的人世求活，服膺于语言这一持久的存在。

　　北方的漂泊使你降低作为一个诗人的要求，而向生存作了投降。看着家庭责任而忽视了生活的方向感，对虚幻故乡和不人性单位的过分依赖显出对生活逃避的心理，弱化了作为诗人的独立性。建立健全的个人，追求个人生命的价值，像布罗茨基，强调个人甚至私人性，让美学成为伦理之母，培养作为一个诗人的高贵甚至高傲，拒绝被支配和奴役。赫塔·米勒说她不是自己选择了写那些被剥夺者的命运，而是这个主题找到了她。写作的诚实让我看好这位作家，感受到与她相似的经验。

　　2012 年，逆转外部生活的惯性，听从了内心的呼告，你又开始写诗，井喷似的写出一批作品。这些年的南北流转，终于回归渴望的词语生活。出版的《河流简史》有秋收的圆满感。写作同外部生活的流转保持动态势能，北京的漂泊作用于你在武汉的写作，又客观拉开距离，成为互文参照。六年前的南迁和十六年前的北上是正确的。河流是流出来的，诗是写出来的。

　　而多年的游走，意味着永远的漂泊。与糟糕的环境相冲突，无法与新的居所或新的情境合而为一。你过着未定的虚悬的生活，自创生活的路线，自我发现自我放逐而不被驯化。大胆无畏，自我超越，改变着前进的路线。一个不再有故乡的人，写作便成了他的栖居。写作的地方成了他的故乡：平原的校园的顶楼，地安门的筒子楼，北京东宋庄被修缮的院落，汉口牛皮岭的公寓，大别山地的院墅。这是你的一个个故乡，你在那里伏案写作，留下游走生命的一道道刻痕。

你对来访山舍的友人说，这大半生三件事可以提及。一是1989年（27岁）开始写诗，再是1999年（39岁）背着电脑闯荡北京，三是2019年于大崎山兴盖山舍。其实你只做了一件事：27岁开始写诗。17岁教学生写作文的青年，对作文的热爱让他成为作者。写诗让他北上，又暗中让他南迁，继而筑山舍——让他拥有晚年的山居庭院和最后的书房——完成最初或最后的隐身。他时常在山房回廊走动，瞭望山脊曲线，在写作的空当，精神游走在江汉平原、北京、武汉。词语交错奔赴大别山地。

写作的山居诗融合这些年外部迁徙和语词世界的内部演变。或者说，你是从自身经历中采撷或挖掘诗思。缘于自我经历的曲折与变化的写作，遵从本已而非他者的施予。这些年，你试图把改变生活方式当作孕育写作的源泉。外部视角的改变包括阅读和思考的变异，自然引发内心视界、审美境界或语词的变迁。你有什么样的生活形态，就有相应的语词。当代诗即此时此地的写作，一切都得化入作者的生活形式，从其内里、组织、禀赋、性情、脏肺的语气透泄出来。

一日，从书桌窗前抬头见到野菊花，三十年前在平原曾写过菊花诗。这是你要用尽一生书写的意象。写作的晚期正在到来，与原始山野风物混合。重新改写早年的作品，自我修正或自我颠覆，成为早期美学的反对者，冲撞自己的局限。写作现场的转换来自语言自身的变革。你逃亡似的投奔野地山岭，远离或对峙，自我放逐的身姿转移至纸面诗句的排行，词语生涯走向极端或绝境，作品弥漫出创造性的隐晦。萤火虫出现在大厅和书房，转移至字里行间，显出微妙。晚期的遗嘱性的作品渴望被写出。

你坐在山房院落的一块石头上自语：完成你的作品，这是最高的也是最后目的。冬日大雪包围了房子。书房里的壁炉在燃烧。电脑前，你像多年前那样敲响键盘。木材在壁炉炸裂的火星迸射，火舌吞噬空气猎猎作响。你面对日益减缩的光阴，抬起头望一眼窗外银色苍茫：一个早年作文的人，脸朝向一个个亡灵，时光将它变成书写临终遗嘱似的写作者。

语文老师徐超雄已死去多年。他曾在县城的长途汽车站下车，步行到他学生供职的矩形校园。他没有找到他的学生。现在那个矩形校园从平原消逝了，他的学生在那里写作的顶楼的书房仿佛从未有过。没有了一个凭吊的地方。一切在加速生成或毁灭，不存一丝影像。他的学生仍在进行早年的作文练习，在异地孤寂的山舍。热爱作文的少年用尽一生成为充满怪癖的孤勇写作者。写作的受阻与冲破，社会思潮和文化语境的转变，自我抗辩之后内心引擎的重构，维持他向内挺进词语。或者说，他挽救了一个个死者，令其存活在绵延的语词世界。这几乎成为一个奇迹，文字成为唯一的胜利者。

图书在版编目（CIP）数据

语词地理 / 柳宗宣著. -- 武汉：长江文艺出版社，
2023.9
ISBN 978-7-5702-2617-7

Ⅰ. ①语… Ⅱ. ①柳… Ⅲ. ①散文集－中国－当代
Ⅳ. ①I267

中国版本图书馆 CIP 数据核字（2022）第 049365 号

语词地理
YU CI DI LI

责任编辑：谈　骁　　　　　　　责任校对：毛季慧
封面设计：璞　间　　　　　　　责任印制：邱　莉　　王光兴

长江出版传媒　｜　长江文艺出版社

出版：
地址：武汉市雄楚大街 268 号　　　　邮编：430070
发行：长江文艺出版社
http://www.cjlap.com
印刷：湖北新华印务有限公司

开本：880 毫米×1230 毫米　　　1/32　　印张：8.25　　插页：3 页
版次：2023 年 9 月第 1 版　　　　2023 年 9 月第 1 次印刷
字数：187 千字

定价：58.00 元